W0335376

DANS LA CUISINE DU DIABLE

FABIO M. MITCHELLI

L'OISEAU
NOIR

Couverture réalisée par Azullyn

« Hé, j'ai de bonnes nouvelles pour vous. J'ai tué trente-trois fois. Par contre, vous, vous ne me tuerez qu'une fois. »

John Wayne Gacy

(Propos tenus par J.W. Gacy à un policier venu lui confirmer qu'il sera condamné à la peine capitale)

« Enfin, il n'est que trop certain que ce carnage dégoûtant, étalé sans cesse dans nos boucheries et dans nos cuisines, ne nous paraît pas un mal. [...] Qu'y a-t-il pourtant de plus abominable que de se nourrir continuellement de cadavres ? »

Voltaire

(Il faut prendre un parti, Œuvres complètes de Voltaire, 1772)

PROLOGUE

Mars 2004

Joey s'était garé sur le parking réservé aux stationnements de longues durées. Lorsqu'il tira le frein à main, la voix de Dan Peek du groupe America entamait le dernier couplet de la chanson *A Horse with No Name*.

Lina l'observa alors, silencieusement, l'air inquiet.

Joey coupa le moteur, ouvrit la boîte à gants et y jeta la clé de contact. Il s'empara ensuite d'un étui en cuir duquel il tira un pistolet automatique Beretta 9 mm. Après l'avoir fourré dans son dos, sous la ceinture, il s'adressa enfin à Lina.

— Allez, on y va. Je ne sais pas comment ça va se dérouler jusqu'à la porte d'embarquement, mais on va croiser les doigts pour que tout aille bien.

— T'es sérieux, Joey ? Tu penses vraiment qu'on va passer inaperçus dans un aéroport avec ton arme sous la ceinture ? T'as perdu la raison ou quoi ? Les attentats du 11 septembre, ça te rappelle quelque chose ?

Soudain, Joey eut un flash. Il se revit à Manhattan, goûtant pour la première fois à la chair humaine, et perçut de nouveau tous les plaisirs de ce ravissement sensuel et sensoriel. Alors que les tours du World Trade Center s'effondraient, que le monde entrait dans une nouvelle ère, lui, pénétrait dans la matrice du mal, dans les pas de son père.

— Oui, douce Lina. Les attentats ont été le déclencheur de ma fuite. Dès cet instant, j'ai su que plus rien ne serait comme avant, que les États-Unis d'Amérique entraient en guerre contre le terrorisme, et que jamais plus je n'aurais le loisir de m'adonner aux plaisirs de la chair du sacrifice. C'est pour cette raison que je suis venu en France, pour vos talents culinaires. Et tu as été un formidable cordon-bleu, ma tendre Lina.

— Joey ! Tu captes plus, là ! Je te parlais juste de ton arme à feu. L'aéroport est ultra-sécurisé, surveillé comme jamais. Tu ne peux pas entrer avec cette arme, bon sang !

Joey se laissa secouer par un petit rire moqueur.

— Ne t'en fais pas. Je ne compte pas rentrer avec ce flingue. Je le porterai le plus longtemps possible, jusqu'aux dernières limites, juste avant de pénétrer dans l'aéroport. C'est curieux, mais j'ai cette sensation que quelque chose ne tourne pas rond, comme si on arrivait à la fin d'un film, tu vois ? Ce moment où l'on sent que la conclusion est bientôt là, juste avant le générique final.

Lina fronça les sourcils, puis elle ouvrit sa portière. Elle jeta un œil autour d'elle, soucieuse, et s'adressa à Joey qui était encore au volant.

— Bon, on va tout de même pas le louper, cet avion. On se bouge ?

Ils se rejoignirent de l'autre côté de la voiture, chacun un sac arrimé sur le dos. Main dans la main, ils marchèrent en direction du principal accès qui donnait à l'intérieur de l'aéroport.

Le cœur de Lina s'était mis à battre très fort, si fort qu'elle avait la nette sensation que Joey pouvait l'entendre. De fines perles de sueur pointaient à son front tandis qu'il accélérait le pas.

Lina se sentait sale, honteuse. Alors qu'elle allait lui demander de ralentir, Joey stoppa net, serrant plus fort la main de sa compagne. Il observa tout autour de lui, comme un gibier pris en chasse, l'odorat et la vue en alerte.

Un étrange silence pesait sur les lieux.

— Mais enfin, qu'est-ce qui te prend ? Il faut qu'on se rende à notre porte d'embarquement, on n'a pas le temps de flâner !

Il resta un long moment immobile, sans répondre, scrutant les environs.

— Boucle-la, Lina ! Tu ne remarques rien d'étrange ? finit-il par lui demander à voix basse.

— Non, quoi ? Qu'est-ce qu'il y a ? Tu me fais peur, Jo...

— Il n'y a aucun passager qui emprunte cet accès. Personne d'autre que nous, du moins. Il n'y a pas un bruit...

C'est cet instant précis que choisit le chef du dispositif d'intervention de l'unité du RAID. Il donna l'ordre d'interpeller et des dizaines d'hommes armés surgirent de derrière les véhicules en stationnement, ainsi que sur le toit du fronton qui ornait l'entrée de l'aéroport. D'autres, qui attendaient à l'intérieur, apparurent également et une unité de la BRI se mit en place. Un essaim de points rouges s'immobilisa alors sur le corps de Joey et, à l'aide d'un porte-voix, le chef négociateur s'adressa à lui.

— Joey Lawrence, vous êtes en état d'arrestation ! Nous avons un mandat d'arrêt contre vous. Tout va bien se passer, il vous suffit de lever les mains en l'air et d'avancer dans notre direction. Nous pourrons ensuite discuter calmement. Avez-vous bien tout compris ?

Lina était terrorisée et pleurait doucement, mais ce qui l'effrayait, ce n'était pas ce qui était en train de se produire, c'était plutôt ce que Joey venait de faire.

Celui-ci avait sorti son arme et tenait Lina serrée tout contre lui, utilisant son corps comme un bouclier.

— Joey, je t'en prie, il faut qu'on se rende ! S'il te plaît, déconne pas !

— Même pas en rêve. C'est toi, hein ? C'est toi qui m'as vendu, espèce de salope ?

— T'es fou ou quoi ? Lâche-moi, je veux pas crever… Je porte notre enfant, notre fille ! Tu m'avais promis de nous protéger tous les trois, Joey. Tu ne peux pas tuer ton propre enfant. Laisse-nous une chance !

En face, les flics s'étaient positionnés de façon à s'abriter d'éventuels coups de feu. Pour eux, aucune intervention n'était envisageable tant que l'otage serait près de la cible.

Lina le supplia de nouveau.

— Je t'en prie, Joey ! Il faut qu'on se rende, on ira en prison, mais notre fille vivra. Tu le sais comme moi, on ne pourra pas s'en sortir avec le RAID.

Joey posa la pointe du canon sur la tempe de sa compagne, puis il déclara avec une voix pleine d'assurance :

— *Fuck you*, les cow-boys ! Reculez ! Reculez tous ou je l'abats devant vous. Ça ferait propre dans vos journaux télévisés du soir d'annoncer qu'une jeune femme est morte à cause de la police. Et si en plus elle était enceinte ? Qu'est-ce que vous dites de ça ? Ça ajouterait un peu plus de sordide, ça ferait pleurer dans les chaumières. Vous croyez pas ?

À cet instant précis, Lina prit conscience qu'elle avait perdu Joey, qu'il n'était plus là. Il était devenu quelqu'un d'autre, un prédateur qui se battrait jusqu'au bout pour sa propre survie, qui irait jusqu'à sacrifier son enfant et la mère de ce dernier. Elle venait de comprendre que tout ce temps passé auprès de Joey, à se plier à ses exigences, à se laisser happer par sa folie destructrice, avait été vain. Elle s'était vouée à lui corps et âme pour que leur petit ange ait un père, pour que le cauchemar cesse, pour qu'ils deviennent une famille normale, mais lorsque l'on a vingt ans, que l'on absorbe des psychotropes médicamenteux et des substances stupéfiantes du matin au soir, le décor peut paraître parfois plus lumineux et rassurant que la réalité.

— Joey Lawrence, rendez-vous calmement, ne vous enlisez pas

sur ce chemin ! Un agent fédéral de New York est ici et il désire vous parler, mais s'il vous plaît, relâchez l'otage et baissez votre arme.

— Vous voulez me faire mourir de rire ? Que je baisse mon flingue ? J'exige que vous reculiez tous, immédiatement ! Et votre putain d'agent fédéral, je m'en tape. Que l'un d'entre vous conduise une voiture jusqu'ici et, ensuite, nous partirons avec le chauffeur.

Un homme en costume gris et en chemise blanche descendit alors de l'un des fourgons de la BRI, puis il s'empara du porte-voix.

— Lawrence, vous me remettez ? On peut discuter, si on le veut vraiment. Ça ne finira pas dans le sang, mais il va falloir répondre, Lawrence. Répondre de vos actes sur le territoire français, mais aussi chez nous, aux États-Unis.

— Comment allez-vous, très cher agent Wilson ? *Vous,* ici ? Ne me dites pas que vous êtes venu pour retrouver l'agent Turner. Si vous voulez tout savoir, nous nous sommes brièvement rencontrés. Je l'ai même invité à dîner et nous avons dégusté un fabuleux foie de bœuf et ses oignons caramélisés au Monbazillac, mais je crois qu'il n'a pas aimé, termina Joey en s'esclaffant.

— Il faut qu'on puisse obtenir votre reddition, Lawrence. Il n'y a plus aucune issue, on tourne en rond. Ça fait trois ans que vous commettez ces horreurs, mais c'est fini. J'ai eu une putain d'journée, alors ça serait plutôt sympa que l'on mette tout à plat, sans armes ni violence.

— Vous devriez avaler une bonne bière fraîche, dans ce cas, cher agent Wilson.

— C'est quoi ces conneries ?

— Vous savez ce qu'a dit mon père le jour de son arrestation à son domicile, en octobre 1981 ? Il a déclaré aux officiers qui se tenaient dans sa chambre, alors qu'il venait de débarquer dans l'appartement : « Je voudrais juste boire une bière avant d'y aller, les gars. J'ai eu une putain de journée de merde ! »

Joey braqua alors son arme en direction de l'agent du FBI. Lina réussit à échapper à son étreinte et se jeta au sol, se protégeant la tête du mieux qu'elle put.

Une pluie de projectiles vint frapper l'abdomen de Joey ainsi que ses jambes. Lina perçut le crépitement des armes, l'odeur de la poudre, les cris des agents et le bruit sourd du corps de son compagnon qui s'effondra près d'elle.

Sous le choc, elle sentit que tous ses membres s'étaient mis à trembler. Elle desserra progressivement les mâchoires et tourna la tête. À plat ventre sur le bitume, Joey la regardait avec un petit sourire. Du sang s'écoulait de sa bouche et des impacts de balles trouaient sa peau. « Lina… Pourquoi t'as fait ça ? »

La jeune femme pleurait, implorait en silence la clémence de Dieu pour avoir trahi Joey, pendant que deux hommes la soulevaient de terre sans ménagement pour l'emmener hors de la zone.

Joey eut la force de prononcer une dernière phrase avant de s'éteindre, avec un rictus moqueur : « Ils… ils m'ont farci de plombs, Lina. On dirait bien que j'ai eu les yeux plus gros que le ventre, cette fois-ci. »

Le médecin du RAID constata le décès de Joey Lawrence, puis son corps fut recouvert d'une couverture thermique que l'un des hommes du groupe avait dépliée.

Pendant le trajet jusqu'au fourgon médical, Lina eut une drôle de sensation, comme celle de ne plus réellement percevoir le temps et l'espace. Elle avait l'impression que ces dernières années passées aux côtés de Joey n'avaient pas vraiment existé, que tout cela pourrait être produit par la matrice d'un rêve ou d'un cauchemar. Elle prit conscience de l'horreur des actes qu'il avait commis, de ceux qu'elle avait cautionnés, ces effroyables crimes sur lesquels elle avait fermé les yeux, cuisinant avec servitude les mets que Joey réclamait, se nourrissant elle-même de la chair du sacrifice.

Lorsque les rafales des fusils d'assaut avaient résonné, elle avait détourné le regard et prié Dieu. Mais Dieu lui avait-il pardonné ? D'une certaine manière, oui. Et comme elle se persuadait qu'il l'avait fait, alors elle en déduisait que ses péchés étaient probablement lavés. Cette épreuve était une sorte d'expiation ; subir pour expurger le mal. Elle s'était souvenue de ce que lui avait confié Joey, un soir, alors qu'ils débattaient de l'orientation sacrée de leurs crimes. Il lui avait expliqué que Blake, son père, s'était fait baptiser en prison pour faire la paix avec lui-même, et se persuader lui aussi que tout était pardonné… six mois avant de se faire assassiner par un codétenu.

Joey, quant à lui, n'avait jamais fait la paix avec personne.

Ni avec Dieu ni avec lui-même.

Il n'avait jamais rien regretté, il n'avait jamais éprouvé le moindre remords ni la plus infime des compassions.

Et de cela, Lina en avait été terrorisée.

Avait-elle vécu avec le diable ?

Si c'était le cas, alors l'enfant du mal poussait en elle dans la plus absolue des légitimités.

PREMIÈRE PARTIE

LES RECETTES DE CUISINE

1

Myriana memoria

In utero

Et moi, qu'est-ce que j'ai vu ou entendu de tout ça ?

Des cris, des pleurs, des secousses, de la douleur.

Voilà tout ce que j'ai ressenti alors que mes parents affrontaient l'armée des dévots, l'armée des soldats du dieu de l'État. Ces derniers étaient prêts à sacrifier leur vie pour servir leur puissance étatique, tels des apôtres corvéables. Ils étaient là, à prêcher l'Évangile ou la Sainte Bible de leur patrie, et ils allaient abattre mon père, car il n'avait plus été question de l'extrader aux États-Unis.

Les grandes instances avaient décidé de le coucher comme un Mesrine en fin de parcours.

Moi, je dansais dans le ventre de maman, je flottais dans son océan amniotique, dans ce liquide biologique qui nous protégeait un peu, elle et moi. Plus loin, à la pointe de mes pieds se trouvait le placenta. Cet organe charnu et spongieux, rattaché à l'extrémité du cordon ombilical et fixé à l'utérus de ma mère, me permettait de me nourrir et d'être en connexion directe avec elle. C'est par là que m'arrivait tout ce qu'elle mangeait. Absolument tout.

Elle ingurgitait des tas de matières protéinées pour m'alimenter correctement, me rendre forte.

Entre mes parents, il n'y a jamais eu de violence ni de vraies disputes, simplement quelques désaccords. Quand ils se sont rencontrés, papa aimait les filles et les garçons et il ne semblait pas décidé à avoir des enfants, encore moins de façon traditionnelle. Il disait tout le temps que maman l'avait vampirisé, qu'en une seule nuit, elle avait réussi à lui faire oublier son attirance pour les jeunes garçons.

Moi, je suis arrivée dans l'utérus de ma mère un soir de pleine lune, en septembre 2003, après le concert de Deep Purple et de Lynrd Skynrd au Zénith de Paris. Ça faisait trois mois qu'ils se connaissaient, pas un de plus. Leur fréquence de coït post-ensemencement était plutôt impressionnante, je dois l'avouer, et papa n'y allait pas de main morte. À plusieurs reprises, j'ai eu l'occasion de danser la salsa dans le ventre de maman. Chaque fois que mon père cognait contre la porte d'entrée, j'absorbais l'équivalent d'une secousse sismique, et même si le sac amniotique me protégeait parfaitement, je craignais toujours cette fichue sortie prématurée qui m'aurait envoyée en couveuse.

Et puis, les hurlements.

« Les hurleurs » étaient des personnes que papa destinait au sacrifice, simplement pour s'emparer de leur force et de leur courage. Les cris étaient perçants, interminables, et surtout horribles et déchirants. Certains suppliaient papa, d'autres l'insultaient, mais rien n'empêchait que leurs cris cessent brusquement, et ce qui devait arriver se produisait comme toujours. Très vite, papa a initié maman à ce rituel afin qu'elle puisse, elle aussi, bien comprendre pourquoi il faisait cela. D'abord avec un seul type ou une seule fille, et parfois avec deux hurleurs en même temps. Une fois qu'ils avaient achevé leurs affaires sexuelles, ces pauvres malheureux finissaient attachés et torturés.

Je le sais, certains criaient : « Ne me coupez pas, par pitié ! Je vous en prie ! », ou bien : « Ne faites pas ça ! On fera tout ce que vous voudrez, mais ne nous faites pas de mal ! »

Ces suppliques, je crois qu'elles resteront gravées dans mon esprit même si, au moment où ces prières ont été déclamées, je n'étais qu'un minuscule ver gluant et flasque. Cela s'est insinué dans mon cerveau qui n'était, à l'époque, pas plus gros qu'un pois chiche.

Et enfin, il y a eu la cuisine.

J'ai peu à peu compris que certaines parties de l'anatomie des victimes de papa finissaient dans son assiette, puis dans son estomac. Une fois encore, il a initié maman et maman a goûté. Malheureusement, on était liées par les lois sacrées du sang, et surtout d'un point de vue indubitablement scientifique et biologique, j'ai à mon tour goûté à la saveur si mystérieuse de la chair humaine. Je me suis repue de cette matière à plusieurs reprises, chaque fois que papa et maman avaient des *amis* qui leur rendaient visite. J'ai découvert une multitude de saveurs toutes plus différentes les unes que les autres. Ces portions d'humanité m'ont été offertes par maman dans un seul et unique but : me transmettre force et courage. Comme un oiseau donne la becquée à son petit, maman prenait soin à ce que tout cela m'arrive sous forme déjà liquéfiée, afin de bien nourrir ce minuscule bout de vie que j'étais.

Elle a mangé de la chair humaine, mais elle a aussi mangé un peu de moi… et un peu d'elle, également.

Comment a-t-elle pu absorber un peu de nous deux, vous étonnerez-vous ? Eh bien, le jour de l'accouchement, au centre pénitentiaire de Rennes, après avoir hurlé comme une démente, proféré des menaces et des insultes à l'égard du personnel médical, et pleuré toutes les larmes de son corps, elle m'a expulsée hors de ce nid si douillet qui m'avait abritée pendant neuf mois et une semaine. Elle a alors discrètement demandé à l'une des sages-femmes que celle-ci lui garde son placenta. Maman lui a expliqué qu'elle désirait le manger et que, même si cette pratique restait interdite en France, c'était son droit, que c'était un petit morceau d'elle-même, que c'était le dispositif biologique qui avait servi à nourrir son enfant. Bien plus tard, j'apprendrai que cette démarche est assez répandue en Grande-Bretagne, et que pour la plupart des mères, manger son placenta demeure un acte symbolique. C'est aussi une forme de cannibalisme, un autre visage de l'anthropophagie. La plupart des mammifères le font, alors pourquoi pas nous. Le placenta renfermerait de prétendues vertus thérapeutiques, mais cette pratique comporte cependant quelques risques d'infection, bien que des médecines ancestrales, comme la médecine chinoise, reconnaissent des propriétés bénéfiques pour la santé, liées à la placentophagie. Concernant maman, l'une des sages-femmes avait accepté de conserver son placenta et de le cuisiner. C'est ainsi qu'elle a mangé un morceau de moi et un morceau d'elle, en plus de toutes ces personnes qui avaient croisé sa route et celle de mon père.

Je suis restée les deux premières années de ma vie auprès de ma génitrice, puis les services sociaux ont décidé que la santé mentale de ma mère ne lui permettait plus de m'élever, que cette étrange maladie du rire qu'ils appelaient le « kuru » la rendait trop instable. Elle allait donc se retrouver seule dans sa cellule grise et froide, pour le restant de sa peine. Dix-huit ans. Encore dix-huit ans à croupir, sans voir grandir sa progéniture. Allait-elle tenir le choc ? Beaucoup de femmes détenues se suicidaient pour beaucoup moins.

Et moi ? Qu'allais-je devenir ?

Encodé dans mon ADN, dans mon sang, le goût de la chair humaine allait-il me hanter pour le restant de mes jours ?

2

Paris, France
Décembre 2021

Raindrops are fallin' on my head
And just like the guy whose feet are too big for his bed
Nothin' seems to fit

Lina Berisha monta un peu plus le son de ses écouteurs. Elle était persuadée que la musique avait quelque chose de relaxant lorsqu'il pleuvait, lorsque le ciel était sombre et menaçant. Lina observait la décrépitude parisienne par-delà les carreaux du RER. Grise, flasque, floue, c'est ainsi qu'elle percevait l'apparence de tous ces gens qui se pressaient sur les trottoirs ou les quais. La crise sanitaire semblait être maîtrisée, mais le port du masque restait recommandé, et c'était la seule couleur qui lui rappelait un coin de ciel, de liberté. Ce bout de matière bleu clair que portaient nombre d'individus la réconfortait malgré tout.

La prison avait altéré sa vue. L'enfermement avait créé chez elle cette sorte de prédisposition à ternir les couleurs, à assombrir ce qu'elle distinguait. La seule lumière qui brillait encore comme la lueur chancelante d'un cierge, aussi fragile que la respiration d'un nouveau-né, c'était celle du visage de sa fille qu'elle n'avait cessé d'imaginer durant toutes ces années d'incarcération. Il lui était apparu tout au cours de cette détention comme l'éclat perdu d'un diamant, un joyau qui sombrait dans un abîme de ténèbres. La dernière image qu'elle en avait gardée était celle d'une enfant de deux ans aux grands yeux vert sombre, qui l'avaient observée, alors que les deux employées des services sociaux emportaient son bijou sacré.

Lina avait chancelé ce jour-là. Il lui avait semblé perdre pied, à mesure qu'elle s'enfonçait dans cet interminable processus qu'est celui de la dépression, de l'abdication, du renoncement à mener son existence. Elle, qui avait voué une confiance inébranlable au pouvoir ancestral des rites iroquois, avait bien failli manquer de cran. Elle, qui avait accepté de se laisser guider par Joey Sterling Lawrence, fils de Freddy Lawrence, alors surnommé « le cannibale de Cleveland », et qui avait toujours cru que le courage des suppliciés, cette détermination, cette opiniâtreté à ne pas mourir qui restait sertie dans la chair, s'était inscrit au plus profond d'elle-même. Elle y avait pensé très fort, jusqu'au jour où l'on était venu lui arracher sa fille. Ce bébé, dont elle s'était nourrie symboliquement en ingurgitant son propre placenta, la chair de sa chair, lui avait été retirée, car des médecins l'avaient jugé bon pour la sécurité de l'enfant.

Après plusieurs remises de peine, Lina fut libérée à l'issue de dix-sept ans d'incarcération.

Quatre mois plus tard, alors qu'elle regagnait son logement social, l'émotion la submergea lorsqu'elle releva son courrier. Elle put lire que sa fille l'attendait dans un foyer en Île-de-France, en

Maison d'enfants à caractère social. Ce fut si intense qu'elle ne put retenir ses larmes toute une journée durant. Après de nombreuses démarches administratives, elle avait enfin réussi à obtenir la garde de sa fille. Elle allait retrouver son enfant, découvrir une adolescente, ou plutôt une jeune adulte, rencontrer un être qu'elle ne connaissait finalement pas.

L'attente ne fut pas longue.

Des portes claquèrent, des éclats de voix retentirent, et le visage au teint rougeaud d'une grosse dame apparut dans l'encadrement. Ses cheveux roux et gras tombaient sur ses épaules en s'entortillant, comme d'interminables serpents flegmatiques.

À ses côtés, une adolescente assez grande et un peu maigre ajustait ses écouteurs sans fil, les yeux rivés sur son téléphone. Ses doigts, menus et pâles, glissaient sur l'appareil comme les pattes d'une tarentule.

Lina perçut un frémissement le long de son échine et sentit sa gorge se nouer. Une sorte d'angoisse la submergea ; la peur de ne pas savoir quoi dire, de ne pas trouver les premiers mots, la peur de ne pas savoir se comporter comme la mère qu'il fallait être.

L'éducatrice fit un vaste geste en désignant l'intérieur de la pièce, puis elle poussa délicatement devant elle la jeune fille avant de parler sur un ton grinçant.

« Voilà, m'dame. Vous passerez à l'état civil quand vous partirez, je vous laisse discuter. Allez, bonne chance dans ta nouvelle vie, ma grande ! »

La jeune femme acquiesça d'un signe de tête en poussant un petit grognement. Elle prit place à deux sièges de sa mère sans même poser les yeux sur elle, puis elle ajusta de nouveau ses écouteurs. Lina la dévisagea longuement, juste avant de sursauter lorsque la porte claqua derrière l'accompagnatrice. Il s'écoula encore quelques secondes sans que Lina puisse articuler le moindre mot, puis elle se jeta finalement à l'eau.

— Bonjour, Myriana. Je suis à la fois terrifiée et tellement contente. Tu… tu n'imagines même pas. Je ne sais pas quoi te dire, je n'ai pas les mots, et pourtant j'ai tant de choses à te raconter.

La jeune fille releva la tête, une expression d'indifférence au fond du regard.

Lina poursuivit, des trémolos dans la voix :

— Je suis désolée pour tout. Je…

— Hé ! Ça va, t'emballe pas ! Toi et moi, on s'est vues quoi, trois fois en dix-sept ans, c'est ça ? Et puis, j'ai connu deux familles d'accueil super attentionnées, des mères très affectueuses. Enfin, les pères surtout, ironisa-t-elle.

Lina vint s'asseoir sur le siège près de sa fille, puis elle prit sa main dans la sienne.

— Quoi ? demanda-t-elle en chuchotant. Ne me dis pas qu'on t'a… Si on t'a fait du mal, tu dois m'en parler. On réglera ce problème ensemble, si tu veux bien.

La jeune fille retira sa main de celle de sa mère en lui lançant un regard noir.

— Je t'ai dit de ne pas t'emballer et puis, tu sais, je ne suis pas très chaude pour partir avec toi. Il faut que tu me comprennes. Je me suis préparée, c'est sûr, mais cette fois-ci, ça y est. On y est. J'ai longtemps attendu ce jour en flippant comme une malade. Je suis désolée de devoir te dire ça, mais avoue que je suis tout de même le fruit d'une drôle d'union. T'es pas d'accord ?

Honteuse, Lina hocha la tête en silence, le regard dans le vague, comme si soudain les images des moments passés aux côtés de Joey lui revenaient.

Myriana continua :

— Ces derniers mois, j'ai pu sortir un peu avec Armelle, et franchement, j'aime ce concept de liberté. D'ailleurs, on va peut-être prendre un appartement en colocation.

— Armelle ? C'est qui ? l'interrogea Lina, soucieuse.

— Une meuf comme moi. Sauf que ses parents sont morts alors qu'elle avait cinq ans.

— Une meuf comme toi ? Ça veut dire quoi une meuf comme toi ?

— Elle est comme moi, j'te dis. C'est juste que ses parents n'ont pas fait de taule, quoi.

— Mais j'étais jeune et amoureuse, j'ai fait des conneries. Je regrette ce parcours idiot et malsain, je n'imaginais pas ce que c'était d'être mère.

— Vous avez bouffé des gens, putain ! Tu t'en rends compte ou pas ?

Lina posa ses deux mains devant sa bouche, les larmes aux yeux, avant d'assurer d'une voix forte :

— C'était lui. Il m'a poussée à le faire. Il m'a fait croire des tas de saloperies, qu'en faisant ça, on pouvait accéder à une porte dissimulée censée mener à une force physique et spirituelle jamais égalée autrement. Il me disait que la chair humaine nous procurerait la vie éternelle. Puis, quand j'ai appris que j'étais enceinte, je ne pouvais plus reculer. Je pensais qu'il reviendrait à la raison et que le seul fait d'avoir un enfant le métamorphoserait.

— T'as pas avalé que de la chair humaine. T'as avalé aussi pas mal de conneries. Regarde-toi, putain ! Je sais tout ce que vous avez fait, je sais qui il était, et je sais également qui était mon grand-père. J'ai tout lu sur lui, j'ai fouillé sur Internet des nuits entières. « Le cannibale de Cleveland », bordel ! Je pars pas dans la vie avec un super CV. T'es d'accord avec moi ?

— Pardonne-moi, je t'en supplie. P… pardonne-moi, Myriana, bredouilla Lina en cherchant son souffle, le visage baigné de larmes.

La jeune fille se rapprocha de sa mère, ôta ses écouteurs et arrangea une mèche derrière ses cheveux.

— Écoute, je veux bien qu'on passe quelques jours ensemble, histoire de se retrouver, de faire connaissance, mais ensuite, je veux retrouver Armelle. Je reviendrai ici le temps qu'on se déniche un appart.

— Un appartement ? Mais comment ça ? s'étonna Lina. Comment vous allez faire sans argent ?

— Armelle a trouvé un boulot dans une supérette il y a deux mois. On se débrouillera. Et puis je trouverai bien un travail, moi aussi.

Lina acquiesça avec un petit sourire, puis elle posa sa paume sur la joue de sa fille.

— OK. Tu feras ce que bon te semble, mais sache que je suis là et que je t'aime. Je désire juste passer un peu de temps avec toi, faire ta connaissance, et j'espère que tu me l'accorderas. Je ne veux plus sombrer. J'ai envie de garder les yeux ouverts et contempler l'horizon, je veux enfin vivre.

Sa fille resta silencieuse.

— Tu me présenteras cette fameuse Armelle ?

Myriana hocha la tête en souriant, puis elle lui répondit à voix basse :

— Oui, je te présenterai ma compagne, c'est promis. Par contre, pas un mot sur tes saloperies de recettes de cuisine !

3

Murders memory

Paris, France
Octobre 1981

Il s'était encore réveillé au beau milieu d'un lit trempé de son urine. L'odeur infecte remontait de sous les draps et embaumait la pièce. Il se demandait chaque fois comment cela pouvait bien se produire, mais son cerveau d'enfant lui renvoyait toujours la même réponse ; il faisait pipi au lit parce que papa criait contre maman et parce qu'il la cognait fort. C'était aussi simple que ça. Il était traumatisé par les hurlements et en cauchemardait probablement la nuit, voilà ce qu'il en déduisait.

Le matin, lorsqu'il ouvrait les yeux et qu'il sentait l'humidité au creux de son matelas, il imaginait déjà son père le projeter au sol et le frapper à l'aide de son ceinturon en hurlant comme un demeuré. Cette énurésie durait depuis deux ans et cela inquiétait sa mère.

« Tu vas en faire une tapette ! C'est tout ce que tu vas réussir avec ce gamin, bordel de merde ! », se plaignait son père chaque fois que sa mère prenait sa défense ou lorsqu'elle tentait de l'extraire d'une pluie de coups.

« Crapule » – c'était ainsi que l'avait surnommé son père quand d'autres parents surnommaient leurs enfants « petit cœur » ou « petit chou » – venait de fêter ses huit ans, en famille. Sa mère avait consulté un pédopsychiatre après avoir suivi le conseil de sa belle-sœur, Violaine. Celle-ci, installée à Lyon, ne voyait que très peu son neveu qu'elle adorait comme s'il était son propre fils. Son frère refusait catégoriquement que sa « crapule » soit en contact avec sa tante. Il savait que celle-ci était une femme de petite vertu, qu'elle travaillait la nuit dans des bars à hôtesses, et qu'elle n'était pas vraiment comédienne comme elle le laissait entendre.

Crapule se souvenait d'une conversation entre sa tante et son père, juste sur le seuil de la porte, alors que celle-ci s'était déplacée jusqu'à Paris pour rendre visite à son neveu.

— Tu peux pas débarquer ici et faire comme si tout était normal, je te l'ai déjà dit. Tu vas avoir une mauvaise influence sur lui. Je refuse que tu parles avec lui, point barre !

— Je veux juste l'embrasser, Pedro. Laisse-moi entrer, il est là, sur le canapé, je le vois. J'ai un petit cadeau pour lui, c'est pour son anniversaire.

— Non ! Tant que tu tapineras, tu t'approcheras pas de mon fils. Sa mère se donne déjà toutes les peines du monde à en faire une tarlouze, tu vas pas t'y mettre, toi non plus !

— Je ne comprends pas ta réaction. Tu es mon frère, et je t'aime, mais parfois, je me surprends à imaginer que si j'étais un homme, je te casserais bien la gueule. Surtout quand t'es aussi con qu'aujourd'hui.

La tante avait fait un petit signe de la main à son neveu. Ce dernier, assis en tailleur sur le canapé, regardait *Goldorak* qui passait à la télévision, comme chaque mercredi. Il n'avait pas osé répondre au salut de Violaine, terrorisé à l'idée de la réaction qu'aurait pu avoir son père. Il avait songé au ceinturon qui claquait sur ses fesses, sur son dos, ses bras, ses jambes. Parfois même, quand Pedro ne se contrôlait plus, il encaissait toute une série de coups de pied, recroquevillé sur lui-même pour se protéger.

Il lui arrivait de passer des heures à contempler les hématomes qui couvraient les deux tiers de son corps. Il lui fallait chaque fois un mot d'excuse, une dispense pour lui éviter de s'exposer en maillot de bain à la piscine, avec ses camarades de classe. Souvent, sa mère avait craint que les services sociaux lui arrachent son fiston.

Le pédopsychiatre s'était ensuite prononcé.

Il avait estimé, selon les déclarations d'Odile, que le petit ne s'épanouissait pas dans un environnement familial suffisamment serein, rassurant, et qu'il était même parfois brutal pour l'enfant. Pour le spécialiste, le diagnostic était clair : il avait annoncé sans ambages à la mère que l'énurésie de son fils était liée à des troubles émotionnels, sans aucun doute causés par les fréquentes disputes du couple.

Le jour de la visite de sa tante, Crapule avait pleuré discrètement dans sa chambre. Il avait eu le cœur serré, tant il était déçu de ne pas avoir pu embrasser tata Violaine et ouvrir son cadeau. Il savait qu'elle lui avait apporté ces délicieux coussins de Lyon dont il raffolait. Lorsqu'elle lui en envoyait par la poste, il les gardait précieusement cachés dans son armoire, car si son père interceptait le colis, il était certain que la boîte terminerait à la poubelle. Il disait que son fiston finirait par devenir aussi gros qu'une baleine, tout cela à cause d'une tante irresponsable.

Mais ce jour-là, ce fut celui de trop.

Crapule avait eu trop de chagrin pour Violaine et il avait ressenti de l'humiliation. Il avait alors décidé de se venger de son père. Il s'était tout d'abord demandé ce que celui-ci aimait le plus, ce à quoi il tenait par-dessus tout, et il n'avait pas mis longtemps à obtenir la réponse. Il y avait bien cette bouteille de whisky millésimé que lui avait offert son meilleur ami, mais il y avait aussi Pirate, un gris du Gabon piégé dans une cage et soumis à l'autorité de son père. L'animal passait son temps à caqueter, à faire des allers-retours dans sa prison ridicule et à grignoter des graines de tournesol. Crapule avait pensé que si le volatile venait à disparaître, il le soulagerait d'une vie maussade et inintéressante, qu'il le délivrerait, en quelque sorte.

Pour l'enfant, tout le dilemme résidait dans le choix. La bouteille ou le perroquet. Néanmoins, rendre la liberté à l'oiseau ne serait pas la solution qui punirait suffisamment son paternel.

Une fois que son père se fut absenté et que sa mère fut partie faire les courses, il avait alors décidé de mettre son plan à exécution.

Il avait tout d'abord récupéré la bouteille qui se trouvait dans le bar du grand meuble et avait dévissé le bouchon avant d'introduire un petit entonnoir dans le goulot. Il s'était ensuite soulagé de quelques gouttes d'urine dans le précieux élixir écossais. Après quoi, il était passé à la phase deux de son plan machiavélique et il s'était rendu dans le débarras, où était rangée la caisse à outils de Pedro. Il y avait trouvé une vieille rallonge dont il avait sectionné l'une des extrémités et avait dénudé les fils des deux polarités. Puis, il avait délicatement introduit la rallonge dans la cage de Pirate et l'avait posée sur le perchoir en bois. Pour finir, il avait branché le long câble dans l'une des prises du salon.

Crapule s'était ensuite installé sur le canapé et avait espéré que l'oiseau fasse son numéro de cirque, comme chaque fois.

Inévitablement, après une attente interminable pour le petit garçon, le volatile s'était innocemment posé sur son perchoir et avait exploré du bout du bec les deux extrémités sous tension électrique.

Les yeux rivés sur la cage, le gamin avait patienté, une sorte de rictus figé au coin des lèvres. Lorsque le perroquet avait émis une espèce de croassement aigu et qu'il était tombé comme un sac de plomb au fond de sa cage, Crapule avait éprouvé de la satisfaction, mais il n'avait su dire s'il avait ressenti cet assouvissement parce qu'il avait imaginé le désarroi dans lequel serait plongé son père ou bien parce que l'oiseau était mort.

Ce moment, cet instant où le perroquet était tombé raide, sans vie, avait été le déclencheur d'un étrange phénomène chez l'enfant. Il avait perçu une toute-puissance, un sentiment de domination, un pouvoir qui ne le quitterait jamais plus. Mieux encore, il s'était réjoui de voir son père dévasté par la perte brutale de son animal de compagnie qui, selon lui, avait eu une sorte de crise cardiaque. Crapule avait alors compris que cet oiseau avait beaucoup plus d'importance que lui-même aux yeux de son père. Il avait observé ce dernier noyer son chagrin dans le whisky vingt ans d'âge.

4

Paris, France
Avril 2022

Adam Cassandre s'introduisit dans l'appartement.

Il passa une main nerveuse dans ses cheveux blonds et coupés ras, puis il scruta le fond du couloir où il lui avait semblé percevoir de l'activité. Ses yeux d'un bleu presque transparent s'agitaient et observaient les moindres détails du logement, du sol au plafond. Le capitaine Cassandre ressemblait beaucoup à l'acteur britannique Daniel Craig ; très certainement à cause de la couleur de ses iris et de ses paupières tombantes. Certains de ses collègues lui donnaient, évidemment, le surnom de « 007 ».

Il avança et une odeur de litière l'agressa tout d'abord, l'urine de chat ensuite, très forte, puis celle du tabac froid. L'appartement était sombre et comportait très peu de fenêtres. Les rideaux étaient tirés et une ampoule de chantier éclairait l'unique pièce qui servait à la fois de cuisine et de salon.

Le capitaine de police serra quelques mains, échangea deux ou trois mots avec les techniciens de l'identité judiciaire présents, puis il enfila ses gants de latex et pénétra enfin dans la chambre où se trouvait le corps de la victime.

Sur le lit ensanglanté, une jeune femme de type asiatique reposait sur le ventre, la tête tournée à gauche. Près du cadavre, une enquêtrice s'employait à constater et à notifier les divers éléments dont elle disposait.

— Ah, bonjour, capitaine. J'ignorais si vous arriveriez rapidement, donc j'ai commencé sans vous.

— Bonjour, lieutenant, vous avez bien fait. J'étais pris dans la circulation. Alors, c'est quoi ce cirque ? demanda l'officier en se penchant sur le corps.

— Comme vous pouvez le constater, c'est une pauvre gamine. On n'a pas encore trouvé ses papiers, mais elle paraît à peine âgée d'une vingtaine d'années. Et une fois de plus, c'est pas beau à voir.

— Bon sang ! Qu'est-ce qui est arrivé à ses yeux ? s'étonna Cassandre en approchant son visage de celui du macchabée.

— C'est ce que j'vous dis. C'est ça qui est dur à digérer, c'est exactement comme l'homicide de l'année dernière. Le tueur lui a aussi retiré les yeux et apparemment, il s'est servi d'un outil assez volumineux. Je ne sais pas ce que ça pourrait être, mais le légiste va certainement pouvoir éclairer nos lanternes.

— Et pour la cause du décès, vous avez quelque chose ?

— Regardez ces traces. Je dirais strangulation, sans aucun doute, répondit-elle en désignant de l'index le cou du cadavre. Et puis, comme les précédentes victimes, elle a le visage maquillé.

— Jusque-là, rien d'étonnant.

— Vous en êtes certain, capitaine ?

L'officier de police haussa les épaules et interrogea l'enquêtrice d'un mouvement de tête.

— Ce que je crois, c'est qu'il s'agit d'un rituel. Ça, c'est un maquillage funéraire post-mortem, une sorte de masque que le tueur dépose sur ses victimes. On cherche peut-être un thanatopracteur ou un truc du genre. C'est la troisième qui porte ce genre de maquillage. C'est une signature.

— La deuxième, rectifia Cassandre. Souvenez-vous de la jeune Louna Bouvier que l'on a retrouvée dans le terrain vague. Elle n'était pas maquillée et ses yeux n'avaient pas été prélevés. Le légiste avait conclu qu'elle était morte étouffée et pas étranglée. Ce n'est peut-être pas l'une de ses victimes.

— Ou peut-être que si, mais qu'il a changé son mode opératoire avec Louna Bouvier. Ça arrive parfois. C'est rare, mais ça arrive.

Cassandre dévisagea Nadia Naccache en silence. Il voyait très bien où voulait en venir la jeune lieutenante et savait qu'elle espérait lui en mettre plein la vue, même si elle était réellement passionnée par son métier.

Nadia était une recrue de vingt-neuf ans, fraîchement débarquée à la PJ. D'origine tunisienne, elle avait longtemps dû supporter certains de ses collègues de promo pendant son parcours académique, les préjugés discriminatoires, sexistes et xénophobes d'une bande de décérébrés débordants de testostérone. Après avoir obtenu de brillants résultats, ainsi qu'une solide formation en criminologie, Nadia avait pu intégrer la brigade criminelle de la police judiciaire de Paris. Même si elle aurait préféré entrer au mythique et feu 36, quai des Orfèvres, elle était fière d'avoir été admise dans ce service, au Bastion, porte de Clichy, heureuse d'avoir pu prouver à son père qu'elle en avait toujours été capable. Privée de sa mère depuis ses six ans, Nadia s'était raccrochée à son paternel, son ultime messie, cet homme fort et rassurant. Malheureusement, depuis quelques années, ce dernier ne percevait plus vraiment le monde dans lequel il vivait. Atteint de troubles psychotiques et schizo-affectifs, Salah avait été interné deux ans auparavant en institut spécialisé.

Les officiers de police observèrent le corps un long moment, jusqu'à ce qu'un membre de l'équipe scientifique leur demande de bien vouloir quitter la pièce afin de pouvoir procéder aux relevés.

Nadia et le capitaine Cassandre se retrouvèrent quelques instants plus tard au bas de l'immeuble, devant leurs véhicules respectifs. La jeune recrue alluma une cigarette et ils échangèrent les banalités habituelles liées à leur fonction. Cassandre prit alors un ton beaucoup plus solennel.

— Écoutez, lieutenant, si vous ne sentez pas cette enquête, il faut m'en parler. Je sais ce que c'est. Ce n'est pas toujours facile. Parfois, on estime être assez robuste et en définitive…

— Allez droit au but. Ce n'est pas la peine de tourner autour du pot, s'insurgea Nadia. Dites-moi plutôt à quoi vous pensez, je saurai encaisser.

Le capitaine de police désigna d'un signe de tête un bar qui se trouvait à l'angle de la rue. Une fois qu'ils furent installés, Nadia ôta sa veste et attendit patiemment que son supérieur l'informe de ce qu'elle entrevoyait comme le pire.

— J'essayais juste de vous prévenir, Nadia, c'est tout. Je suis persuadé qu'on n'a pas fini d'en voir de toutes les couleurs avec cette affaire. Selon moi, ce meurtre est lié à celui de l'année dernière, j'en mettrais ma main à couper. Ça risque de devenir une enquête compliquée et bien dégueulasse. Si ce type se prend pour un thanato, un légiste, ou je n'sais quoi, préparez-vous à affronter une escalade sur l'échelle de l'horreur.

Surprise par les propos de Cassandre, Nadia se sentit soulagée. Avec un sourire en coin, elle répondit sans attendre :

— Merde, alors ! Pardon, capitaine. Je croyais vraiment que vous alliez me mettre au placard. J'me suis dit : « Il pense que t'es pas taillée pour cette affaire, ma belle, etc. ». OK, vous voulez mon avis ?

Cassandre ricana doucement.

— Mais qu'est-ce que vous êtes allée chercher ? Pourquoi j'aurais fait ça ? Et bien sûr que je veux connaître votre avis. Allez-y, bon sang !

— Bon, alors voilà. Comme vous, je pense que ce meurtre est probablement lié à celui de l'année dernière. On a un mode opératoire, car c'est effectivement un mode opératoire que d'emporter des parties du corps, et plus précisément les yeux, mais aussi de maquiller sa victime. C'est une signature évidente. Il est également question de la proximité géographique des deux meurtres. Ça, c'est également troublant. C'est un prédateur. Ses proies sont jeunes et il les choisit seules, célibataires. Selon moi, il n'a pas vraiment d'orientation ethnique, même si cette victime est d'origine asiatique, il n'a pas de préférence pour les femmes de couleur.

Cassandre observa attentivement sa subordonnée. Il ne savait comment l'expliquer, mais malgré son jeune âge et son manque d'expérience, celle-ci le fascinait.

— Et qu'avez-vous à me dire au sujet de la typologie criminelle ?

Elle le dévisagea, un sourire orgueilleux sur les lèvres.

— Dans la classification classique, je dirais que l'on a affaire à un tueur par habitudes. Il n'en est pas à son coup d'essai, c'est sûr. Il a certainement laissé des cadavres un peu partout. Ce n'est pas compliqué d'établir le fait que ce tueur est dénué d'empathie, que ses actes reflètent du sadisme, et qu'il doit tirer de ses meurtres du plaisir ainsi qu'un puissant sentiment de supériorité.

— Psychopathe ?

Nadia laissa échapper un petit rire prétentieux.

— Il y a de fortes chances, mais ce n'est pas certain.

— Je reviens sur la typologie. S'il s'agit d'un tueur par habitudes, on a forcément affaire à un tueur en série organisé. Je ne me trompe pas ?

— Je pense qu'on entre dans cette catégorie, en effet, mais si c'est le cas, on va avoir du mal à l'isoler.

— Pourquoi ça ?

— Parce qu'il s'agit de M. Tout-le-Monde. Le tueur en série organisé se fond dans la masse. Il est plutôt bien intégré en société, il travaille. Il est doté d'un QI assez élevé et, le plus souvent, il est marié, et peut même avoir des enfants.

Tout en restant silencieux, Cassandre avala d'un trait le café qu'il avait commandé, espérant que Nadia continuerait son exposé du parfait tueur en série, mais elle n'en fit rien.

Quelque peu frustré, il se leva alors, enfila sa veste et déclara à voix basse en se penchant vers l'oreille de son lieutenant :

— Oui, mais il y a un petit problème.

— Lequel ? demanda aussitôt Nadia.

— Premièrement, pourquoi devrait-on considérer qu'il s'agit d'un tueur en série, puisque l'on n'a, pour le moment, que deux meurtres similaires ? On peut tout aussi bien imaginer que le tueur aurait pu agir de façon instinctive ou sous le coup d'une pulsion qu'il aurait voulu assouvir. Deuxièmement, on sait qu'un tueur en série organisé planifie ses crimes, qu'il ne connaît pas ses victimes, et qu'il les tue sur un secteur assez étendu. Or, nos deux victimes vivaient à deux stations de métro l'une de l'autre. Comment vous expliquez cela ?

— Il est trop tôt pour se prononcer, capitaine. Il pourrait s'agir d'un tueur protéiforme, même si c'est inhabituel.

— Soyez plus claire, lieutenant…

— En gros, il pourrait s'agir d'un tueur en série ni organisé ni désorganisé. Le genre mixte, comme Ted Bundy, par exemple, qui, lui, était très organisé, mais qui pratiquait des agressions sexuelles post-mortem sur ses victimes et ne dissimulait pas les corps.

Avant de répondre, Cassandre passa une main dans ses cheveux, l'air perdu.

— Donc, si le tueur organisé est déjà difficile à coincer, j'imagine qu'avec ce genre de type, on joue l'équivalent d'une partie d'échecs face à Magnus Carlsen.

— Vous n'êtes pas loin de la vérité, capitaine.

* * *

Argus entra dans son appartement. Celui-ci était plongé dans la pénombre et une légère odeur d'air vicié y flottait. Chaque fois qu'il foulait les tapis orientaux disséminés sur le parquet, des particules de poussière virevoltaient dans le mince rayon de lumière filtré par les persiennes.

Voilà cinq jours qu'il n'était pas revenu. Il laissa néanmoins les volets clos et se dirigea immédiatement dans la cuisine pour déposer des paquets de provisions sur la table. Il ouvrit son réfrigérateur, fit un peu de place en retirant des pots de yaourt périmés, puis il y rangea deux sachets en plastique avant de refermer la porte de l'appareil. Il vint ensuite s'affaler sur une chaise et s'accouda sur la grande table. Face à lui, la vitre du four renvoyait le reflet de son visage et de son buste. Il se dégoûtait. Il n'aimait pas son image, il se trouvait gros, flasque et puant. Lentement, il posa sa main sur son crâne lisse qu'il caressa, effleura sa barbe épaisse, puis il ouvrit sa chemise d'un coup sec en faisant sauter tous les boutons. Il observa alors sa blessure ; une entaille profonde d'environ vingt centimètres qui balafrait ses pectoraux. Les tissus avaient commencé à cicatriser, mais il sentait qu'un début d'infection s'étendait sous sa peau, et qu'une quantité importante d'un immonde pus s'accumulait peu à peu dans ses chairs encore endolories.

Fou de rage, il se redressa. Il s'apprêtait à rouvrir son réfrigérateur lorsqu'il se figea, serrant les dents aussi fort qu'il put. Était-ce raisonnable de soulager sa douleur avec de la vodka ? Il ne voulait pas de nouveau se laisser piéger par l'alcool. Cela le rendait triste, aigri, méchant, et surtout très nerveux. Et il savait que ça pouvait également lui faire perdre le contrôle, mais était-ce bien de cela qu'il s'agissait ? Désirait-il vraiment ouvrir ce réfrigérateur pour s'emparer de la bouteille ? Une nouvelle pensée traversa alors son esprit et finit de le convaincre.

Je veux la voir ! J'ai besoin de la revoir encore une fois, c'est plus fort que moi. Laissez-moi la voir !

Il entrebâilla la porte de l'appareil, puis il s'immobilisa de nouveau, les mâchoires contractées. Il lui avait semblé percevoir les premières paroles de *California Dreamin'* du groupe The Mamas and the Papas. Il les entendait à présent parfaitement au creux de ses oreilles. Oui, c'était bien cette fichue chanson qui le rendait triste chaque fois.

All the leaves are brown and the sky is gray
I've been for a walk on a winter's day

Il faut que je la voie, bon sang ! Laissez-moi la voir !

Il s'empara brusquement de l'un des deux sacs déposés plus tôt, le posa délicatement sur la table de la cuisine, puis il fit un pas en arrière, les larmes au bord des yeux, le cœur battant la chamade.

Il étudia longuement le sachet en plastique dans lequel se trouvait un gros récipient en verre. Puis, il retira celui-ci du paquet, puis le déposa face à lui.

Une voix de femme douce et calme lui conseilla alors :

Regarde-la une dernière fois, Argus. Tu la verras cent fois, mais ensuite tu devras t'en séparer.

Il se posta devant le bocal, assis sur une chaise positionnée à l'envers, et il observa. Il observa les yeux de la jeune Kim Huang, plongés dans un liquide un peu sombre. Argus savait que la tâche ne serait pas simple, qu'il avait encore beaucoup de chemin à parcourir. Il avait déjà pu observer le phénomène quatre fois, ce qui donnait logiquement le chiffre huit.

Il devrait une nouvelle fois affronter le regard de la colère à de nombreuses reprises. La colère de ses victimes, encore quatre-vingt-douze fois dans les yeux d'Argus.

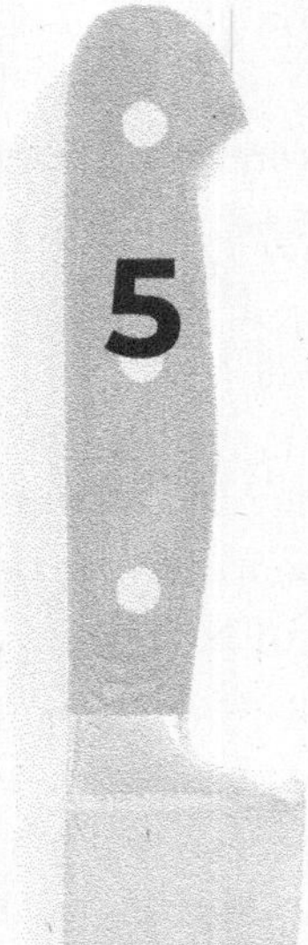

5

Murders memory

Paris, France
Mai 2020

Jeanne était une jeune femme lucide. Elle savait que les hommes rencontrés grâce à l'application Tinder oubliaient, pour la plupart, les codes de l'élégance et la notion de romantisme, mais elle avait paramétré son profil en fonction de ses désirs et sa recherche s'orientait essentiellement sur le sexe et les relations éphémères.

Avec les hommes, comme avec les femmes.

Et parfois même à plusieurs.

Aguerrie par une série de rencontres en tout genre, tout en sachant ce qui affolait une certaine catégorie d'hommes, elle enfila des bas noirs, les fixa aux jarretelles, ajusta son body de dentelle, et passa une jupe de cuir marron.

Jeanne était très belle. Elle arborait une plastique de rêve sur un mètre soixante-quinze de perfection, le tout délicatement soutenu par d'interminables jambes qui flirtaient avec le sublime. À peine vingt et un ans et, déjà, Jeanne était le mannequin en vogue, le modèle du moment que les agences s'arrachaient. Elle était très présente sur les réseaux sociaux et assurait avec beaucoup de professionnalisme son rôle d'influenceuse, parfois pour de prestigieux labels, mais aussi pour de grands créateurs de mode. Pour plus de glamour, elle avait choisi un pseudonyme *punchy* qui commençait à circuler dans la profession : Jany. Métisse aux yeux verts, sa coupe afro lui conférait une certaine ressemblance avec l'actrice française Stéfi Celma.

Son rendez-vous allait arriver d'un moment à l'autre et c'est en partie ce qui la rendait nerveuse, mais le fait de recevoir chez elle ne la rassurait pas non plus. Jeanne ne voulait pas d'une chambre d'hôtel. À l'instar d'une pute de quartier ou d'une escort-girl expérimentée, elle s'imaginait devoir assouvir les fantasmes et les saloperies d'un pervers frustré par son mariage. Elle ne voulait pas non plus rencontrer son *match* Tinder chez lui, car elle jugeait cela trop dangereux. Elle avait toujours entrevu la possibilité que l'inconnu ait pu dissimuler des caméras et filmer leurs ébats. Elle préférait son appartement parisien, persuadée d'avoir le contrôle et d'être en sécurité.

La sonnette retentit alors.

Elle ouvrit la porte après avoir arrangé le sommet de sa chevelure crépue, puis elle invita l'homme à entrer. Ce dernier n'était ni élégant ni négligé et paraissait sûr de lui dans son cuir noir et son jean déchiré, dégageant de la testostérone jusque dans son regard. Athlétique, le torse développé et les bras musclés, il s'installa sur le canapé que lui présenta Jeanne.

— Éternel Argus, c'est ça ? demanda-t-elle, souriante.

— Oui, c'est ça. Je suis heureux de te rencontrer. Tu es sublime, vraiment ravissante. Et maintenant que tu es en face de moi, je vois bien qui tu es. Je t'ai vue dans une pub pour un parfum, la semaine dernière.

Jeanne ne répondit rien. Argus ôta son cuir qu'il déposa près de lui et, alors qu'il allait de nouveau s'exprimer, la jeune femme précisa timidement :

— Je n'ai rien prévu pour le dîner, mais on peut prendre un apéro et sortir. Il y a de très bons restaurants dans le quartier, très chics et surtout très discrets.

L'homme la dévisagea avant de répondre puis, en secouant lentement la tête, il lui confia :

— Jeanne, je ne suis pas venu pour dîner.

— Oui, bien sûr. Je suis au courant, lâcha-t-elle avant de se laisser aller à un petit rire nerveux.

Argus tapota le siège du canapé à sa droite, suggérant à la jeune femme de prendre place près de lui.

Jeanne s'avança. Elle s'assit, tout en s'approchant le plus possible, malgré l'appréhension qui la tenaillait.

L'homme laissa sa main s'aventurer sous la jupe de son hôtesse, agrippant en fin de course la minuscule surface de tissu qui gardait l'entrée du paradis.

Ils s'embrassèrent et, la respiration saccadée, Jeanne vint s'asseoir à califourchon sur son partenaire. À cet instant, celui-ci détacha ses lèvres de celles de la jeune femme. Il la fixa du regard, puis il lui demanda :

— Ça te dirait de kiffer ?

— On est là pour ça, non ?

— J'veux dire, ça te dit de prendre un produit pour monter un peu ?

Jeanne fronça les sourcils, surprise.

— C'est-à-dire ? Tu penses à quoi ?

— Rien de bien hard, juste du poppers. Ça pourrait être cool. Ça te branche ?

Jeanne haussa les épaules, puis acquiesça.

— OK. Pourquoi pas. J'ai déjà pratiqué le *chemsex*,[1] tu sais.

— Dans ce cas, on va jouer à un jeu, si tu es d'accord.

---

1. Fait de combiner la pratique du sexe et la prise de drogue.

— Quel genre de jeu ? fit Jeanne en minaudant, l'air coquin.

— Laisse-moi te *pitcher* le scénario. Disons que tu n'en peux plus, que ta vie te gonfle. T'en as marre de tout, ton petit ami t'a plaquée et on t'a récemment diagnostiqué un cancer du sein.

Le sourire gourmand de Jeanne s'effaça progressivement. Bloquée dans son élan, elle pouffa nerveusement de rire.

— Non, mais t'es sérieux ? Je croyais que t'aimais le cul ! On est là pour kiffer, par pour que tu te branles sur des saloperies morbides.

L'homme continua, imperturbable :

— Donc, forcément, tu veux mettre fin à tes jours. Disons que tu es une candidate au suicide, OK ?

— Non, mais c'est tordu ton jeu de rôle !

— Tu l'as dit. C'est un jeu, chère Jany, mais c'est aussi très excitant.

— Et toi, c'est quoi ton rôle dans tout ça ?

Argus l'observa en souriant.

— Je serai le pompier, je viendrai te sauver.

Il lui tendit un petit flacon dont elle s'empara avec hésitation. Elle n'y trouva aucune étiquette.

— Donc voilà comment ça va se dérouler. Tu vas sniffer le poppers et tu vas faire comme si tu avais avalé des plaquettes entières de Tramadol et bu des litres de vodka. Tu voulais vraiment mettre fin à tes jours, mais au dernier moment, tu as eu un sursaut de lucidité. Alors tu appelles les pompiers et un seul d'entre eux pénètre dans ton appartement et il te baise comme jamais tu t'es fait baiser. Dans tes messages, tu me disais aimer la sodomie, j'me trompe ?

Jeanne le dévisagea, l'air ahuri. Elle resta silencieuse quelques secondes puis, une fois l'information digérée, elle laissa échapper un rire sonore en s'affalant sur le canapé.

— Après, si tu veux pas, je comprendrai, continua l'individu d'une voix rassurante. Mais je trouve ça excitant de jouer des rôles. Pas toi ?

— Je suis d'accord avec toi, sauf que c'est pas vraiment les personnages de la belle au bois dormant et du prince charmant, mais pour être honnête, oui, j'ai envie de le faire.

Jeanne dévissa le bouchon de la petite fiole en regardant son partenaire d'un œil interrogateur.

— Deux prises pour chaque narine, c'est très rapide. Vas-y. Ensuite, tu te laisseras aller sur le canapé. Je te préviens, ça va taper fort. Tu risques de décoller.

Malgré le fort sentiment d'être manipulée, Jeanne se laissa tenter, guidée par le désir grandissant de s'abandonner au plaisir.

Elle colla sa narine sur le col de la fiole et inspira fort, à deux reprises. Elle eut le temps de passer à la suivante, juste avant que la tête lui tourne et qu'elle sente son cœur s'emballer. La jeune femme se laissa choir sur le canapé, incapable de contrôler ses membres.

Elle ne sentit pas la vive piqûre de la seringue qui s'enfonçait dans son cou.

Soudain, ce fut comme si une profusion de couleurs explosait sous son crâne. Une vague de chaleur la submergea, sa vue s'obscurcit alors, et son souffle se fit court. Elle commença à paniquer, prenant conscience qu'elle ne maîtrisait plus rien. Elle voulut crier, mais aucun son ne s'échappa de sa gorge. Ses lèvres frémirent à peine lorsqu'elle tenta à nouveau de pousser un hurlement. Terrifiée, elle tourna avec difficulté la tête et son regard croisa celui de l'homme qui se faisait appeler Éternel Argus. Celui-ci l'observait en silence, un masque effrayant de satisfaction sur le visage. Soudain, il remua les lèvres et lui assura à voix basse :

« Ne t'inquiète pas, tu ne sentiras rien. Déjà à ce stade, ton esprit est confus, tu perds l'usage de la parole, et dans quelques secondes, tu ne pourras plus bouger du tout. Pendant que tu respirais le poppers, je t'ai fait une injection de kétamine. Dans cinq minutes, tu sentiras ton corps s'engourdir. Tu auras la sensation de flotter et l'impression que ton esprit se dissocie de toi-même. Tu seras entièrement paralysée, ton cœur cognera très fort dans ta poitrine et tu auras du mal à respirer. Ça va pas être la joie, ma Jany, je te le concède. »

Jeanne avait une expression de terreur figée sur le visage. Sa cage thoracique se soulevait et s'abaissait de façon saccadée.

« Tu sais, ma petite Jany, il ne faut pas avoir peur », la rassura son bourreau. « Tu ne ressentiras aucune douleur, crois-moi. »

L'homme se leva, retira de sa poche son téléphone portable et se rendit dans son dossier de musiques. Il sélectionna *California Dreamin'* puis il revint s'asseoir tout près de sa victime.

« Écoute comme c'est beau », dit-il en fermant les yeux. « Cette chanson a été écrite et composée en 1963 par John et Michelle Phillips. Ils étaient mariés et vivaient à New York. Ils rêvaient d'habiter à Los Angeles, en Californie. C'est fou ! Ils ont pondu ce tube lors d'un hiver new-yorkais froid et enneigé comme jamais, inspirés par la vague de surf music californienne des années 1960. »

All the leaves are brown
And the sky is gray
I've been for a walk
On a winter's day

« C'est si beau et si bon de croire en quelque chose, de se sentir en sécurité. Tu crois en quelque chose, toi, ma petite Jany ? Maman me disait toujours de m'accrocher, d'aller où la lumière brille, mais aussi de me laisser mener où le vent me porterait. Papa se fichait de tout ça et j'ai dû voguer seul sur les flots déchaînés de cette putain d'existence de merde. Tu vois où ça mène ? »

La sonnette stridente de l'interphone retentit à cet instant.

Argus se dirigea vers l'entrée, décrocha le combiné et appuya sur le bouton d'ouverture. Enfin, il ouvrit la porte qu'il entrebâilla à peine.

Jeanne suffoquait, les yeux exorbités. Le rythme de son pouls devenait inquiétant et sa respiration de plus en plus difficile.

Le terrifiant Éternel Argus continua de plus belle.

« Bon, allez, il va falloir être courageuse. Cela dit, regardons les choses en face, et non pas par la lorgnette. Vous allez tous mourir, c'est le propre des êtres humains. Moi, j'ai eu la chance de pouvoir subir la transformation, de devenir un dieu. Et comme l'a dit John Wayne Gacy à un jeune flic, juste avant d'être exécuté : "J'ai tué trente-trois fois. Par contre, vous, vous ne me tuerez qu'une fois". »

Il s'écoula quelques secondes qui parurent une éternité à la jeune femme. Celle-ci ne voyait presque plus rien. Tout était flou et tournait autour d'elle. Elle ne sentait presque plus ses jambes, comme si le sol se dérobait sous le poids de son corps. Jeanne avait l'impression de voir deux hommes, puis trois, puis des ombres et des silhouettes qui se déplaçaient furtivement dans l'appartement.

Le type s'approcha alors de la jeune femme, enserra délicatement son cou de ses énormes mains, puis il s'arc-bouta sur elle tout en ahanant comme un cheval au galop. Et il serra très fort, du plus fort qu'il le put. Ne pouvant opposer de résistance, Jeanne ne mit pas très longtemps à s'éteindre. Ses jambes se raidirent, elle urina, et ce fut tout.

L'homme la laissa devant lui. Il observa son visage défait par l'effroi, sa bouche encore ouverte, et ses yeux écarquillés.

Il s'adossa contre le canapé, soupira d'aise, puis il ferma une nouvelle fois les paupières en écoutant le dernier couplet de la chanson. Lorsque celle-ci s'acheva, il reprit ses esprits et retira de la poche intérieure de sa veste une petite boîte. Il en sortit un scalpel, ainsi qu'un blépharostat ; un instrument utilisé pour la chirurgie de l'œil qui permettait au praticien de maintenir les paupières écartées, cela afin d'avoir aisément accès au globe oculaire.

Le machiavélique chirurgien positionna délicatement l'outil sur la paupière gauche de Jeanne puis, après quelques efforts, retira l'œil de sa cavité. Après l'avoir longuement observé, il se décida à introduire le globe oculaire dans une sorte de tube empli d'un liquide translucide, puis il répéta l'opération avec l'œil droit de sa victime.

Il transpirait, mais il savait pourquoi. Il avait la certitude que cet effort serait récompensé, que seuls le sacrifice et l'offrande lui permettraient de retrouver la paix.

C'est à cet instant précis qu'une pensée traversa son esprit. Il prit conscience que personne ne devrait trouver le corps de la créature. Jamais. Jeanne devrait obligatoirement disparaître. Ses chairs profanées devraient s'évaporer à tout jamais dans le néant, comme si la jeune femme n'avait jamais existé, comme si elle n'était jamais née ni morte.

Il se souvint alors de John Wayne Gacy et de sa maison située à Des Plaines, au nord de Chicago. Il songea à son vide sanitaire et aux vingt-six cadavres exhumés par la police en 1978. Argus se réjouit à la seule pensée qu'il possédait également une maison. Une demeure isolée en banlieue parisienne, bien plus vaste que le modeste pavillon que possédait Gacy, pourvue, elle aussi, d'un vide sanitaire, bien plus profond et plus spacieux.

Argus observa le corps de Jeanne. Il allait devoir trouver le moyen de déplacer sa victime sans être vu par les locataires de l'immeuble, dans la rue, et au moment où il chargerait le corps dans son break Audi. Il détailla les longues jambes de sa jeune victime. Il s'attarda sur sa jupe relevée et sur son entrejambe. Il s'avança alors, ôta sa veste, et la plaça sur le visage de Jeanne.

Je ne veux pas que tu me voies. Tu n'es pas digne de me voir une fois, alors que je te vois cent fois.

Pour soulager son érection, il déboucla sa ceinture et déboutonna son pantalon. Il s'allongea ensuite sur le corps, se laissant aller, rêvant d'une vie auprès de l'être aimé, se forçant à croire qu'en faisant l'amour à sa victime, tout redeviendrait comme avant, comme quand maman était là.

Il ferma les yeux. Le deuxième titre de sa playlist démarra. Les premières paroles de *If You Leave Me Now* du groupe Chicago s'égrenèrent comme une évidence et il tira à cet instant précis toute la satisfaction de son acte.

If you leave me now
You'll take away the biggest part of me

6

Paris, France
Avril 2022

— Je ne te quitte plus, toi ! T'es mon *crush* pour la vie ! lança Myriana à sa compagne.

Les deux jeunes femmes éclatèrent de rire. Un rire sonore, empli de joie. Myriana embrassa Armelle sur les lèvres, puis elle avala le fond de sa bière en se dandinant sur sa chaise.

Assise en face, Lina dévisageait sa fille avec tendresse. Il lui semblait que celle-ci était heureuse, qu'elle avait trouvé chez sa petite amie la sœur qu'elle n'avait jamais eue, la mère qui lui avait manqué. Armelle était une belle jeune femme aux cheveux courts, bruns, et aux joues bien rondes, de celles que l'on a envie de pincer affectueusement. Elle affichait ses vingt ans avec fierté, avec toute l'arrogance de ceux que la nature n'avait pas oublié de gâter.

Lina esquissa un sourire et observa les alentours, par-delà les tables et les chaises de la terrasse du café. Cette vue, ces lieux, tout cela lui avait manqué. Elle avait toujours imaginé que la prison avait tendance à effacer les belles images, à les remplacer par celles d'un quotidien terne, une vie sans couleurs ni saveurs.

Saint-Germain-des-Prés était magnifique au printemps. Lina aimait ce Paris-là, la rive gauche, cet endroit dans lequel se blottissaient toujours les fantômes célèbres d'un vingtième siècle égaré ; l'âme de Sartre, de Simone de Beauvoir ou bien encore celle de Picasso. Elle songea aux sombres années, aux dérives passées aux côtés de Joey, dans l'ombre de Blake.

Et si tout cela était bel et bien fini ?

Oui, elle y croyait. Elle était presque guérie, libérée de cette malédiction, de ces horreurs qu'elle avait perpétrées malgré elle, par conviction pour un amour sans égal. Le traitement qu'elle prenait depuis maintenant près de trois ans avait freiné la progression de ses symptômes, elle ne tremblait presque plus et ne passait plus du rire aux larmes. Lina avait toujours cru être atteinte du kuru – cette maladie dégénérative sous forme d'encéphalopathie spongiforme, causée par l'anthropophagie. C'était une sorte de Creutzfeldt-Jakob censée se développer lors d'ingestion de protéine humaine. Un peu comme ces pauvres vaches que l'on avait nourries avec des farines animales –, mais d'après plusieurs médecins, son cas paraissait différent. Les symptômes s'estompaient peu à peu et les IRM ne démontraient pas de complications cérébrales. Même les cauchemars semblaient s'étioler, mais trop lentement à son sens. Le dernier remontait à une semaine. L'image de Joey devenait de plus en plus floue à mesure que les années défilaient, comme une photo jaunie que le temps rongeait, mais les blessures restaient profondes et les cicatrices étaient toujours visibles. La douleur courait toujours en elle.

On ne guérit jamais vraiment lorsque l'on a vécu ce genre de choses et que l'on est à peine âgé de vingt ans. On considère simplement sa tête comme une prison, en espérant que le temps effacera ou libérera ces terribles images. Le temps finit toujours par atténuer ce qui semble indélébile, ce qui paraît tatoué au plus profond de nous.

Cependant, comme toujours, Lina ne pouvait s'empêcher de rejouer sous son crâne la scène la plus terrible de toute sa vie.

Cet instant où la folie s'était emparée de son esprit.

Ce dernier repas en compagnie de Joey, ce dernier jour avant sa mort, juste avant qu'ils prennent l'avion pour s'envoler vers la Nouvelle-Zélande.

* * *

Mars 2004

— Qu'est-ce que tu fous, Lina ? demanda nerveusement Joey en lui tendant trois assiettes en faïence.

Il s'exprimait dans un français presque impeccable, avec simplement cette pointe d'accent américain.

D'un pas lent, elle s'approcha de lui, les larmes floutant son regard triste.

— On ne peut pas faire ça, c'est... Il est encore jeune, Joey. Ce n'est qu'un enfant...

L'enfant dont elle parlait paraissait assoupi, assis devant la table dressée et nappée d'une toile blanche agrémentée de couverts en argent. Il était solidement attaché, les mains dans le dos, et un bandage s'enroulait autour de l'une de ses cuisses. Le tissu stérile était gorgé de sang qui dégouttait sur le sol et constellait le carrelage.

— Allons, ne sois pas ridicule, Lina. T'en as vu d'autres, non ? Le couple que l'on avait invité à Noël, par exemple, quel âge crois-tu que la femme avait ? Elle avait dix-sept ans, ma belle. Eh ouais, dix-sept ans !

Lina eut un spasme et la nausée la submergea.

— Prends ces putains d'assiettes et sers-nous ! On passe à table, lâcha Joey d'un ton brusque.

Il prit place à gauche du jeune homme qui se réveillait à peine.

— Alors, on a fait un gros dodo, hein ? lança-t-il en ricanant. Tu n'as pas mal, au moins ? Tout va bien ? C'est comment ton prénom, déjà ? Ah oui ! HOU-GO.

— C'est Hugo. Ça se dit HU-GO, mon amour, précisa Lina qui venait de reprendre ses esprits.

Joey acquiesça.

— Hugo, ça va aller ?

Le jeune garçon, qui avait fêté ses dix-sept ans la veille au soir, ouvrit d'abord un œil, puis l'autre, difficilement. Il fut tout d'abord très surpris de constater qu'il était à table, d'autant plus que son hôte s'avérait être l'homme qui tenait la boutique de disques, celle qui se trouvait en bas de son immeuble et dans laquelle il passait le plus clair de son temps. Une délicieuse odeur de plat cuisiné vint alors lui chatouiller les narines puis, redoublant d'efforts, il remua les lèvres pour tenter de former une phrase entière.

— C'est quoi ce... Mais pourquoi j'suis chez vous ?

— Oui, cher Hugo, tu es chez moi, et je te souhaite un bon anniversaire, chuchota Joey en détachant les liens du jeune garçon.

L'adolescent tourna la tête et entrevit Lina qui servait le repas.

— Mais on fait quoi, là ? Putain, j'ai en vie de gerber, et j'ai un mal de crâne de folie. Pourquoi tu m'as... Pourquoi j'étais attaché ?

— C'est une surprise pour ton anniversaire. Aujourd'hui, c'est comme si on était ton papa et ta maman, Lina et moi. On a cuisiné pour toi ce que tu aimes le plus...

Hugo plissa les paupières, comme si un grincement insoutenable avait percé ses tympans.

— Quoi ? Tu sais, Jo, je ne suis pas encore très bien réveillé. J'ai bu pas mal d'alcool hier soir et...

— Je sais, Hugo, je sais. J'étais là.

— T'étais à ma soirée d'anniversaire ?

Le jeune garçon jeta un regard interrogateur en direction de Lina.

Une assiette posée sur l'avant-bras, et les deux autres dans chaque main, elle avança en direction de la table.

— C'est vrai, dit-elle d'une voix douce. Joey y était. Disons qu'il est

plutôt arrivé à la fin, quand tu as sorti les poubelles. C'est là qu'il t'a… qu'il t'a ramené chez nous.

Effaré, Hugo écarquillait à présent les yeux. Ignorant tout de la mascarade qui se jouait, il commença à prendre conscience que quelque chose de grave allait se produire.

Encore ivre de la veille et de l'anesthésie à base de Pentothal, son esprit lui paraissait se détacher de son corps, et il arrivait à peine à bouger ses membres, ou même ses lèvres. Tout lui semblait ralenti, flou, mais sa vue se focalisa soudain sur l'assiette que venait de déposer Lina devant lui.

— C'est… c'est quoi, cette… cette connerie ? réussit-il à bafouiller.

Joey servit trois verres de vin, puis s'empressa de lui répondre :

— Hugo, te souviens-tu du jour où tu es entré dans ma boutique ? Tu cherchais un vieux vinyle pour l'anniversaire de ton père ; un titre interprété par Harry Nilsson : Without you. D'ailleurs, Lina, mon amour, veux-tu bien nous mettre le morceau ?

Elle s'exécuta juste avant de rétorquer :

— Il faut manger, les garçons, ça va être froid.

— Oui, je… Je me souviens de ça. Pourquoi ? répliqua Hugo.

Le premier couplet résonna dans le grand séjour

No, I can't forget this evening
Or your face as you were leaving

— On avait discuté de tout et de rien, mon petit Hugo. Je me rappelle qu'on avait parlé de cuisine, de ton dégoût pour les Mac Do et tout ce qui s'apparente aux fast-foods. Tu m'avais parlé des bons plats que ta mère te cuisinait et notamment de l'araignée de bœuf.

— Oui, et donc ? Tu veux me dire quoi ? Que je…

Hugo planta aussitôt son regard dans l'assiette devant lui. Une rondelle de tomate rôtie et parsemée de persil accompagnait la pièce de viande encore fumante.

Le refrain de la chanson vint soudain envelopper l'ambiance de ce repas qui, en apparence, avait tout d'un déjeuner en famille, d'un déjeuner dominical dans la chaleur du foyer.

I can't live, if living is without you

Hugo pointa l'assiette du doigt, un sourire dissimulé au coin des lèvres.

— C'est de l'araignée de bœuf ?

— De l'araignée au poivre de Sichuan, précisa Joey. Elle est juteuse, saignante à souhait. Elle est juste arrosée d'un filet d'huile d'olive et saupoudrée d'une pincée de fleur de sel. Tu vas adorer ce moment où tes mâchoires se refermeront sur toi-même.

— De quoi ? Qu'est-ce que tu racontes ?

Hugo lança un regard désespéré à Lina qui souriait tendrement tout en l'observant.

Un imposant objet entreposé dans le fond de la pièce attira soudain l'attention du jeune garçon. Il força sur sa vue encore trop faible, puis demanda en plissant les yeux :

— C'est quoi ce truc, là-bas ?

Juste avant que Joey réponde à sa question, il réussit à identifier un énorme baril de plastique bleu, du genre de ceux que l'on mettait dans son jardin pour récupérer l'eau de pluie.

— C'est pour le compost. Lina et moi trions scrupuleusement nos déchets. Un truc qui me vient de mon père, termina-t-il en ricanant.

Hugo n'arrivait pas à saisir pourquoi le conteneur de tri était situé près de la salle de bains. Il trouva cela étrange, mais après tout, le disquaire et sa femme n'étaient-ils pas étranges, eux aussi ? Il songea à son anniversaire, même s'il ne se souvenait de presque rien, et estima que ses dix-sept ans avaient été célébrés dans les règles. Satisfait, il découpa avec difficulté un morceau de son araignée. Il porta la chair rosée à sa bouche et mastiqua en fermant les yeux.

— Voilà, dit Joey après avoir avalé à son tour une bouchée du précieux mets. Tu goûtes à l'éternel, cher Hugo. Lina est une époustouflante cuisinière. Lorsque je vivais dans mon pays, aux États-Unis, on me vantait souvent les mérites de la cuisine française, mais j'avais du mal à y croire. Je trouvais qu'on en faisait des caisses autour de tous ces chefs étoilés, ces Bocuse, Loiseau, ou encore ce petit nouveau, là... Etche... Echetebeze, ou je ne sais quoi. Et puis, je suis venu en France et j'ai enfin compris le sens du mot « gourmet ». Alors, dis-moi, tu aimes ou pas ?

Encore assommé par l'anesthésie, Hugo avait du mal à découper un nouveau quartier de viande. Joey se pencha alors près de lui, lui coupa un morceau, et porta la fourchette à sa bouche.

— Tu sais pourquoi cette pièce de viande est si chère, Hugo ? Pourquoi on n'en trouve pas partout, ni tout le temps ?

Le jeune garçon secoua la tête en mastiquant.

La chanson venait de s'achever, plongeant le grand salon dans le silence, à peine perturbé par le bruit des fourchettes contre l'assiette.

— Eh bien, je vais te le dire. Tout simplement parce que le bœuf ne possède que deux araignées. Il s'agit d'une partie du muscle située sur chaque os de la hanche. C'est le muscle qui tapisse l'intérieur du trou d'articulation entre le gîte à la noix et le plat de tranche. Ça correspond à peu près aux adducteurs chez l'être humain. Tu vois, Lina a partagé en trois parts égales.

Les traits du visage de Hugo se déformèrent aussitôt. Il demeura pétrifié, la bouche à demi ouverte, avec ce jus de viande savoureux qui continuait de couler dans sa gorge. Malgré lui, son regard se posa sur le petit morceau de chair saignant qui se trouvait encore dans le plat en argent, au centre de la table.

Il se pencha légèrement en arrière, repoussa la nappe qui lui couvrait le haut des cuisses et se mit tout à coup à hurler. Tout du moins, il crut qu'il venait de pousser un cri strident, mais aucun son ne s'était extirpé de ses cordes vocales encore malmenées par le Pentothal. Son cœur explo-

sait sous sa poitrine et il se mit à trembler, soudain pris de convulsions, choqué par la vision du bandage imbibé de sang qui enveloppait sa cuisse.

— Oui, Hugo. J'ai délicatement retiré ton adducteur droit, ton araignée, quoi, et on a tous dégusté ce petit morceau de toi.

Le visage du jeune homme devint très pâle. Ses yeux reflétaient la terreur, l'angoisse de ne plus jamais revoir les siens, de mourir dans d'atroces souffrances.

— Laisse-moi… Laisse-moi partir, Jo, s'il te plaît !

Il répétait ces quelques mots comme un interminable mantra, comme s'ils auraient pu lui être salutaires et le délivrer du mal.

Joey fit un signe à Lina en lui désignant la chaîne hi-fi.

— Mets-nous My Sweet Lord, mon cœur. Hugo va en avoir besoin.

Elle s'exécuta en silence et la voix de Georges Harrison tournoya dans la pièce.

My sweet lord
Hmm, my lord

Joey reprit la parole en empruntant un ton plus solennel. Il s'adressa alors à Hugo comme un père l'aurait fait avec son propre enfant.

— Tu crois en Dieu, Hugo ? Est-ce que tu crois en Dieu ? Réponds-moi. J'ai besoin de savoir si tu crois qu'il te tendra la main au moment de lui rendre ton âme. Crois-tu que l'Éternel t'ouvrira son royaume ?

L'adolescent était pétrifié, incapable de parler ou même cligner des yeux.

— Je vois, tu préfères garder ça pour toi. Je comprends. Écoute, voilà ce qu'on va faire. On va terminer ce délicieux repas préparé avec amour, puis il sera l'heure de débarrasser tout ce merdier. Tout comme mon père le pratiquait, je vais me débarrasser des ordures. Après avoir fait le tri, évidemment. Dans quelques minutes, tu plongeras de nouveau dans une

sorte de coma. Tu ne sentiras plus rien lorsque je t'aurai injecté une nouvelle dose. Ensuite, je te mettrai dans la baignoire…

Malgré son ventre bien rond et la fatigue de la grossesse, Lina sortit la poubelle et jeta le sac dans le conteneur plastique qui se trouvait devant la maison. Elle savait qu'elle ne rentrerait pas avant la fin de la journée, pas avant que Joey ait fini ce qu'il allait inévitablement entreprendre.

Il continua :

— Je te mettrai dans la baignoire et puis je te démembrerai. En général, je récupère toujours le foie, j'adore le foie. En plus, le tien est tout neuf, jeune, délicat comme celui d'un veau accompagné de morilles à la crème. C'est d'une jouissance sans nom. Ton sang s'écoulera en partie dans les canalisations, par le siphon de la baignoire. Et puis, le reste ira dans le grand fût bleu que tu as repéré tout à l'heure, celui qui se trouve près de la salle de bains, justement. Il peut contenir jusqu'à deux cent cinquante litres, mais il est rempli à moitié seulement d'une mixture, d'un redoutable mélange d'acides, surnommé « Piranha ». Tout – même tes os – sera liquéfié en moins de vingt-quatre heures. Il ne me restera plus qu'à te jeter dans les toilettes ou à t'évacuer par le siphon de la baignoire, et l'affaire sera réglée.

Hugo ne sentit pas l'urine chaude couler le long de sa jambe.

Il ne désirait plus qu'une chose : que tout s'arrête rapidement, ici.

Il voulait mourir avant de souffrir.

Joey se leva, s'empara d'une seringue qui se trouvait près de la plaque de cuisson, puis il passa derrière Hugo et enfonça l'aiguille dans la chair de son cou.

— Voilà, tout doux. Ça va aller, maintenant. Tu vas te laisser sombrer, ça va être moelleux. T'auras juste la sensation de glisser. Tu ne pourras pas lutter. Tes paupières se fermeront et tu t'endormiras pour ne jamais te réveiller, mon grand. Je te souhaite encore un joyeux anniversaire, Hugo. Ton araignée était délicieuse.

* * *

— Une araignée ! Putain, maman, tu fais quoi ?

Le cri de Myriana avait tiré Lina du souvenir macabre dans lequel elle s'était plongée. Elle revint à elle peu à peu, sans trop comprendre ce qui se passait. Son regard accrocha sa main posée près de son verre de bière et elle vit qu'une petite araignée s'était aventurée sur ses doigts. Celle-ci était probablement tombée du parasol sous lequel elles se trouvaient. À peine surprise, Lina secoua la main et envoya valser la bestiole sur le sol.

— Tu faisais quoi ? T'étais toute bizarre. On parlait avec Armelle, et toi, tu avais le regard dans le vague. Tu n'as même pas vu la bébête sur ta main, déclara Myriana en riant.

Lina accorda un sourire aux filles. Elle était encore perturbée par ce souvenir – si fort, si réel –, qui lui semblait s'être déroulé la veille, même dix-huit ans après.

L'araignée sur sa main, quelle ironie !

Était-ce un message d'outre-tombe envoyé par le jeune Hugo ?

Le jeune Hugo qui aurait fêté ses trente-cinq ans le mois précédent.

Même si le souvenir de ce dernier repas pris avec Joey, la veille de l'intervention du RAID, lui laissait un goût amer dans la bouche, rien ne la ravissait plus que d'avoir entendu sa fille l'appeler maman pour la première fois.

Elle avait décidé d'inviter Armelle et Myriana au restaurant. Elle ne se sentait pas la force de cuisiner.

RECETTE

ARAIGNÉE DE BŒUF AU POIVRE DE SICHUAN

2 personnes | Préparation : 5 minutes | Cuisson : 4 minutes

Ingrédients :

- 2 araignées de bœuf
- 2 cuillerées à soupe de poivre de Sichuan
- 2 cuillerées à soupe de persil haché
- Fleur de sel
- Beurre
- Huile d'olive

Préparation de la recette :

- Sortez la viande du réfrigérateur.
- Déposez-la dans une assiette et arrosez-la d'un filet d'huile d'olive, puis laissez à température ambiante de 20 à 30 minutes avant de la cuire.
- Concassez le poivre de Sichuan et mélangez-le au persil haché et à une pincée de fleur de sel.
- Faites fondre une belle noix de beurre dans une poêle, à feu vif, et mettez la viande à cuire (1 à 2 minutes de chaque côté) en la retournant à mi-cuisson avec une spatule.

- Étalez le mélange de poivre, sel et persil sur votre assiette de service chaude et déposez l'araignée de bœuf dessus.

Vous pouvez l'accompagner de tomates à la provençale, par exemple.

Servez, et bon appétit.

7

Paris, France
Avril 2022

— On a le résultat de l'examen toxicologique de la petite Asiatique, chef, assura Nadia en brandissant un document au-dessus de sa tête.

Adam Cassandre se rapprocha, l'air satisfait et impatient, comme un gamin à la fête foraine.

— Ça n'a pas traîné. Et qu'est-ce que ça dit ?

— Ça dit beaucoup de choses, capitaine. Ça dit, entre autres, que son sang contenait des traces élevées de kétamine, de la marijuana, de l'alcool, et un tout petit peu de cocaïne.

— Une vraie pharmacie, cette jeune fille, plaisanta Cassandre. En tout cas, la kétamine, c'est un élément intéressant. On ne trouve pas ce produit partout. Il est essentiellement délivré aux vétérinaires ou aux médecins. On creusera, on pourra éventuellement remonter une piste…

— Je suis d'accord avec vous, le coupa Nadia. Mais on peut

aussi se procurer de la kétamine sur le dark web ou dans la rue de façon illégale. Et vous, de votre côté, ça a donné quoi ?

— Le rapport du légiste est conforme à ce à quoi je m'attendais. La cause du décès est bien la strangulation et l'énucléation a été pratiquée post-mortem. Quant au maquillage, il contient du zinc, des silicones, du mica, comme la plupart des produits cosmétiques que l'on retrouve dans les supermarchés. Donc une multitude de possibilités de traçage, de marques. Autant dire que c'est l'aiguille dans la meule de foin.

Nadia Naccache posa le rapport toxicologique sur son bureau, puis s'empara d'une chemise rouge emplie de feuillets.

— De mon côté, j'ai les fadettes qui correspondent à sa ligne téléphonique, au nom de Kim Huang. J'ai épluché le contenu de son portable, ainsi que celui de l'ordinateur qui se trouvait chez elle. Bref, j'ai remonté le cours du temps et j'ai l'impression qu'elle ne s'ennuyait pas, cette jeune femme.

Le capitaine Cassandre l'interrogea du regard, espérant que sa subordonnée lui sortirait le nom du coupable.

— Je pense qu'on a de grandes chances de coincer l'ordure qui a fait ça. La victime passait beaucoup de temps sur l'application Tinder, il existe peut-être un lien.

— Continuez, vous m'intéressez beaucoup. D'autant plus que j'ai besoin d'être briefé à propos de cette application. C'est fait pour les rencontres, c'est ça ?

Nadia dissimula un sourire.

— C'est exactement ça. Vous allez me faire croire que vous ne connaissez pas Tinder ? *Vous* ? C'est bête, ironisa-t-elle.

— Je suis peut-être un célibataire qui vit avec son chien, mais non, je ne connais pas. Donc ? Elle a pris des contacts et elle a rencontré des hommes, j'me trompe pas ?

Nadia se plongea dans la lecture d'un feuillet, parcourut quelques lignes du bout de son index, et affirma :

— Oui, c'est exact. Et pas que des mecs. J'ai noté en bas de cette feuille deux noms avec dates et horaires de connexion. On va essayer de contacter l'opérateur et les responsables du réseau, juste pour savoir qui se cache derrière ces pseudos.

Le capitaine de police allongea le bras pour s'emparer de la feuille que lui tendait Nadia. Il la détailla en se concentrant et demanda en fronçant les sourcils :

— C'est quoi, ça ? *Pink Killer* et *Éternel Argus*, ça veut dire quoi ?

— Ce sont les pseudos que les deux dernières rencontres de Kim ont utilisés.

— Dites-moi que vous avez les vrais noms, lieutenant.

Elle accorda un sourire moqueur à son supérieur, comme pour signifier : « Qu'est-ce que vous croyez ? », puis répondit sans dissimuler sa fierté :

— Évidemment, mais encore une fois, on n'est jamais sûr de rien. Ces deux personnes inscrites sur le site peuvent très bien avoir fourni de fausses informations à propos de leur identité, avoir créé des boîtes mail fantômes. Je...

— Lieutenant Naccache ? Les noms ! l'interrompit-il.

— Il s'agit d'une femme et d'un homme. Le type s'appelle Daniel Ortega. Il est inscrit depuis plus de deux ans.

— Et la femme ?

— Ça, ça va vous plaire.

Le capitaine Cassandre se frappa le front du plat de la main, à la fois exaspéré et amusé par le petit jeu de Nadia.

— La femme s'appelle Lina Berisha, elle a trente-huit ans. Elle a été condamnée à une peine de réclusion de vingt ans pour complicité de meurtres, dissimulations et dégradations de cadavres. Je mets cela au pluriel, évidemment.

Les yeux de Cassandre s'arrondirent.

— C'est une blague ?

— Pas du tout. Elle a fait dix-sept ans de placard et elle est sortie l'année dernière. Son nom ne vous dit vraiment rien ?

— Redonnez-moi son blaze...

— Lina Berisha.

Le capitaine Cassandre crut tomber des nues. Tout lui revint d'un seul coup. Il se souvint des images qui, à l'époque, avaient tourné en boucle à la télévision. Il se rappelait cette gamine enceinte d'à peine vingt ans qui accompagnait son homme, comme un couple maudit – comme le duo Florence Rey et Audry Maupin, en 1994, ou Mickey et Mallory, le binôme infernal du film *Tueurs nés*, d'Oliver Stone.

Les souvenirs affluèrent.

Le sang, les victimes, et le lourd passé de Joey Sterling Lawrence.

— On parle bien de la fusillade de l'aéroport Charles-de-Gaulle, en 2004 ?

Nadia confirma d'un signe de tête.

— Putain de merde ! Joey Lawrence s'est fait neutraliser par le RAID alors qu'il était prêt à tirer sur des agents. Ce mec, c'était le fils du pire tueur en série qu'ont connu les États-Unis, un type qui se faisait appeler Blake. Il a commis des meurtres atroces et infligé les pires sévices à ses victimes. Il était même nécrophile et s'adonnait au cannibalisme.

— Je sais tout ça, capitaine. Pas la peine de me refaire son CV. J'ai consulté Internet. Ce bonhomme, c'était le diable en personne.

— Ce type est mort en 1984, assassiné en prison par l'un de ses codétenus. Merde ! J'ai du mal à croire que la compagne de son fils puisse être rattachée à nos affaires de meurtres. C'est une sacrée coïncidence, ça.

— Quand on sait que les yeux des victimes sont prélevés, ça pourrait correspondre.

Cassandre la considéra d'un œil rond, sans saisir le fond de la pensée de Nadia, puis il s'installa sur son siège, derrière son bureau. Il avait besoin de souffler, de comprendre ce qui était en train de leur tomber dessus.

Nadia ouvrit la fenêtre et alluma une cigarette.

Cassandre émit un grognement de vieil ours suivi d'un long soupir d'exaspération, juste avant de lâcher avec lassitude :

— Vous n'allez pas encore fumer, si ? C'est chiant, ça pue, bon sang ! J'ai mis des années pour arrêter.

— Je vais bientôt me mettre à la vapoteuse, promis. Sinon, on fait quoi pour Berisha et Ortega ?

— On va les entendre. Il faut les convoquer.

— Les convoquer ? Vous voulez convoquer Lina Berisha ? Vous êtes sérieux ? Il serait plus convenable qu'on discute avec le juge. Je suis certaine que la garde à vue mènerait à une mise en examen. Vous n'êtes pas d'accord ? Cette femme était la compagne de Joey Lawrence, ça ne vous suffit pas ? Même si personne n'a pu prouver qu'elle avait participé aux meurtres de son amant, ici, en France, on a assez de billes pour dire qu'elle doit sacrément être dérangée, non ? Ça laisse supposer qu'elle pourrait être impliquée dans cette série de meurtres.

— Une série ? De quelle série vous parlez ?

— Lorsque trois meurtres incluent le même mode opératoire, la même signature, moi, j'appelle ça une série, chef. Il y a eu Louna Bouvier en janvier 2021, Amélie Lalaud, en mars 2021, et la dernière, Kim Huang. Je pense qu'on devrait interroger Lina Berisha. Les tueuses en série, ça existe, vous savez. D'après moi, on tient quelque chose.

Avant de répondre à sa subordonnée, Cassandre alluma la bougie antitabac qui trônait sur un coin de son bureau.

— Désolé, mais on n'a rien pour l'instant, lieutenant. On va seulement l'interroger sur son emploi du temps, vérifier ses éventuels alibis, et c'est tout. Et je sais très bien que les tueuses en série existent, Aileen Wuornos en est un très bon exemple, alors ne croyez pas me faire la leçon. Sinon, je change de sujet, mais vous avez des infos à propos de ce Daniel Ortega ?

— Non, pas plus que ça. Beaucoup de connexions sur son compte Tinder en deux ans, mais c'est tout. À part ça, il est artisan, entrepreneur. Il est propriétaire d'une boîte de rénovation en bâtiment.

Cassandre se leva, referma la fenêtre et fit signe à Nadia d'éteindre sa cigarette. Il se rapprocha de la jeune femme.

— Moi, je vais vous dire ce qu'on va faire. Premièrement, on va remonter le fil de cette série. Vérifiez si les deux premières victimes se connectaient sur Trinder...

— *Tinder*, chef.

— Sur Tinder, oui. Si c'est le cas, identifiez toutes les personnes avec lesquelles elles auraient organisé des rencontres, et voyez si on peut croiser les profils de Berisha ou d'Ortega. Alors, à ce moment-là, et seulement à ce moment-là, on pourra dire que l'on tient quelque chose. On verra ensuite ce que comptent faire le procureur et le juge d'instruction.

Nadia opina du chef en restant silencieuse. Elle savait que son supérieur pouvait l'écarter de l'affaire, surtout si elle allait à l'encontre de ses idées, si elle ne le brossait pas de temps à autre dans le sens du poil.

Elle rangea ses documents avant de s'éclipser du bureau de Cassandre, l'air contrarié. La jeune femme restait persuadée que Lina Berisha avait quelque chose à dissimuler.

L'ex-compagne du diable ne pouvait pas se targuer d'avoir des ailes dans le dos.

8

Murders memory

Paris, France
Novembre 1983

Crapule se trouvait au supermarché avec sa mère. Il jeta une boîte de céréales au fond du caddie, puis tout en se perchant dessus, il demanda :

— Dis, maman, pourquoi papa est encore à l'hôpital ? Il va ressortir ou pas ?

Sa mère farfouilla dans le rayon un instant puis elle se rapprocha de son fiston.

— Écoute, mon cœur, pour le moment, oui, il reste à l'hôpital. Il a été opéré de l'œil hier, mais les médecins préfèrent le garder un peu.

— Ils ont vraiment mis un œil tout neuf à papa ? Ça va pas faire peur si c'est un faux, maman ?

— Non, ça ne fait pas peur. On appelle ça un œil de verre, une prothèse, si tu veux. Et je te promets qu'on ne remarquera presque rien, tu verras.

Le petit garçon esquissa une moue, le regard fuyant.

Odile ébouriffa affectueusement les cheveux de son fils tout en avançant dans l'allée du magasin.

— Dis, maman, est-ce que papa va revenir à la maison ?

Sa mère l'observa en silence, puis soupira.

— Oui, mon cœur. Il reviendra à la maison quand les médecins lui donneront l'autorisation de ressortir.

— Mais est-ce qu'il va être en colère contre moi ? Il va pas me crier dessus, hein, maman ? Moi, j'ai pas trop envie qu'il revienne à la maison. On est trop bien tous les deux. Personne nous engueule, au moins…

Odile arrêta le chariot, posa la boîte de conserve qu'elle avait extirpée du rayon, et prit son fils dans les bras. Elle le serra fort contre elle et l'embrassa. Elle posa ensuite son index sur le nez de son enfant et lui dit, tout en le regardant au fond des yeux :

— Écoute bien ta maman, mon amour. Jamais je ne te laisserai tomber, d'accord ? Je suis là pour te protéger, personne ne te fera de mal. Et pour papa, ne t'inquiète pas, tu n'y es pour rien. Il s'est fait crever l'œil à la chasse. C'est tonton Jean qui lui a tiré dessus sans le faire exprès. Papa sortira de l'hôpital dans quelques jours, mais il ne te disputera pas.

— C'est pas vrai ! grogna le petit garçon en prenant un air boudeur.

— Qu'est-ce qui n'est pas vrai ?

L'enfant grimaça, cherchant à se défaire de l'étreinte de sa mère. Odile le reposa au sol, puis elle ajouta :

— Tu réponds ? Qu'est-ce qui n'est pas vrai ?

— Tu sais, maman…

— Si tu veux parler des moments où papa te donne des fessées, tu sais bien pourquoi je reste dans la cuisine. Moi aussi, il me frappe, si je m'en mêle, mon petit chéri. Ton père est colérique, il faut faire avec.

Crapule envoya un coup de pied dans le chariot, puis il déclara en plissant les yeux :

— J'veux pas qu'il rentre ! Il me tape, il est méchant avec moi, et tu peux même pas me défendre ! Quand je serai grand, j'veux aller chez tata Violaine.

— Je fais tout ce que je peux, mon pt'it loup. Tant que tu es avec moi, il ne peut rien t'arriver.

— Et avec le monsieur aux lunettes, c'est pas arrivé, peut-être ? Et toi, t'étais pas là, maman. Le monsieur, il voulait me couper la gorge. Papa, il a jamais voulu me croire. Et puis aussi, j'en ai marre que tout le monde me frappe à l'école. J'en ai marre que mes copains disent que je suis gros, et aussi quand ils font pipi sur moi.

Odile laissa une vague d'émotions la submerger. Tout d'abord, elle ressentit la colère, puis vint la frustration. Elle fit à cet instant le constat d'un échec ; celui de son mariage, celui même d'être une mère incapable de protéger son enfant d'un père violent, de protéger son fils des dangers et des prédateurs de la société. Elle sentit les larmes lui monter aux yeux et les sécha de la manche de son manteau. Elle ne voulait surtout pas que son petit la voie en position de faiblesse. Oui, elle pourrait quitter Pedro, oui, sa belle-sœur lui avait fait part de ce conseil, et oui, elle y avait déjà songé à maintes reprises, mais elle ne le pouvait pas, car elle craignait, faute de moyens financiers suffisants, qu'un juge ordonne la garde exclusive au père de l'enfant ou qu'il soit placé en foyer. Et cela, elle ne pouvait pas le concevoir, persuadée qu'un jour, il finirait par tuer leur petit garçon.

Odile tenait bon. Elle subissait, essayait de garder la tête hors de l'eau, en espérant qu'un jour, peut-être, Pedro quitterait le domicile conjugal ou crèverait d'une cirrhose.

Pour la survie de son fils, elle était consciente qu'elle ne devait pas perdre le combat.

* * *

Domicile de Nadia Naccache
Montreuil, France
Avril 2022

Depuis le huitième étage, Nadia observait l'horizon. Elle tirait de longues bouffées de fumée sur sa vapoteuse, les coudes posés sur le rebord de son balcon. Elle était pensive, le regard égaré sur les immenses bâtiments et les tours gigantesques qui l'entouraient. Le bruit ne l'incommodait plus ni même le paysage défiguré par le béton. Après tout, elle avait grandi dans cette jungle urbaine, au beau milieu des prédateurs d'une jeunesse perdue et désillusionnée.

Des éléments de l'enquête s'agitaient sous son crâne et des noms revenaient la hanter. Elle ressassait la conversation qu'elle avait eue avec Cassandre. Elle restait persuadée que ce fameux Daniel Ortega était lié au meurtre de Kim Huang, qu'il était impliqué d'une façon ou d'une autre. Pourquoi aurait-il utilisé le pseudonyme *Éternel Argus* pour se connecter sur les réseaux ?

Après quelques recherches, Nadia avait découvert que dans la mythologie grecque, Argus avait été un berger géant doté de cent yeux, missionné par Héra, la femme de Zeus, pour surveiller Io, la maîtresse du roi de l'Olympe, transformée en génisse. Pour une affaire criminelle dans laquelle le tueur prélevait les yeux de ses victimes, l'enquêtrice estimait le pseudonyme de son suspect très à-propos.

Elle tira une nouvelle bouffée sur sa vapoteuse et le nom de Lina Berisha lui revint également en mémoire. L'ex-compagne de Joey Lawrence la fascinait davantage. Elle n'arrivait pas à se faire à l'idée que cette femme ait pu vivre avec un homme aussi terrifiant, qu'elle ait pu le suivre dans sa folie, cautionner ses crimes, les cacher, cuisiner et ingurgiter de la chair humaine. Même sous l'emprise d'un être persuasif, comment pouvait-on en arriver là ?

Nadia se demanda quelles pouvaient bien être les raisons qui avaient forcé Lina à sombrer, à rester prisonnière de cette spirale criminelle, de cette folie meurtrière. Avoir à peine vingt ans, être toxicomane, et tuer de jeunes hommes était assez inhabituel. Surtout en France. Pour Nadia, même si Lina n'avait pas commis les meurtres, elle avait malgré tout couvert son amant et lui avait permis de tuer, encore et encore. Elle avait cuisiné les victimes comme si elle avait été le chef étoilé d'un grand restaurant gastronomique.

L'enquêtrice en avait conclu que Lina n'avait jamais eu froid aux yeux devant tant de barbarie. Savoir que son pseudonyme se trouvait dans les contacts de Kim Huang l'intriguait et, de fait, laissait supposer qu'elle pouvait être impliquée.

Toutefois, Nadia s'était également rappelé que le premier corps avait été retrouvé en janvier 2021 et que Lina était encore incarcérée à ce moment-là.

9

Murders memory

Paris, France
Décembre 2020

Alexia lui avait procuré une solide érection. Il avait craint d'être allé trop loin, mais il n'y avait aucune raison qu'il se plante cette fois-ci. Sept mois s'étaient écoulés depuis qu'il avait fait disparaître le corps de Jeanne sous sa maison et le vide sanitaire était bien plus vaste que ce que l'on pouvait imaginer. La chaux vive l'avait aidé et le fait d'avoir enterré le cadavre permettait de contenir les relents fétides de la décomposition.

Argus avait procédé tout comme l'avait fait John Wayne Gacy, un demi-siècle plus tôt. Tout comme lui, il était entrepreneur, tout comme lui, il était engagé auprès d'associations qui soulevaient des fonds pour les enfants malades ou les nécessiteux. À quelques détails près, son passé pouvait se superposer à celui du tueur en série américain. Un calque presque identique. Tout-petit, il avait toujours eu un mal de chien à surmonter l'humiliation infligée par les gamins de son âge. À cette époque, il était un peu rond, joufflu, et sa mère l'habillait avec des fringues de friperie bon marché.

À l'école, il fuyait ses tortionnaires comme la peste, mais ceux-ci finissaient systématiquement par lui tomber sur le râble. Ils le frappaient lorsqu'il chutait au sol, à grands coups de pied dans le ventre ou dans le crâne. Pour terminer, afin que l'humiliation soit totale, les jeunes garçons urinaient sur lui à tour de rôle et lui crachaient dessus en riant. Ensuite, tout en l'insultant copieusement, ils se rhabillaient avant de prendre la fuite. Argus rentrait le plus souvent chez lui penaud, honteux. Chaque fois, il s'était senti souillé, outragé par l'odeur infecte et dégradante de l'urine, humilié par les crachats sur son visage. Ce qui l'abattait le plus, cependant, c'était le mépris et l'indifférence qu'affichait son père lorsqu'il lui parlait de son calvaire. Ce dernier était un homme colérique, violent avec sa femme, surtout quand il venait de fêter le jour de paie.

Argus avait toujours été protégé par sa mère, mais la fois où son enfant avait été agressé par deux SDF de passage, elle n'avait rien pu faire d'autre que de rassurer son fils. Un routard, un vagabond accompagné d'un autre homme, chétif. Le signalement du type avait fait le tour des gendarmeries et autres postes de police, mais cela n'avait jamais abouti. Le routard était très grand, avec des lunettes de vue carrées. Il s'exprimait avec un fort accent du Nord et bégayait parfois. Argus avait pu leur échapper *in extremis*, juste avant que celui-ci lui plante son Opinel dans la gorge. Aujourd'hui, il se sentait un peu soulagé de savoir que le binoclard allait finir sa vie derrière les barreaux d'une prison alsacienne, condamné à de multiples perpétuités, pour onze meurtres, précisément.

Même s'il aurait aimé le tuer de ses propres mains, même s'il aurait aimé le sodomiser avec une canette de soda en verre, identique à celle que ce salopard avait introduite en lui, Argus était apaisé de le savoir enfermé.

Cette rage qu'il avait gardée enfouie au creux de son âme n'était pas uniquement liée à son viol. Tout aurait pu s'arrêter là, mais son père, le discernement tordu par l'alcool et les médicaments qu'il s'envoyait chaque jour, avait fini par glisser sur cette fameuse pente que l'on ne remonte jamais plus. Il avait contribué à l'effondrement psychologique de son propre fils. Dans un accès de colère, ivre de tout le whisky qu'il avait ingurgité depuis le début de la journée, le père d'Argus avait fini par commettre un acte irréparable. Et lorsque Argus était rentré du collège et qu'il s'était rendu dans le grand salon, ses jambes étaient devenues flasques et il n'avait pu s'empêcher de vomir sur ses chaussures.

Devant lui, ses parents se balançaient au bout d'une corde d'escalade. Celle-ci avait été solidement nouée à la rambarde de l'escalier qui conduisait à l'étage, puis passée autour de leur cou.

Son père et sa mère étaient morts, pendus, sans plus d'explications pour le gamin qu'il était alors.

Argus avait d'abord paniqué et son cœur s'était mis à battre très fort. Un immense chagrin l'avait aussitôt submergé alors qu'il s'effondrait à genoux devant eux, en pleine crise de larmes. Il avait ensuite détaillé le visage des cadavres, et plus particulièrement celui de sa mère, cyanosé par l'asphyxie. Il avait longuement dévisagé sa petite maman qui se balançait encore, la bouche légèrement ouverte, la langue posée sur les dents de sa mâchoire inférieure. Argus avait ensuite séché ses larmes et il était resté prostré des heures, assis en tailleur devant ses défunts parents, les observant en silence. Pendant de longues minutes, il n'avait pu détacher son regard des yeux de sa mère, exorbités, prêts à sortir de leur cavité, à l'instar de l'un de ceux de son père. En effet, deux ans plus tôt, ce dernier s'était crevé un œil alors qu'il accompagnait un de ses frères à la chasse. Un maudit plomb était venu se loger dans son globe oculaire, échappant de peu à la rafale entière de chevrotine destinée à un sanglier. Après s'être fait soigner, et avoir subi un peu de chirurgie réparatrice, Pedro avait eu droit à un bel œil de verre, une prothèse sur mesure avec une couleur marron identique à son œil gauche.

Et c'est cette prothèse oculaire qui s'était trouvée au sol, juste sous le cadavre de Pedro.

Elle avait probablement été expulsée de son logement au moment où la corde avait brisé sa nuque. Argus avait fixé du regard la bille de verre, transi par l'effroi, l'incompréhension et le chagrin. Il avait scruté l'œil de son père comme Hamlet avait scruté le crâne du roi Yorick, des tas de questions demeurant en lui. Lorsqu'il eut à peu près retrouvé ses esprits, il avait perçu un frottement répétitif qui provenait d'un coin de la pièce. Il s'était levé et s'était dirigé vers le grand living en chêne massif, à l'endroit même où se trouvait un tourne-disque vinyle.

Sur la platine était posé le 33 tours de *California Dreamin'* qui tournait toujours, le saphir au centre de la galette. À droite, sous un verre de whisky encore plein, reposait la pochette du disque. Argus s'était emparé de celle-ci et l'avait détaillée. Le groupe The Mamas and the Papas apparaissait sur la photo, elle-même apposée au centre d'une pochette jaunâtre. Le visage de Michelle Phillips était surdimensionné au regard des trois autres.

Pourquoi ?

Argus s'était posé cette étrange question, puis il avait haussé les épaules, et avait posé le saphir sur le disque.

The Mamas and the Papas. *Quelle ironie !*

Au premier couplet, son regard avait accroché les deux corps qui paraissaient osciller en rythme sur le son californien. Il était resté un long moment immobile, les bras pendants. Enfin, à la fois avec beaucoup de délicatesse et de dégoût, il avait ramassé l'œil de son père et avait scruté le fond de la pupille synthétique. Et c'est alors qu'il y avait vu toute la noirceur du monde, tout le mal, toute la souffrance et les douleurs enfouis dans l'âme labyrinthique de son père.

Stopped into a church
I passed along the way
Well, I got down on my knees
And I pretend to pray

Il s'était de nouveau agenouillé devant ses parents, juste sous leurs corps, après avoir rangé l'œil de son père au fond de sa poche. Du haut de ses dix ans, malgré la tristesse qui l'enveloppait à cet instant, Argus avait été perturbé par un élément troublant.

Aujourd'hui encore, il se demandait pourquoi sa mère était cyanosée et morte par asphyxie, alors que son père avait eu la nuque brisée par la pendaison.

Après avoir chassé les réminiscences de son enfance, Argus s'assit enfin à califourchon sur le corps de la jeune Alexia Joubert. Il contempla alors les deux cavités vides qui avaient contenu les yeux de sa victime.

Deux yeux à l'iris d'un marron profond.

Il retira ensuite les deux blépharostats qui écartaient encore les paupières et les rangea précieusement dans une petite boîte.

« Allez, ma belle, tu ne seras pas toute seule. Tu vas rejoindre une copine qui s'ennuyait et qui n'avait personne avec qui discuter. Elle s'appelle Jeanne. Et comme tu as été une fille sage, je te promets de t'enterrer tout près d'elle. Vous aurez tout le temps pour évoquer les potins du quartier. »

Il positionna alors le corps sur la bâche de polyuréthane noir, puis ouvrit une trousse de maquillage qu'il posa au sol. Il s'agenouilla et entreprit de maquiller le visage de la jeune femme, lentement, avec beaucoup d'application. Enfin, il brossa ses cheveux, la coiffa, et l'enroula dans le sac plastique, de façon à ne rien laisser paraître lorsqu'il sortirait de la maison pour rejoindre son garage. De cet endroit, il avait un accès direct au vide sanitaire de son domicile.

Argus avait longtemps songé à briser le carrelage de l'une des chambres de la maison et creuser le béton. Tout comme John Wayne Gacy, il désirait créer un passage pour regagner le vide sanitaire sans sortir de chez lui, afin de rester à l'abri des regards indiscrets.

Une fois le corps d'Alexia enterré près de celui de Jeanne, il s'épongea le front d'un revers de la manche et s'approcha d'un des murs du vide sanitaire. Au centre de celui-ci se trouvait une petite cavité creusée dans le béton.

Un œil de verre y trônait, posé comme un trophée, tel un satellite en orbite qui observait tourner le monde.

Argus s'empara alors d'un vieux livre illustré qui reposait au sol. Il s'agissait d'un ouvrage scolaire consacré à la mythologie grecque, vestige des cours passionnants qu'il avait suivis avec beaucoup d'attention au collège.

Il se posta tout près du mausolée et s'adressa à l'œil d'une voix chevrotante :

« Papa, je me doute de ce que tu as fait, tu sais. Je ne t'en veux pas, même si j'ai de la colère en moi. Alors, regarde-les toutes, tu les verras cent fois, parce que je suis le berger aux cent yeux qui veille. Je ne peux pas mourir, parce que seul Hermès peut me donner la mort, et seule Héra pourra semer mes yeux sur la queue du paon. »

10

Paris, France
Avril 2022

Myriana n'avait jamais ressenti une jouissance aussi intense, aussi profonde. Le tsunami qui avait traversé son corps l'avait achevée, laissée pantelante au creux du lit, essoufflée au milieu des draps encore moites de leurs ébats.

Elle pouvait sentir l'odeur du sexe imprégnée sur la literie et partout autour d'elle. Rien ni personne ne lui avait procuré un tel orgasme, aucun autre être qu'Armelle ne lui avait à ce jour permis de vivre cette petite mort avec autant d'intensité.

Sa compagne l'avait laissée seule le temps d'une douche, le temps de reprendre ses esprits. Allongée sur le dos, un sourire béat figé sur les lèvres, Myriana laissa voguer ses pensées. Elle embrassa alors l'appartement d'un regard circulaire ; leur modeste chambre, le petit coin-cuisine et, plus loin, le minuscule salon près de la salle de bains. En soupirant d'aise, elle songea à sa vie, à ce départ qui lui semblait de bon augure. Elle savait qu'elle était encore très jeune et qu'il lui faudrait affronter la vie telle qu'elle se présenterait, mais elle vouait une entière confiance à Armelle. Cette dernière, plus âgée qu'elle, plus expérimentée, lui apportait la sécurité dont elle avait besoin. Armelle était semblable à une guerrière aux aguets, faisant fi de tout, sans peur et sans reproche, tel le seigneur et chevalier Bayard. Tout chez cette jeune femme convenait à Myriana, et le sexe était un bonus, comme un cadeau tombé du ciel. Parmi tous les instants les plus torrides de leurs ébats, s'il n'y en avait qu'un qu'elle devait retenir, c'était ce moment où Armelle lui avait demandé de lui passer les menottes. Elle lui avait ensuite ordonné de l'attacher au lit, de se positionner sur elle à califourchon, et de l'étrangler à mesure qu'elle la pénétrait à l'aide de son gode ceinture.

Encore excitée, pleine de désir et de fantasmes, Myriana laissait tourner sous son crâne l'image de ses mains qui se resserraient autour du cou fragile. Elle entendait de nouveau les gémissements de sa compagne et les grincements du lit, les battements de son cœur à l'intérieur de ses tympans, comme si ceux-ci allaient exploser, alors qu'elle accélérait le rythme sans plus se soucier des plaintes étouffées d'Armelle.

Myriana avait gardé les paupières closes, s'imaginant dotée d'un pénis monstrueux, aux commandes d'une machine de guerre lancée à pleine vitesse. Elle avait encore un peu plus serré le cou de sa compagne et celle-ci avait essayé de crier, mais sans succès. Elle n'avait pu que se débattre, l'écume aux lèvres. Les yeux toujours fermés, Myriana avait ressenti un plaisir immense, une sensation de toute-puissance qui l'avait portée dans ses efforts jusqu'au moment où, ensemble, elles avaient joui très fort.

Armelle s'était débattue longtemps.

Elle avait crié, émis d'effrayants gargouillis, avait tapé des pieds sur le matelas, s'était tortillée, mais rien n'y avait fait. Enfin, Armelle avait lâché prise et son corps s'était immobilisé après un dernier soubresaut. Myriana était retombée sur le lit, exténuée, les seins encore gonflés et durs de désir exacerbé.

Elle avait tellement cru que sa partenaire y avait pris du plaisir, perdue ainsi dans cette sensation de maîtrise, de contrôle et de pouvoir. Elle s'était persuadée qu'Armelle avait joui autant qu'elle, mais elle avait tout imaginé.

Elle avait imaginé qu'Armelle s'était levée pour prendre une douche. Elle avait imaginé sa compagne l'embrasser partout et lui balancer une claque sur les fesses, juste avant de filer dans la salle de bains.

Tout cela ne restait que le fruit de son imagination, car Armelle était morte et Myriana la contemplait silencieusement.

Ne sachant que dire ni que faire, elle observait le corps de celle qu'elle avait rencontrée quelques mois auparavant seulement.

Elle la trouvait tellement belle, vulnérable, offerte.

Myriana n'avait pas tout à fait dix-huit ans et elle venait de commettre son premier meurtre. Lorsqu'elle prit peu à peu conscience de la situation, la première chose qu'elle fit fut de palper la carotide d'Armelle afin de s'assurer que son cœur avait effectivement cessé de battre et que l'étincelle de la vie ne brillait plus au fond de ses pupilles.

C'est à cet instant qu'elle se mit à trembler, mais ce qu'elle n'arrivait pas à saisir, ce qu'elle n'expliquait pas, c'était cette sensation étrange qui la submergeait. Elle ne ressentait ni chagrin ni culpabilité, pas même une once d'empathie en repensant au frère et aux parents d'Armelle. Elle se sentait simplement bouleversée par un tas d'émotions curieuses au regard de la situation, mais elle ne réagissait pas comme un individu qui venait de commettre un homicide.

Elle se précipita alors dans le petit salon, récupéra son téléphone qui traînait sur la table, trouva le numéro de sa mère et appuya dessus.

Myriana savait que cette bouée de sauvetage ferait tout pour qu'elle ne sombre pas.

* * *

— Tu sais qu'il s'agit d'un homicide, Myriana ? C'est un meurtre, peu importe le contexte. Que tu avais l'intention ou pas de donner la mort, c'est un putain d'homicide ! hurla Lina en poussant sa fille pour s'approcher du cadavre d'Armelle.

La jeune femme avait la tête baissée, une sorte de sourire narquois à la commissure de ses lèvres.

— Qu'est-ce qui a bien pu te traverser le crâne, nom de Dieu ? Je suis hors de moi, t'imagines même pas ! Qu'est-ce qu'on va faire ? Je viens de sortir du placard, je commençais à peine à te connaître. Je… Tu veux que je replonge ou quoi ? Et toi, tu veux passer ta jeunesse en taule ?

Myriana releva la tête, fixa sa mère droit dans les yeux puis, tout en désignant le corps d'Armelle sans toutefois poser le regard dessus, demanda d'un ton très calme :

— Tu crois vraiment que je voulais en arriver là ? Tu penses vraiment que j'avais l'intention de la tuer ? Aussi dégueulasse que cela puisse te paraître, maman, on a baisé. Elle et moi, on a baisé et ça a dérapé. Fin de l'histoire.

— Ah ouais ? « Fin de l'histoire » ? Non, je ne crois pas. La *fin de l'histoire,* c'est quand tu auras passé plusieurs semaines dans le box des accusés, que tu auras dû affronter le regard de la famille de ta victime, les coups de semonce de l'avocat de la défense, les arguments de l'avocat général et du président de la Cour. La *fin de l'histoire,* ma chère petite, c'est quand ils auront prononcé le verdict et la sentence qui va avec, qu'on t'emmènera hors du prétoire et qu'on t'incarcérera jusqu'à la fin de tes jours. À ce moment-là, et rien qu'à ce moment-là, ça sera *la fin de l'histoire*. Je ne comprends pas comment… comment ça a pu arriver, bordel !

Myriana s'approcha, les bras tendus, et Lina enlaça sa fille pour la serrer tout contre elle. Elle pouvait sentir son cœur qui battait la chamade et ses muscles qui tremblaient encore.

— C'était un jeu sexuel, maman, rien de plus.

— Ça va aller, ça va aller, chuchota Lina.

La jeune fille redressa la tête et dévisagea sa mère avec un regard de chien battu.

— Qu'est-ce qu'on va faire ? Je crois que je commence vraiment à flipper…

— On va aviser. La première chose, c'est de faire disparaître le corps sans laisser aucun élément de preuve et ça, c'est pas gagné. On va devoir entièrement nettoyer le studio, éliminer la moindre trace ADN qui appartient à Armelle.

Myriana se dégagea de l'étreinte de sa mère et l'observa, perplexe.

— Faire disparaître le corps ? Mais comment tu comptes t'y prendre, putain ? C'est impossible, ça, maman ! Faut que tu me soutiennes, pas que tu me racontes des salades ! T'es capable de m'aider ou pas ?

— Évidemment, bien sûr que je vais te sortir de là, lui assura Lina, l'air grave. Mais à une seule condition.

— Laquelle ?

— Je veux que tu me jures que tu as détesté faire ça et que tu te sens coupable.

Myriana baissa de nouveau la tête et resta silencieuse.

— Ensuite, sache que je ne te raconterai jamais de salades, comme tu dis. Je sais comment faire disparaître un corps sans laisser de trace. N'oublie pas que j'ai partagé une partie de ma vie avec une personne qui le faisait régulièrement. Tout ça va prendre du temps, demander du courage et beaucoup d'efforts. Tant pour se débarrasser de ce corps physiquement que pour l'effacer de ton esprit.

11

Février 2003

— Tu comptes faire disparaître le corps de la même façon que la dernière fois ?

Joey observa Lina, puis haussa les épaules. Voilà six mois qu'ils s'étaient rencontrés. Il la trouvait si belle dans son innocence récemment déflorée. Complètement amoureuse et aveuglée par la fascination, elle avait suivi Joey dans sa folie, et s'était laissé convaincre que le mal n'était pas celui que l'on imaginait systématiquement.

Joey l'avait initiée à tous les plaisirs de la chair.

Le sexe, prédominant, mais aussi le plaisir de la chair en tant qu'art culinaire. Il lui avait fait découvrir mille saveurs en lui expliquant que, puisque chaque être était différent, le goût variait en fonction de la couleur de peau, de l'ethnie, de l'alimentation, de l'âge et de beaucoup d'autres facteurs. Joey avait également prétendu que le cannibalisme sans but n'existait pas, que tout était ordonné sur le grand échiquier de l'Univers. Plusieurs catégories de cannibalisme donnaient à l'acte une légitimité intrinsèque. Selon lui, il y avait le cannibalisme thérapeutique qui permettrait de recouvrer la santé, qui ferait office de reconstituant. Li Shizhen, médecin de l'époque des Ming, répertorie dans son *Bencao gangmu* « trente-cinq parties ou organes du corps humain, ainsi que les différentes maladies et douleurs que lesdites parties pouvaient servir à soigner ». Quant au journaliste britannique, Jasper Becker, lui, relate que, toujours sous la dynastie des Ming, les eunuques mangeaient la cervelle de jeunes hommes vigoureux dans le but de « recouvrer leur puissance sexuelle ».

Joey aimait répéter que le hasard n'existait pas, que l'être humain avait été conçu de façon à se suffire. Il assurait qu'il y avait également le cannibalisme de conservation qui, lors des grandes famines de l'histoire, avait permis à beaucoup de gens de survivre. Enfin, il y avait le cannibalisme guerrier, pratiqué en temps de conflit ou de rivalité, dans un but punitif, de vengeance ou de simples cruautés, faisant de l'acte de dévorer les organes des victimes un symbole de possession, de prise de pouvoir. Les Iroquois, eux, avaient saisi tout le sens noble de cette pratique. Ils éprouvaient une sorte de respect pour les individus qu'ils faisaient prisonniers lors de leurs campagnes punitives, malgré la terreur qu'ils instauraient partout où ils passaient. Pour cette raison, les Iroquois étaient surnommés « les maîtres de la peur ». Ils se servaient de techniques de guerre bien spécifiques pour effrayer les autres peuples et, notamment, les premiers colons français de la ville de Montréal, appelée Ville-Marie au dix-septième siècle, mais ils utilisaient également un procédé particulièrement violent en matière de torture. Se faire capturer par les Iroquois était ce qu'il y avait de pire pour un colon ou un autochtone. Ceux-ci savaient qu'ils allaient subir les pires douleurs et atrocités jusqu'à ce que mort s'ensuive. Si les prisonniers restaient dignes et supportaient les souffrances infligées lors des séances de torture, leurs tortionnaires leur accordaient une fin plus rapide. En démontrant leur courage, les victimes bénéficiaient d'un traitement de faveur : leurs bourreaux leur arrachaient le cœur et s'en délectaient au cours de certains cérémonials. Ce rituel permettait alors au courage des suppliciés de se transférer dans le corps des Iroquois.

Et Joey avait tout un tas d'arguments du même genre. Il avait déclaré que son cannibalisme à lui était spirituel, qu'il lui permettait d'augmenter ses capacités cognitives, mais aussi de se rapprocher de Dieu. Il s'agissait pour lui d'un acte qu'il entendait au sens rituel, sacré, tout comme les Iroquois ou les Aztèques, ou encore les Mayas qui pratiquaient la cardiectomie lors de sacrifices humains pour honorer les dieux. Tout, toujours selon lui, dans la pratique de l'anthropophagie, comportait des avantages pour le développement physique et spirituel de l'être humain. Le seul inconvénient était cette forte odeur qui pouvait parfois se dégager de la peau du consommateur, des relents qui pouvaient évoquer ceux d'une matière organique en décomposition, une odeur unique, une signature qui laissait supposer que la personne en question pouvait s'adonner à certains plaisirs de l'anthropophagie culinaire. Joey savait tout cela, mais il n'en avait cure. Il prétendait qu'il suffisait de goûter une seule fois à la chair humaine pour ne plus pouvoir s'en passer.

Il se remémorait très fréquemment le jour où tout avait basculé pour lui, ce jour où les tours jumelles s'étaient effondrées sur Manhattan pour plonger le monde dans la terreur et le chaos, ce jour où il avait, pour la première fois, goûté à la chair humaine. Ce fut pour lui une découverte aussi troublante qu'émouvante, une sorte de ravissement, d'extase. Il avait comparé cette expérience à celle d'un aventurier déflorant une exotique et profonde forêt et il en avait savouré chaque seconde. Il l'ignorait lui-même, mais à cet instant, il venait de créer son propre désastre, sa tragédie grecque bien à lui. C'était un peu comme si sa première victime, ce jour-là, cet homme nu qui s'agitait sur son lit, affolé et entravé de cordes épaisses, avait été un acteur athénien jouant un satyre vêtu d'une peau de bouc, interprétant un dithyrambe devant la grande Faucheuse.

Lui, son Dionysos, dieu de la folie et de la démesure.

Et c'est peu dire, lorsqu'à vingt-deux ans, on profane le corps humain, cela a quelque chose d'extrêmement violent, dérangeant, bestial et inhumain. Notre société n'était pas prête pour cela. D'ailleurs, le serait-elle un jour ?

Irritée par le silence de son compagnon, Lina insista :

— Hé ! Je t'ai posé une question, il me semble ! Comment tu comptes t'y prendre pour Lucas ?

Joey se leva d'un bond. Il s'approcha de Lina et l'agrippa par les épaules. D'une voix déformée par la colère, il semonça sa compagne :

— Je ne vais pas te le répéter cent fois ! Ne les appelle jamais par leur prénom ! Tu le sais, c'est important. C'est la meilleure façon pour ouvrir des perspectives empathiques, pour que tu t'attaches à eux.

Il pivota sur ses talons, puis il s'approcha de la table dressée et recouverte d'une magnifique nappe blanche. Au centre, un plat en argent encore fumant garni de morceaux de viande sombre. Tout près, un chandelier et ses bougies allumées. À gauche, une bouteille d'un bordeaux grand cru millésimée de 1986. Il planta sa fourchette dans le plat et porta ensuite celle-ci à sa bouche. Il mastiqua lentement le rognon en fermant les paupières, cherchant chaque saveur caractéristique du mets.

Lorsqu'il eut terminé, il rouvrit les yeux avant de s'adresser de nouveau à Lina :

— Tu te surpasses, ma chérie. J'ai l'impression que chaque fois, tu y mets un peu plus de cœur. C'est succulent. Ces rognons à la sauce bordelaise vont me damner, c'est d'une finesse inégalable. Plus la viande est jeune, plus elle est tendre et goûteuse.

— Merci, mais tu n'as toujours pas répondu à ma question.

— Je vois bien que ça te perturbe, que tu as peur des conséquences. Ne t'inquiète pas. Comme pour la dernière fois, j'ai prévu le baril de deux cent cinquante litres. Mon contact m'a livré l'acide ce matin. J'ai de quoi préparer mon « cocktail Piranha », lâcha-t-il en s'esclaffant. On peut passer à table à présent ?

Lina acquiesça d'un signe de tête, à peine rassurée, pendant que Joey leur versait deux verres de Château Cheval Blanc. Ils s'installèrent à table et Lina servit une portion de rognons à la bordelaise dans chaque assiette, l'air soucieux.

— Qu'est-ce qui ne va pas, mon petit cordon-bleu ?

— Je me demandais juste si le…

— *L'ingrédient,* l'aida Joey en souriant et en présentant son verre face à Lina comme pour trinquer.

« L'ingrédient », c'était ainsi qu'il appelait ses victimes.

— Je me demandais si *l'ingrédient* n'avait pas souffert, parce que tu sais que je ne le tolérerais pas.

L'air déçu, Joey posa son verre et répondit calmement.

— Tu sais très bien comment je fonctionne. Je lui ai d'abord administré une dose de kétamine. Une bonne ration, d'ailleurs. Ce qui me fait penser qu'il faudra que tu en redemandes à ta copine vétérinaire, il en reste très peu.

— Joey, je suis étudiante en médecine. Mon amie est en classe prépa, c'est compliqué, mais je vais voir ce que je peux faire.

— Puis, je l'ai allongé sur le ventre, sur ma table d'autopsie, en bas, à la cave. J'ai été irréprochable, ma Lina. J'ai même posé un champ opératoire. J'ai stérilisé la zone et ensuite j'ai incisé délicatement. Je lui ai retiré ses deux reins, que j'ai déposés aussitôt sur un lit de glace. Pour finir, j'ai refermé à l'aide de sutures. Comme je savais qu'il allait reprendre connaissance dans les minutes qui arrivaient, je lui ai injecté le chlorure de potassium. Il n'a pas souffert, pas comme les autres, pas comme tous ces « hurleurs » de nos débuts.

Lina ne répondit pas. Elle porta un fragment de rognons à sa bouche et mâcha doucement en observant Joey. Elle le trouvait si mystérieux, si attirant, aussi séduisant que monstrueux.

Un fond de musique flottait dans la pièce, presque en sourdine. Lina reconnut *Sympathy for the Devil* des Rolling Stones et c'est à cet instant que des pensées la traversèrent.

Et si elle n'était pas du tout aux côtés de l'homme spirituel qu'il prétendait être ? Et si elle était réellement en train de déjeuner aux côtés du diable ?

Elle médita alors sur le refrain chanté par Mick Jagger.

Pleased to meet you
Hope you guess my name

La voix de Joey la ramena à la réalité.

— Je m'occuperai de *l'ingrédient* après le déjeuner. Tu voudras m'aider ?

Lina balaya l'air de sa main en secouant la tête.

— Certainement pas. Tu sais que je déteste ça. Alors, tu te débrouilleras, on est d'accord ? J'irai me balader, faire des courses, sortir les poubelles, mais je ne resterai pas là.

Joey acquiesça en avalant une nouvelle bouchée qu'il fit descendre à l'aide d'un peu de vin. Il dévisagea Lina, l'œil noir, et songea à sa propre survie. Et plus il serait prudent, plus sa survie serait envisageable. Il devait se méfier de tout et de tout le monde, tout le temps. Cela lui briserait le cœur, mais si Lina devenait trop instable, si elle venait à perdre confiance, il devrait s'en séparer malgré tout ce qui les unissait.

« Un tueur en série qui se fait prendre est un tueur en série qui a relâché la pression. C'est un tueur qui se voue une confiance aveugle, tellement sûr de lui, répétant les mêmes gestes, sans jamais se faire arrêter. Ce tueur-là, c'est le type qui se prend pour Dieu omniscient, qui prétend tout contrôler, qui joue avec la police comme un chat avec une souris

épuisée, mais cela ne dure jamais, car l'habitude, la confiance, l'impunité fait que la vigilance redescend et qu'un jour, quelques secondes d'inattention conduiront à commettre l'erreur fatale. Et c'est ainsi que s'arrête la légende du tueur en série insaisissable. Jack l'Éventreur ou le tueur du Zodiaque sont ce genre de légende… »

C'est dans un carnet intime ayant appartenu à son père que Joey avait lu ses réflexions. Alors qu'il vivait encore à Manhattan, le petit livret de cuir lui avait été adressé par la poste, envoyé par un expéditeur anonyme. Aussi précieux qu'un manuel d'alchimie du quatorzième siècle, Joey avait conservé les écrits de son père dans un coffre-fort, le consultant au besoin. Il y avait des chapitres entiers consacrés à la traque de la proie, certains à propos de l'art du démembrement, d'autres sur l'art de se dissimuler et, également, un long chapitre spécialement consacré aux diverses méthodes pour faire disparaître un corps.

Joey avait beaucoup appris de son père, mais le mantra qu'il se répétait sans cesse, celui sur lequel il méditait chaque jour, c'était celui qui se trouvait à la fin du chapitre consacré aux relations sociales.

« Si on reste prudent et vigilant, on peut aisément échapper à la justice ridicule des Hommes. C'est un devoir d'être sur ses gardes et de contrôler ses relations. On peut vivre aux côtés de quelqu'un sans lui ouvrir réellement son cœur. Feindre d'aimer permet de se fondre dans la masse. Si on maîtrise tout cela, rien ne peut arriver. Seul l'amour peut nous faire tomber et nous perdre. »

RECETTE

ROGNONS DE VEAU SAUCE BORDELAISE

2 personnes | Préparation : 40 minutes | Cuisson : 2 heures

Ingrédients :

- 4 rognons de veau
- 4 échalotes émincées
- 1 bouteille de bordeaux rouge
- 2 carottes
- 2 oignons jaunes
- 2 cuillères à soupe de crème épaisse
- 1 cuillère à soupe de farine
- 1 cuillère à café de moutarde
- 1 cuillère à soupe de persil
- 1 bouquet garni
- Sel, poivre

Préparation de la recette :

- Parez (retirer la partie non comestible d'un aliment) les rognons, laissez-les entiers.
- Épluchez puis émincez finement les carottes, les oignons et les échalotes.
- Préchauffez le four à 230 °C.
- Garnissez le fond d'une sauteuse d'un peu de graisse de

rognon puis du hachis de carottes, d'oignons et d'échalotes.

- Placez les rognons sur ces éléments en glissant le bouquet garni au milieu.
- Parsemez-les de quelques lamelles de graisse de rognon, salez, poivrez, glissez au four à 230 °C et laissez cuire 25 minutes.
- Égouttez les rognons, escalopez-les (tailler en minces tranches) et réservez-les au chaud.
- Retirez l'excédent de graisse pour n'en réserver que 2 cuillères à soupe avec le hachis de légumes.
- Portez la sauteuse sur feu moyen pour les faire rissoler et saupoudrez-les avec la farine.
- Remuez bien jusqu'à l'obtention d'un roux-brun puis mouillez (ajouter un liquide) avec le vin rouge.
- Glissez les escalopes de rognons dans cette sauce, couvrez et laissez cuire une heure et demie, à très petits frémissements.
- Retirez de nouveau les rognons, réservez-les au chaud.
- Passez la sauce au chinois en pressant bien les éléments et portez-la à nouveau sur feu doux.
- Délayez la moutarde avec la crème et versez le mélange dans la sauce en battant au fouet.
- Laissez frémir 20 minutes en fouettant de temps en temps.
- Rectifiez l'assaisonnement.
- Remettez ensuite les rognons dans cette sauce pour les réchauffer.
- Versez la préparation dans un plat bien chaud, puis saupoudrez-la de persil haché.

Servez, et bon appétit.

DEUXIÈME PARTIE

LE SEL DE LA VIE

12

Murders memory

Villeneuve-le-Comte, France
Juin 1984

Le soleil était au rendez-vous et inondait la campagne environnante. Il flottait dans l'air comme un avant-goût d'été, un petit souffle tiède qui rendait la température agréable. À l'ombre de la grange rattachée au corps de ferme, l'air était frais et le vieux chien se prélassait, étalé de tout son long. Partout autour, de la verdure. Des champs et des vergers à perte de vue.

La fête battait son plein. Des tout-petits et des ados sortaient de nulle part, traversaient la cour pour se jeter sur le buffet, ou encore pour se gaver de soda. La musique était forte, pulsée par deux grosses enceintes positionnées sur la terrasse. Le 45 tours de *Wake Me Up Before You Go-Go* du groupe Wham passait en boucle depuis quinze bonnes minutes sur la platine disques.

Pedro s'approcha de son frère, posa une main sur son épaule, et alluma une cigarette juste avant de lui confier :

— Écoute, Jean. Tu sais que mon Crapule est très content que tu l'aies invité à l'anniversaire de ta fille ? Il attendait ce jour avec tellement d'impatience. Ça lui fait du bien de voir la famille, il n'est pas dans son assiette en ce moment.

— Mais c'est normal, non ? C'est son cousin, après tout. Ils ne se voient pas assez, d'ailleurs. Quand j'ai appris à Nadège qu'on fêtait son anniversaire ici, à la ferme, avec la famille et ses copines, elle était aux anges. Ses deux frères sont un peu moins ravis, car ils doivent s'occuper des petits, gérer les conflits et approvisionner le goûter.

Ils rirent puis avalèrent une gorgée de bière.

— Quel âge ça lui fait à Nadège, déjà ?

— Treize ans. J'vois pas l'temps passer, c'est fou. Mais dis-moi, il n'aurait pas encore pris du poids, ton gamin ? J'ai l'impression que si. Quand il est venu me dire bonjour, tout à l'heure, ça m'a surpris. Et puis, c'est quoi tous ces bleus ? Il en a partout, sur les bras, sur les jambes…

Pedro soupira en posant son verre.

— M'en parle pas. Il se fait cogner dessus à la sortie de l'école, mais ce gamin est têtu comme une mule. Il ne veut jamais me dire le nom de ces merdeux, sinon tu penses bien que j'aurais réglé le problème depuis longtemps.

— Mais que font les responsables de l'établissement ? Ils ne voient pas que le petit est couvert d'hématomes ?

— Que veux-tu qu'ils fassent ? Ça se passe à l'extérieur.

— Pauvre gamin, quand même ! Faudrait pas que ça dégénère, qu'il prenne un mauvais coup.

Ils restèrent silencieux quelques secondes, puis Jean s'éclaircit la voix avant de reprendre la parole, comme s'il était gêné d'avance par le dialogue qu'il allait engager avec son frère.

— Tu sais, je voulais inviter Violaine à l'anniv' de Nadège, et puis je me suis dit que, si elle venait, ça foutrait inévitablement la merde, que tu péterais les plombs, alors je me suis abstenu.

— Tu as bien fait. Je serais reparti si elle avait débarqué ici.

— Pedro, c'est tout de même notre sœur. Faut arrêter cette querelle qui dure depuis des années. Chacun fait ce qu'il peut pour bouffer, non ? Toi, tu bosses à l'usine, elle…

— Jean, s'il te plaît. Je fais pas la pute pour faire bouillir la marmite, moi.

— Écoute, elle fait ce qu'elle peut.

— Ah ouais ? C'est sûr que pour toi, tout est plus facile. Monsieur est ingénieur en génie civil et pète dans la soie. T'as pas de problèmes de fric, toi.

— Arrête, t'es con ! T'as trop bu, Pedro.

— Ouais, c'est moi qui bois et c'est toi qui me flingues l'œil, hein ? À se demander qui perd la boule.

Jean abandonna son frère et se dirigea vers le groupe des femmes qui se tenaient à l'ombre, assises autour d'une table. Odile lança un regard glacial à Pedro, puis elle l'ignora en poursuivant sa conversation.

Un peu plus loin, à l'extrémité du grand corps de ferme, Crapule et Nadège ouvrirent une lourde porte en bois et pénétrèrent dans la grange. Il y faisait chaud et ça sentait la paille, le foin et la poussière. Nadège entraîna son cousin sur une échelle et ils se retrouvèrent dans l'espace de stockage des ballots de foin, au premier étage.

— Ça va ? Ça te plaît ici, cousin ? Ça fait trop longtemps qu'on s'est pas vus.

Crapule hocha la tête en jetant un œil tout autour, effaré par la hauteur à laquelle se trouvait perchée la charpente.

Nadège releva un peu sa robe et s'assit en tailleur face à l'adolescent. Elle extirpa une cigarette et un briquet qu'elle avait tenus cachés sous l'élastique de sa culotte.

— Tu fumes, toi ? demanda Crapule, surpris. T'es folle, c'est dégueulasse.

— C'est juste de temps en temps. Parfois, j'en pique une dans le paquet de maman. Et puis, c'est mon anniversaire, alors bon, ajouta-t-elle en riant.

Elle alluma sa cigarette et tira une bouffée qu'elle recracha sans même l'avoir avalée.

— Bon, et toi ? Tu fais quoi ? Tu fais un peu de sport, ou pas ? Du foot ? Et pourquoi t'as tous ces bleus, hein ?

— Bah, ça, ça m'regarde. Tonton Jean et tata Lilianne, ils savent que tu fumes ?

— T'es fou ou quoi ? Ils me puniraient. Tu veux pas changer de disque, un peu ? On s'en tape, non ? En vrai, je sais ce qui t'intéresse. Je vois bien que tu me mates. Tu veux voir ma culotte ?

Crapule laissa glisser son regard entre les jambes de sa cousine, alors qu'elle venait de relever sa robe un peu plus haut.

— Alors... Tu veux la voir ou pas ? insista-t-elle en riant. Tu sais, quand on est cousins, on garde les secrets. J'dirai rien, t'inquiète. J'vois bien que t'as envie.

Crapule haussa les épaules et s'approcha de Nadège, le regard sombre et les sourcils froncés.

— Non, c'est pas vrai ! Pourquoi tu veux que je fasse ce truc dégueulasse ?

La fillette fit les yeux ronds, estomaquée.

— Quoi ? Tu te fous de moi ? Quand t'es arrivé tout à l'heure, je savais que ta petite bite était déjà toute dure rien qu'en me voyant.

Crapule esquissa un sourire en réduisant encore un peu l'espace qui les séparait.

— En vrai, oui, je te trouve jolie, mais c'est pas bien de faire ça, Nadège. On est de la même famille.

— Raconte pas de conneries, le cous' ! Soit t'es cap de toucher, soit t'as la trouille et t'es qu'une petite tapette !

Crapule s'approcha alors de sa cousine et posa ses mains sur sa poitrine. Essoufflé par l'excitation, il plongea son regard dans celui de Nadège, persuadé que celle-ci lui renverrait un sourire de satisfaction et d'assentiment. Néanmoins, il n'eut pour seule réponse que le nuage de fumée qu'elle recracha sur son visage et le mépris qui brillait au fond de ses yeux. Nadège réussit ensuite à se dégager, lui décocha une puissante gifle et s'empressa de redescendre l'échelle en fulminant.

— T'es qu'un pauvre taré ! T'es comme ton père. Tu croyais quoi ? Tu croyais vraiment que j'allais te laisser me toucher la founette, espèce de porc ?

Surpris, Crapule eut un mouvement de recul. Il se sentit aussitôt honteux et coupable, mais il était avant tout furieux d'avoir été manipulé, incapable d'avoir résisté au petit jeu pervers de sa cousine. Il ne put contenir sa colère et laissa tout à coup exploser le volcan qui bouillonnait en lui.

— T'es qu'une grosse pute, de toute façon ! Je vais dire à tes parents que tu fumes. Sale conne, va !

Il donna un grand coup de pied dans l'échelle, manquant se briser la cheville, puis hurla de nouveau. Nadège traversa la grange à toute vitesse, terrorisée par ce qui venait de se produire.

Crapule était essoufflé tant la fureur lui serrait la gorge, il n'arrivait même plus à sortir un son. Il se posta contre le mur et se mit à le boxer de ses deux petits poings, faisant craquer ses phalanges et saigner ses mains.

Désespéré, il pleura en silence en se laissant tomber dans le foin. Son regard balaya le sol et s'arrêta sur le briquet de Nadège. Il s'en empara et l'observa, tout près de son visage. Ses mâchoires se contractèrent. Il se sentait mal, confus, humilié et frustré de ne pas avoir pu contrôler sa cousine.

Tout en jouant avec le briquet, il se remémorait la scène qui venait de se dérouler et perçut le visage de Nadège au cœur de la flamme.

— Je n'en ai rien à foutre. Je dirai que c'était toi, que t'as fumé une clope dans la grange, et puis aussi que t'as voulu me toucher le zgeg, et c'est pour ça que je t'ai hurlé dessus, sale pute !

À genoux, il empoigna une touffe de paille qu'il enflamma,

avant de la projeter dans les bottes de foin qui s'amoncelaient jusqu'à la charpente de la grange.

Les flammes se développèrent instantanément et se propagèrent. La fumée s'épaississait déjà alors que Crapule n'avait pas encore mis le pied sur le dernier barreau de l'échelle.

La grange fut entièrement détruite, malgré le travail acharné des pompiers qui avaient tout de même réussi à contenir le feu et à préserver la ferme dans son ensemble.

Quant à Nadège et son cousin, ni l'un ni l'autre ne révéla ce qui s'était réellement passé dans la grange ce jour-là.

Ils avaient gardé en eux la frustration et l'humiliation qu'ils s'étaient infligées, persuadés l'un comme l'autre que le temps finirait par effacer l'ardoise.

13

Paris, France
Avril 2022

Cassandre s'escrimait avec le distributeur de boissons qui, pour la troisième fois, refusait catégoriquement sa pièce.

Nadia s'approcha alors en brandissant la sienne. Elle passa devant lui et l'inséra, avec un petit sourire en coin.

— Voilà, capitaine. Celle-ci va fonctionner, commenta-t-elle en riant.

Cassandre attendit que le gobelet se remplisse de café et s'en empara aussitôt.

— Et sinon, vous me disiez que le juge d'instruction souhaitait nous voir. C'est à propos du dossier ?

— Oui. On a bien avancé, lieutenant. Je vous l'avais dit, non ?

Nadia l'observa avant de lancer :

— Vous voulez que je vous dise que vous aviez raison ? Eh bien, oui, vous aviez raison. La réquisition sur le croisement des fichiers clients de Tinder a porté ses fruits, en effet.

Le capitaine avala une gorgée de sa boisson et tendit la main, paume en l'air.

— Donnez-moi ce dossier.

Il l'ouvrit et le consulta en recherchant un nom du bout de l'index.

— Voilà, Ortega Daniel. Il va falloir le loger puis le convoquer. Il est bien entré en contact avec Jeanne Lefébure sur le réseau, cette jeune mannequin surnommée « Jany » dans le milieu de la mode et des influenceuses.

— Et c'était en mars 2020, souligna Nadia. Quelque temps après cet échange entre eux sur le site, sa famille a signalé sa disparition. Plus de nouvelles depuis deux ans. C'est clair qu'il faut en savoir plus sur ce Daniel Ortega.

— Vous avez consulté le rapport concernant cette disparition ? demanda Cassandre en refermant le dossier.

— Oui. Les enquêteurs qui se sont déplacés au domicile de Jeanne n'ont rien noté de suspect. Ils ont passé l'appartement au peigne fin et ils n'ont trouvé aucune trace de lutte ni désordre. L'appartement était fermé à clé. Bref, tout laissait supposer qu'elle était partie. S'il est effectivement arrivé quelque chose à cette femme, cela ne s'est pas produit chez elle.

— Pourquoi vous me parlez de son logement, Nadia ? s'enquit Cassandre en fronçant les sourcils.

— Vous, vous n'avez pas lu le détail de l'extraction numérique, capitaine. On a tout le déroulé de leurs échanges en messages privés. Leur rencontre s'est faite au domicile de Jeanne, c'est pour ça que je vous en parle. Mais vous savez tout comme moi que ce qui apparaît de plus troublant, c'est l'autre nom sur la liste.

Un silence pesant s'installa.

Cassandre était conscient que sa subordonnée avait tapé juste, elle aussi. Un point partout, la balle au centre.

Il rouvrit le dossier après avoir jeté son gobelet de café encore fumant dans la corbeille, puis il parcourut de nouveau la liste sans dire un mot. Enfin, il posa le doigt sur une ligne et releva les yeux pour dévisager Nadia.

— Donc, elle a gardé le nom de ses deux parents ?

— C'est sa mère qui a jugé bon de le faire, répondit la jeune policière. Myriana Berisha Lawrence. Une majorité du commun des mortels ignore qui était Freddy Lawrence, mais tout de même, c'est lourd à porter. On est d'accord ?

— Je vous le concède. Elle est donc sortie du foyer récemment, et elle… Enfin, j'veux dire, elle va sur ce genre de site de rencontre, comme sa mère ? C'est pas courant. Généralement, ce sont des personnes plus âgées, non ?

Nadia hocha la tête pour indiquer à son supérieur qu'il se trompait. Elle avait du mal à lui avouer qu'il n'avait pas toujours raison, que ses calculs étaient parfois erronés et qu'il fallait qu'il accepte qu'un petit bout de femme, avec un grade de lieutenant, avait parfois plus de logique ou de pertinence que lui.

— Elle a rencontré beaucoup d'abonnés sur le site, mais pas d'hommes, exclusivement des femmes. Cela pourrait la placer sur la liste des suspects, mais aucune des femmes qu'elle a rencontrées n'est portée disparue. C'est juste curieux qu'elle se retrouve sur cette liste, que cela permette d'établir un lien.

Un signal sonore indiqua à Cassandre qu'il venait de recevoir un message sur son portable. Il le lut et lança à son équipière :

— Le juge d'instruction Lantier est de passage dans le service et il demande à nous voir. Selon lui, on n'a pas assez de biscuits et il veut que la garde à vue d'Ortega se passe au mieux. Il ne veut surtout pas qu'on grille nos cartes inutilement, surtout si le type a effectivement quelque chose à se reprocher. Il table sur une procédure au rasoir, au cas où il devrait se prononcer pour une mise en examen.

— Et pour la jeune Myriana ?

— On va lui poser quelques questions. J'ai très envie de voir à quoi pourrait ressembler la petite-fille du monstre qui a terrorisé les États-Unis, voilà presque quarante ans.

* * *

Paris, France
Avril 2022

Lina pénétra dans le studio, accompagnée d'un homme grand et musclé. Il portait une gabardine de cuir noir, un jean noir, également, et une paire de Caterpillar de la même couleur. Après avoir fait quelques pas, il retira sa casquette à l'effigie des Yankees pour laisser apparaître un crâne chauve, luisant sous l'ampoule du plafonnier. Il prit place sur le minuscule canapé du salon, juste après avoir jeté un rapide coup d'œil sur le corps qui se trouvait encore dans le lit. Il frotta sa barbe de quelques jours, puis il titilla l'énorme anneau en argent qui pendait au lobe de son oreille gauche.

Lina ouvrit le réfrigérateur, s'empara de deux canettes de bière, puis elle s'approcha du colosse après lui en avoir tendu une. Elle ôta son manteau, le jeta sur le canapé, puis elle s'observa furtivement dans le reflet du miroir mural. Elle releva ses longs cheveux blonds et les noua en une queue de cheval haute. Lina jugea sa ligne trop arrondie à son goût et songea que la prison ne lui avait pas fait du bien. Soixante-quatorze kilos pour un mètre soixante-treize. Pour elle, les dix-sept ans de taule lui étaient bien revenus dans le bide. Elle avala une gorgée de bière et s'adressa au type.

— Bon, tu vois le merdier ? Tout est déjà prêt, de toute façon. Je te remets une enveloppe de deux mille cinq cents euros maintenant et l'autre moitié après le boulot, ça marche ?

L'homme métissé l'observa avec un regard éteint, du genre de celui que pourrait lancer Joey Starr lorsqu'il fait comprendre que ce n'était pas la peine de rentrer dans le détail.

— OK, mais tu m'as dit que tu avais préparé le matos. Explique-moi un peu comment ça va se dérouler.

— Je vais te remettre une clé avec l'enveloppe. Elle ouvre un box dans le secteur de la porte de Clignancourt. Il y a l'adresse dans l'enveloppe. À l'intérieur du box, tu trouveras un fût bleu de deux cent cinquante litres, rempli d'un « cocktail Piranha ». Tu embarques le corps là-bas, tu fais ce qu'il y a à faire pour qu'il rentre dans le baril, et ensuite tu refermes ce putain de garage. Ton boulot s'arrête là. Ça te va ?

Ginko dévisagea Lina silencieusement et avala presque la totalité de sa canette de bière avant de demander :

— Donc, en gros, tu veux que je découpe la meuf, que je la fourre dans un baril d'acide et que je me tire ? C'est ça ?

— C'est ça. La suite, je m'en occuperai.

Ginko tendit la paume de sa main devant lui et Lina y déposa l'enveloppe.

— Putain, meuf ! Heureusement que je te connais, sinon je pourrais croire que t'es complètement à la masse avec tes trucs chelous.

— Quoi ? C'est pas toi, le grand Ginko qui a coupé le bras du mec qui t'avait volé huit cents grammes de coke ?

Il haussa les épaules en souriant et dévoila une denture abîmée.

— Bingo, ma grande ! Ça n'empêche que ton truc, c'est complètement barré. Mais bon, cinq mille boules pour découper de la barbaque, ça me va.

Il tourna la tête en direction du lit et observa le corps nu d'Armelle.

— C'est dommage. Elle avait l'air bonasse…

— Je ne pense pas que ça aurait été ta came. C'était la compagne d'une de mes amies. Pour ton information, elle était plutôt couleur arc-en-ciel. Bon, allez, prends cette enveloppe et fais le boulot. Passe me voir demain. Je serai au bar *Le Rugby*, porte de Clignancourt. Si tu ne viens pas, c'est que ça se sera mal déroulé. Et dans ce cas, tu m'oublies.

Ginko hocha la tête et se redressa, mais Lina lui fit signe de se rasseoir, avant de se lever à son tour.

— Non, je quitte l'immeuble avant toi. Tu mettras la clé dans la boîte aux lettres. Débrouille-toi pour que personne ne te voie.

L'homme se rapprocha de Lina et, les lèvres près de son oreille, la questionna tout bas :

— Dis-moi, quand tu étais maquée avec le... ce type, ce barjo de cannibale, tu as participé à ses orgies ?

— Où tu veux en venir, Ginko ? demanda Lina en le fixant droit dans les yeux.

— Tu sais bien, meuf. T'as goûté aux... T'as fait comme lui ? Quand t'étais en zonzon, y avait des gens qui bavaient sur toi. Ils disaient que t'avais bouffé de la chair humaine. C'est vrai ?

Lina laissa échapper un petit rire en haussant les épaules.

— Faut pas croire tout ce qu'on raconte.

Ce dernier vissa sa casquette sur son crâne, s'éclaircit la voix et rétorqua :

— Il paraît même que c'est toi qui aurais balancé ton keum aux schmitts, juste avant votre cavale.

Lina plongea un regard plein de noirceur dans celui du jeune truand.

— Qui dit ça ?

— Des gens.

— Dans ce cas, si j'avais un seul conseil à te donner, je t'inviterais à t'éloigner de ces gens-là.

Ginko sembla tout d'abord surpris, avant d'éclater de rire.

— Je veux juste m'assurer que tu ne me balanceras pas en cas de problème. Et puis, ces gens, comme tu dis, ils ont beaucoup de pouvoir.

Avant de quitter l'appartement, sur le seuil de la porte, Lina répondit en souriant :

— Certainement, Ginko. Ils ont peut-être beaucoup de pouvoir, mais sache que moi, j'ai beaucoup de barils bleus.

14

Murders memory

Paris, France
Janvier 2021

Argus gara son break Audi le long du trottoir, juste derrière sa propriété. Feux éteints, il s'était faufilé dans la grande allée qui menait aux quatre maisons du petit lotissement. Argus connaissait les habitudes de chacun de ses voisins. Il savait que l'un d'entre eux était absent le mercredi soir, qu'un second travaillait de nuit, et que les deux derniers se couchaient tôt.

Il n'avait donc aucune raison d'être inquiet.

Il éjecta le CD de l'autoradio qui avait diffusé *California Dreamin'* en boucle depuis Montreuil. C'est là-bas qu'il avait laissé monter Louna Bouvier dans sa voiture, alors que celle-ci faisait du stop sous une pluie battante.

Ils avaient beaucoup discuté, de tout et de rien. Argus avait tout d'abord éprouvé un fort désir, et puis l'envie de toucher, sentir, goûter, l'avait submergé. Peut-être que la jupe très courte de la jeune fille avait été le déclencheur de cette avalanche d'émotions, ou peut-être encore ses bas résille déchirés. À moins que ce ne fût sa petite voix fluette et sa façon de rire, cette manière de s'exprimer comme le font les jeunes filles qui veulent afficher leur côté racaille. Une fois sa pulsion maîtrisée, Argus avait prétexté une envie d'uriner dans une station-service pour préparer sa mixture. Il s'était enfermé dans les toilettes pour remplir une courte seringue de kétamine, juste dosée pour un gros dodo. Il l'avait ensuite rangée dans la poche de son cuir, puis il était ressorti calmement, rejoignant son véhicule dans lequel l'attendait toujours Louna.

Cette dernière avait exprimé un long soupir de lassitude lorsqu'il s'était installé au volant.

— Hé, frérot ! T'as pas autre chose comme musique ? Parce qu'on se tape *California machin* depuis Montreuil. Je comprends que tu kiffes les *seventies*, mais bon. Tu connais pas Jul, Booba, Kaaris ? T'as pas *Bande organisée*, par hasard ?

Louna avait alors commencé à chantonner d'une voix suraiguë.

— *Oui, ma gâtée, RS4 gris nardo, bien sûr qu'ils m'ont raté... soleil dans la bulle, sur le Prado...*

Argus avait démarré en laissant échapper un petit rire étouffé.

— C'est de la merde tout ça, avait-il lâché dans un souffle en regardant sa passagère droit dans les yeux.

— Et pourquoi ça serait de la merde ? C'est ta musique qui est claquée, ouais ! Mais c'est ta caisse, frérot, donc pas de souci.

Argus avait foncé dans la nuit et il s'était réinséré sur l'autoroute pour rejoindre la porte de Bagnolet.

— Pourquoi tu t'habilles comme une pute ? avait-il alors brusquement demandé à la jeune fille, le regard fixé sur la route.

Celle-ci était restée stupéfaite par la question d'Argus. Elle avait voulu répliquer immédiatement, puis elle s'était ravisée.

Enfin, elle avait ouvert grand la bouche et avait répondu sur un ton agacé :

— OK, c'est bon. Dépose-moi ici, t'as l'air trop chelou, toi. Tu m'as soûlée, en vrai.

Argus avait enclenché son clignotant et il s'était garé sur la bande d'arrêt d'urgence.

— Tu veux descendre ici, sous la pluie ? Pas de problème, je te dépose. Tu te feras certainement ramasser par un vieux crevard de routier en manque depuis deux semaines. Avec un peu de chance, il te partagera avec ses potes. C'est bien ce que tu veux ?

— T'es un gros pervers, en fait. Merci, mais je descends là…

Louna n'avait pas eu le temps de détacher sa ceinture que la fine aiguille était venue s'enfoncer dans son cou. Elle avait à peine senti le liquide traverser ses chairs. Un flash avait explosé sous son crâne, une bouffée de chaleur l'avait submergée, et elle avait presque instantanément perdu connaissance.

Argus avait alors vérifié dans son rétroviseur si la voie était libre, avant de reprendre tranquillement la route.

Un peu plus tard, ils arrivèrent à destination.

Argus s'approcha du pare-brise, observa les fenêtres des maisons alentour, puis il jeta un œil à Louna qui se réveillait péniblement sur le siège passager. Elle balbutiait une série de mots inaudibles, tentant désespérément de former une phrase.

Argus la rassura d'une voix douce.

« Hé, ne t'inquiète pas, tout va bien. Tu as fait un malaise dans ma voiture, alors je t'ai emmenée chez moi, c'est plus prudent. Tu vas pouvoir t'allonger un petit moment. »

Argus laissa filer son regard sur l'arrière de sa maison, au ras de la fondation. La trappe du vide sanitaire qu'il avait fabriquée ces derniers mois allait lui être d'une grande utilité.

« Et puis, je vais te trouver une place… »

Tout près de Jeanne et d'Alexia, songea-t-il en s'extirpant du véhicule.

Il fit le tour de celui-ci, ouvrit la portière côté passager et tira Louna à l'extérieur. Celle-ci titubait, les yeux mi-clos, toujours assommée par le puissant psychotrope.

Argus passa l'un des bras de Louna autour de son cou, puis tout en la soutenant par la taille, il se dirigea vers l'arrière de la maison. Une fois près de la trappe, il déverrouilla celle-ci, l'ouvrit et cala les portes. Une vague de remugles désagréables s'échappa. Dans l'air chaud, l'on pouvait déceler de légers relents de champignon, de terre, mais aussi une discrète odeur de pourriture organique.

Il aida la jeune femme à descendre dans le vide sanitaire, puis la rejoignit après avoir refermé la trappe et éclairé les lieux.

Une lumière vive, presque aveuglante, s'échappait des projecteurs halogènes qu'il avait installés. Louna était adossée à une poutrelle de soutènement, peinant à ouvrir les yeux.

« Écoute, ma belle, je vais… Ho, tu m'entends ? » s'inquiéta Argus en défaisant la ceinture de son pantalon.

Il s'approcha de la jeune fille et la gifla. Celle-ci ne cilla presque pas, encore anesthésiée par la kétamine. Ses paupières papillonnèrent un instant, mais restèrent finalement closes.

Argus allongea la jeune fille sur le sol et se positionna sur elle, juste après avoir pris soin de relever sa jupe. C'est à cet instant que Louna eut un éclair de lucidité. Elle ouvrit grand les yeux, les mâchoires écartées, essayant désespérément de hurler.

Il se figea, dévisagea Louna quelques secondes, et eut un mouvement de recul.

Il me semblait pourtant avoir vu tant de noirceur dans ses yeux… Comment est-ce possible ?

Il s'écarta brusquement tout en se rhabillant.

Elle pleurait en gémissant doucement, la tête entre les mains, peinant à reprendre son souffle entre chaque sanglot. Accroupi, Argus se rapprocha à nouveau de la malheureuse.

— Écoute attentivement ce que je vais te dire. Tu vas ouvrir tes yeux, j'ai besoin d'en avoir le cœur net. Je veux savoir si tu m'as trahi, salope !

Louna tremblait de tous ses membres et de l'urine s'écoula le long de ses cuisses, sans même qu'elle s'en rende compte.

— Ouvre tes yeux, putain ! tonna une nouvelle fois la voix d'Argus.

Louna obéit, terrifiée. Ses yeux étaient en feu, brûlés par le sel de ses larmes, et par la lumière vive de la cave qui révéla alors deux iris d'un bleu cristallin.

Argus resta silencieux quelques secondes, le regard plongé dans celui de la jeune fille.

Comment ai-je pu me planter ? C'est impossible ! Est-ce la nuit qui m'a trompé à ce point ? J'étais certain que ses yeux étaient bruns.

Il s'éloigna de quelques pas et se dirigea près d'un des murs du vide sanitaire. Il se positionna devant la petite cavité qui représentait le cénotaphe consacré à son défunt père, puis observa un long moment l'œil de verre qui reposait sur un morceau de tissu blanc imprimé de fleurs rouges.

« Papa, qu'est-ce que je dois faire ? Je ne peux pas la laisser rejoindre les siens, et toi, je sais que tu n'en veux pas. Je suis le berger aux cent yeux et tu dois voir cent fois ce que tu as fait. Je recommencerai, autant de fois qu'il le faudra. »

Louna tenta maladroitement de se relever et de se ruer sur les portes de la trappe. Elle se cogna le sommet du crâne sur l'une des poutrelles du plafond, tituba, puis retomba lourdement sur la terre humide.

Argus se précipita sur elle.

— Ne t'inquiète pas, pauvre poupée perdue. Tu vas sortir d'ici. Tu n'as rien à voir avec les autres, alors je ne peux pas te concéder de place ici. Il va falloir que je te dépose ailleurs.

Louna observa le visage d'Argus et frotta la manche de son pull sur sa joue pour sécher les larmes qui ruisselaient, persuadée qu'elle était sauvée, que son bourreau était tout à coup revenu à la raison.

— Laissez-moi partir, s'il vous plaît ! Je ne dirai rien à personne. Jamais.

Argus lui caressa la joue, puis déclara d'une voix douce :

— Ne t'inquiète pas. Laisse-toi aller et ça ira vite.

Il déplia alors un sac-poubelle qu'il venait d'extirper de sa poche, puis encapuchonna la tête de Louna avec en prenant soin de bien serrer la base. Il la fit ensuite basculer au sol et s'allongea sur elle de tout son poids, laissant peser son thorax sur sa tête.

Après avoir vérifié que la jeune fille était bien passée de vie à trépas, il sortit prudemment le corps en scrutant les alentours et les fenêtres des maisons voisines.

« Pauvre poupée perdue, tu me pousses à commettre des folies. Je ne peux pas te garder ici. Tu dois retourner d'où tu viens, parmi les tiens, avec Jul, Kaaris et Booba, au fond de ta jungle peuplée de décérébrés. »

15

Paris, France
Avril 2022

Daniel Ortega se tortillait sur son siège en passant une main nerveuse sur le sommet de son crâne lisse.

Nadia Naccache lui avait apporté un gobelet de café ainsi qu'un verre d'eau, puis s'était installée au côté de Cassandre, impatiente de démarrer cette audition.

Le capitaine de police sonda quelques secondes le regard sombre d'Ortega, puis demanda enfin dans un long souffle :

— Votre identité, c'est bien Daniel Ortega, né le 8 février 1982 à Pantin, dans le 93 ?

— C'est ça. J'ai bien voulu répondre à votre convocation, mais si vous ne m'en dites pas plus, je ne vois pas pourquoi je resterais ici. Au téléphone, vous parliez de Tinder. C'est un crime de pécho avec cette application, ou quoi ?

Nadia Naccache esquissa un sourire en secouant doucement la

tête. Elle rangea une pile de feuillets dans un porte-documents et attendit patiemment que son supérieur poursuive.

— Bien sûr que non, répondit Cassandre, amusé à son tour. Mais on a un petit souci avec certains membres de cette communauté. Des femmes, pour être exact. On aimerait juste savoir comment s'est déroulée votre rencontre avec les jeunes femmes que voici.

Cassandre posa deux photographies devant Ortega.

Les portraits de Jeanne Lefébure et de Kim Huang renvoyèrent les éclats de lumière du plafonnier. Il s'agissait des photos que les jeunes femmes avaient utilisées pour illustrer leur profil Tinder, ainsi que pour d'autres réseaux sociaux.

Ortega se pencha sur le bureau, observa les visages une poignée de secondes, puis se mit à sourire en pointant du doigt la photo de Jeanne.

— Alors elle, c'était une déjantée, une vraie furie. Jamais rencontré une meuf aussi barrée qu'elle.

— Pourquoi ? Expliquez-nous, intervint Nadia.

— Bah, une folle, j'vous dis. Son truc à elle, c'était le hard, vous voyez ? Elle voulait qu'on fasse des dingueries sous acide, qu'on prenne de la coke ou de la meth, des drogues du genre. Moi, j'avoue, ce n'est pas mon trip, le *chemsex*. Je préfère le missionnaire classique, désolé.

— Le quoi ?

— Bah, le missionnaire. Vous savez bien, ce…

— Non, non, non, l'interrompit Cassandre en agitant les mains devant lui. Ce que vous avez dit juste avant le missionnaire.

— Ah, le *chemsex* ! Vous connaissez pas ? C'est quand on combine les pratiques sexuelles et la prise de plusieurs cames.

Cassandre fit signe à Nadia de poursuivre l'interrogatoire.

— C'est tout de même curieux ce que vous déclarez, monsieur Ortega, car on a interrogé d'autres partenaires sexuels de Jeanne Lefébure, et ils ne nous l'ont pas décrite de cette façon.

Son statut social était important, elle portait beaucoup d'attention à son image. Vous saviez qu'elle était mannequin ?

— Mais pourquoi vous dites « était » ?

Nadia jeta un regard paniqué à Cassandre, consciente qu'elle venait de mettre en péril l'audition.

— Répondez à la question, s'il vous plaît, insista Cassandre.

L'homme observa silencieusement les deux flics, puis haussa les épaules.

— Vous savez, sur les réseaux sociaux ou sur les sites de rencontres, tout le monde peut raconter ce qu'il veut. Y a des mythos partout, tout l'temps. Y a même certaines femmes qui utilisent des applications de filtres pour leurs photos de profil. De vraies bombes à l'écran et quand elles vous ouvrent la porte de leur appartement, croyez-moi, vous avez envie de courir.

— Nous savons cela, mais répondez plutôt à la question. Vous saviez qu'elle était mannequin ?

— Pas du tout. Et puis, ça aurait changé quoi ? Vous savez, moi, c'est pour les *one shot*, les coups d'un soir. Je ne cherche pas le grand amour sur Tinder. Mais c'est quoi le problème avec ces filles, bon sang ?

Nadia Naccache posa son index sur la photo de Kim Huang.

— Et que pouvez-vous nous dire sur elle ? Comment s'est passée votre rencontre ?

Ortega haussa les épaules, l'air blasé.

— Qu'est-ce que vous voulez que je vous dise ? On s'est amusés, on a bu un peu, on a baisé et je suis reparti. Fin de l'histoire.

Les traits du visage de Cassandre se durcirent et il déclara d'un ton ferme :

— Monsieur Ortega, on n'est pas en train de jouer à un jeu télévisé. On vous pose ces questions, car il s'agit d'une affaire très grave, alors je vais être sans filtre avec vous. On parle d'homicide, et cette jeune femme, que vous voyez sur cette photo, a été assassinée. Son corps mutilé a été retrouvé à son domicile. Quant à

Jeanne Lefébure, elle est portée disparue depuis bientôt deux ans. Ce qui explique votre présence dans nos locaux, c'est que vous avez rencontré ces deux jeunes femmes. Évidemment, nous nous posons des questions, puisque Kim Huang a été retrouvée trois jours après votre soirée, et la disparition de Jeanne a été signalée par sa famille quatre jours après votre rencontre. Avouez que c'est un peu troublant, non ?

— Quoi ? Vous m'accusez de quelque chose, c'est ça ?

— Pas le moins du monde. Je vous dis juste que c'est étrange, car cela apparaît à nos yeux comme des éléments concordants. Je voulais seulement savoir s'il n'y aurait pas eu une espèce de désaccord avec l'une d'elles, une sorte de bagarre, peut-être.

— Stop ! hurla Ortega en frappant du plat de la main le bureau devant lui. Je vois bien où vous voulez en venir avec vos insinuations. Il ne s'est rien passé du tout !

Nadia prit la parole à son tour.

— Il y aurait pu avoir une autre personne avec vous, un ami à qui vous auriez demandé de vous rejoindre. J'ai décortiqué les préférences de Jeanne et celles de Kim aussi. Toutes les deux pratiquaient le candaulisme, le sexe à plusieurs partenaires, et elles étaient également bisexuelles. Si vous vous étiez rendu chez elles, avec un ami, ou juste un partenaire pour l'occasion, celui-ci aurait pu retourner chez les filles, seul, et peut-être commettre l'irréparable.

Daniel Ortega hocha la tête et resta silencieux.

— Vous avez quelque chose à nous dire, monsieur Ortega ?

— Pas du tout. Je pensais aux conneries que vous racontez. J'étais seul quand j'allais rencontrer mes *matchs* Tinder. C'est pas mon truc de voir le bigoudi d'un autre mec à côté de moi. Je me débrouille très bien tout seul.

Cassandre lui accorda un sourire.

— Et *Éternel Argus*, ça correspond à quoi, ce pseudo ? Ça veut dire quelque chose, au moins ?

Daniel Ortega éclata de rire.

— Pour être honnête avec vous, j'envisageais Mickey, Donald, ou encore Jack Sparrow, mais je me suis dit que Disney me ferait un procès. Non, mais vous êtes sérieux ? Qu'est-ce qu'on s'en tamponne ! J'ai entendu ce nom dans un documentaire ou un film, je trouvais que ça sonnait bien, et voilà.

Nadia se rapprocha alors d'Ortega.

— C'est curieux, mais on s'est un peu documentés de notre côté, lui confia-t-elle. Vous savez, aujourd'hui, avec Internet, on peut presque tout analyser, tout décrypter, depuis son fauteuil. Eh bien, figurez-vous que le nom d'Argus correspond à celui d'un personnage de la mythologie grecque qui avait cent yeux, dont la moitié restaient toujours ouverts. Il est le symbole d'une vigilance à laquelle rien n'échappe. C'est curieux cette coïncidence, n'est-ce pas ?

— Vous êtes à mourir de rire. À quoi ça rime votre cirque, à la fin ?

Ortega se leva, ferma son blouson de cuir et se dirigea vers la sortie.

— Je vous laisse. J'en peux plus d'écouter vos conneries à deux balles.

Nadia s'empressa de se positionner entre la porte et l'homme, sous l'œil amusé de Cassandre.

— Vous ne voulez pas savoir pourquoi je vous raconte ça ?

Ortega souffla en levant les yeux au ciel.

— Je vais vous le dire quand même. Trois victimes ont été retrouvées avec la même signature. Leurs yeux ont été prélevés. La presse a parlé de ce tueur, vous avez certainement dû être informé. Aussi débile que cela puisse paraître, les journalistes l'ont surnommé « l'oculiste ».

16

Février 2003

Joey avait profité de l'absence de Lina, qui était sortie faire quelques courses. Il s'était installé sur le canapé de sa cave et avait poursuivi la lecture du carnet intime de son père. Il s'attela à un chapitre qui l'avait toujours fasciné. Depuis une demi-heure, il lisait en boucle cette partie des terrifiantes confidences de son paternel, celle où ce dernier expliquait comment ses victimes lui rendaient allégeance, comment il avait trouvé la solution pour qu'elles lui obéissent, qu'elles lui soient soumises et qu'elles exécutent ses ordres. Il en était venu à la conclusion qu'il devait pouvoir les posséder entièrement, les « chosifier ».

Pour les soumettre sexuellement à ses volontés, Blake avait alors pratiqué la plus effroyable des expériences. Selon lui, il fallait tout d'abord déconnecter le système nerveux de la victime et lui administrer un lavage de cerveau, au sens propre. La procédure, à la fois déroutante de facilité et d'une horreur sans nom, consistait à tranquilliser le sujet à l'aide de puissants sédatifs, puis à lui trépaner le crâne au moyen d'une perceuse, et à introduire de l'acide chlorhydrique par l'orifice ainsi créé.

Blake avait noté dans le carnet plusieurs de ses expériences nommées « Possessions ». Il y expliquait la plupart de ses échecs, les différentes façons dont les victimes décédaient, et avec quelle sorte de souffrance elles passaient de vie à trépas. Il parlait souvent de « cri blanc », car le sujet hurlait sans qu'aucun son ne s'expulse de ses cordes vocales ; le travail de l'acide ayant été très rapide sur la partie arrière du lobe frontal, et plus précisément sur l'aire de Broca. Blake écrivait aussi qu'il avait tenté l'expérience avec de l'eau bouillante uniquement. L'eau, *a contrario* de l'acide qui fumait et dégageait des odeurs nauséabondes au contact de la chair, permettait également de maintenir le sujet en vie beaucoup plus longtemps. Blake décrivait tout un tas de méthodes, prodiguait des conseils sur la façon de percer le crâne, sur la quantité d'acide ou d'eau à introduire pour ne pas « déconnecter » le sujet trop rapidement. Tout était si minutieusement relaté et détaillé que cela faisait froid dans le dos. Ça laissait l'imagination produire de bien terrifiantes images qui restaient accrochées dans le tréfonds du subconscient. De petits schémas accompagnaient parfois le texte, ceci afin d'illustrer la pratique.

Pensif, Joey referma le carnet.

Il se leva en soupirant et s'approcha du jeune homme ligoté sur la table d'autopsie. Celui-ci était positionné sur le ventre, encore sous l'empire d'un sédatif qui le plongeait dans un profond sommeil. Près du lit, une servante en inox sur laquelle reposaient pêle-mêle des seringues, des scalpels, une perceuse et divers forets métalliques, ainsi qu'un flacon d'acide de cinq litres, et un entonnoir.

Joey enfila une paire de gants en caoutchouc et passa un masque chirurgical. Il s'empara d'une mèche à bois qu'il vissa à l'extrémité de la perceuse, appuya sur la gâchette pour vérifier si l'outil fonctionnait bien, régla la vitesse puis, enfin, positionna la pointe de la mèche contre le crâne de sa victime. Il resta ainsi quelques secondes, laissant les images de la veille au soir défiler dans son esprit.

Il revit le jeune homme de vingt ans entrer dans sa boutique de disques d'occasion. Melvin était fasciné par la musique des Doors, accro à la poésie brute de Jim Morrison. Ce jour-là, il était passé récupérer un 45 tours que Joey avait tout spécialement fait venir de Los Angeles ; le fameux *Riders on the Storm*.

* * *

— Hey ! How are you, buddy ? avait claironné Joey en voyant Melvin entrer dans la boutique.

— Alors, ça y est, tu l'as ?

— Évidemment que je l'ai. Spécialement envoyé par un vieux pote depuis L.A.

Joey avait tiré le disque qui se trouvait près de la caisse enregistreuse, puis il avait agité la pochette à bout de bras.

— Pour qui tu me prends ? Je ne suis pas un Yankee pour rien. Bon, t'en prendras soin, je compte sur toi. C'est une pièce rare. Ce disque fait partie du premier pressage, l'une des toutes premières galettes mises sur le marché. Riders on the Storm est sorti en 1971 sur l'album L.A. Woman, mais je crois que t'es déjà au courant. Quand tu sais que cette fucking chanson a atteint la quatorzième place au Billboard Hot 100 américain, qu'elle a été classée vingt-deuxième à l'UK Singles Chart britannique, et septième aux Pays-Bas, tu te dis que c'est ton jour de chance. C'est un morceau de rock psychédélique mythique, mon gars.

Melvin s'était laissé gagner par une sorte d'euphorie. Aux anges, il avait payé Joey sans lâcher une seule fois du regard la légendaire pochette.

— J'me demande comment te remercier, Joey. Vraiment, je…

— Tu m'as payé cher, non ? Donc considère que c'est déjà fait. En revanche, j'ai autre chose pour toi et quand je t'aurai dévoilé ce trésor,

alors à ce moment, et seulement à ce moment, tu pourras me remercier mille fois.

Intrigué, Melvin avait relevé la tête, les sourcils froncés.

— Tu aimerais découvrir de quoi il s'agit, hein ? T'en crèves d'envie, pas vrai ? avait lancé Joey en se laissant aller à un rire étrange.

— Carrément, mec. T'as toujours des trésors improbables dans ta boutique. Alors, c'est quoi ?

— Eh bien, pour tout te dire, tu vas tomber de haut. Tu savais que Morrison avait étudié le cinéma à l'UCLA, à Los Angeles ?

Melvin avait hoché la tête, impatient.

— J'ai en ma possession un carnet dans lequel il prenait des notes pendant ses cours, un tout petit carnet en cuir rouge. C'est encore grâce à mon collègue que j'ai pu obtenir ce bijou. Si tu veux le voir, suis-moi dans l'arrière-boutique. J'ai enfermé ce calepin dans mon coffre-fort. Il est hors de question que je l'apporte jusqu'ici. Ça vaut une petite fortune, mon gars.

Melvin était bouche bée, suivant Joey du regard, sans bouger d'un poil. Il s'était ensuite empressé de le rejoindre dans la réserve du magasin. Il s'était rapproché de Joey qui tentait d'ouvrir son coffre en maugréant, feignant de ne pas trouver la combinaison.

Ce dernier s'était alors retourné et avait planté l'aiguille d'une fine seringue dans le cou du jeune garçon.

Joey avait attendu la nuit pour ramener Melvin dans sa cave, bras dessus bras dessous, imitant le bon collègue qui aidait un ami ivre mort. Il l'avait ensuite installé sur la table d'autopsie, juste après lui avoir de nouveau injecté une dose de kétamine.

* * *

Après avoir chassé ces pensées, Joey suivit avec application les consignes que son paternel avait notées.

Une fois sa tâche accomplie, il déboucha le flacon d'acide et positionna l'embout de l'entonnoir sur l'orifice. Il commença alors à verser précautionneusement une quantité de liquide et s'arrêta un instant, scrutant la réaction de son sujet.

Si cela réussissait, il serait en parfaite possession de sa victime, il en ferait un esclave sexuel qui accomplirait tout ce qu'il désirait, pour lui, et peut-être même pour Lina.

Une légère torsade de fumée épaisse et blanche s'échappa soudain par l'orifice de la trépanation, ainsi que par le sommet de l'entonnoir. Une odeur âcre se répandit également, se frayant un chemin à travers les fibres du masque chirurgical que portait Joey.

Il attendit, fébrile. Après quelques secondes sans aucune réaction, le corps du jeune homme fut brusquement secoué de spasmes et ce dernier ouvrit grand les yeux. Ses mâchoires s'écartèrent, comme pour laisser échapper un hurlement puis, plus rien. Le jeune homme s'immobilisa définitivement.

Joey ne pouvait que constater son échec, mais il ne s'avouait pas vaincu pour autant. Il savait qu'il recommencerait, jusqu'à ce que l'expérience qu'avait menée son père par le passé réussisse.

Il observa le trou qu'avait produit la perceuse, bien conscient que de la matière noble allait se perdre. Il estima que de la cervelle aussi jeune ne pouvait être que d'une qualité supérieure, et ne pas en profiter s'apparentait à de la bêtise humaine. Pire : à de la folie.

Il se souvint d'un documentaire qu'il avait regardé à la télévision, voilà quelque temps. Le sujet traitait du culte des morts à l'époque de l'Égypte ancienne. La momification consistait à empêcher la décomposition d'un corps en l'embaumant pour qu'il se dessèche lentement. L'embaumement était alors placé sous la protection d'Anubis, le dieu à tête de chacal, auteur de la première momie : celle d'Osiris, tué par son frère Seth, puis ressuscité en oiseau et en protecteur des morts.

L'opération se déroulait en plusieurs étapes. Premièrement, à l'aide d'un crochet en bronze passé dans les narines du cadavre, les prêtres embaumeurs retiraient le cerveau. Ensuite, ils entaillaient le flanc gauche du mort pour enlever le foie, les poumons, l'estomac et les intestins, puis finissaient par déposer ceux-ci dans quatre vases.

Joey avait déjà quelques réserves dans son congélateur. Du foie, du cœur, des reins, mais de la matière noble, il en manquait. Et puis, sa tendre et douce amoureuse lui accommoderait bien cela avec des épinards. Ses papilles se souvenaient encore des cervelles d'agneau servies par un chef étoilé, lors d'un dîner avec Lina dans un restaurant gastronomique de la capitale. Joey resta pensif un long moment. Il songea au fait qu'il gagnerait du temps avec une scie d'autopsie oscillante pour décalotter le crâne, mais il voulait se sentir dans la peau d'Anubis, juste une fois, ressentir la puissance du maître des nécropoles.

Il s'empara alors d'un cintre métallique qui pendait à la patère de la cave, le déforma pour le transformer en une sorte de long crochet, puis s'approcha du visage de Melvin, priant mentalement Anubis pour qu'il lui procure la dextérité nécessaire. Avant de commencer, il positionna le 45 tours de *Riders on the Storm* sur la platine qui se trouvait sur l'établi à outils. Il posa ensuite le saphir sur le vinyle et la voix de Jim Morrison jaillit :

There's a killer on the road
His brain is squirmin' like a toad
Take a long holiday
Let your children play

RECETTE

ESCALOPES DE CERVELLE D'AGNEAU AUX ÉPINARDS

4 personnes | Préparation : 30 minutes | Cuisson : 30 minutes

Ingrédients :

- 400 grammes de cervelle d'agneau
- 100 grammes d'épinards frais
- 200 grammes de girolles
- 1 oignon jaune
- 2 échalotes
- 1 petit bouquet de persil
- 1 cuillerée à soupe de vinaigre
- 120 grammes de beurre
- 1 cuillerée à soupe de madère
- Sel, poivre

Préparation de la recette :

- Limonez les cervelles (éliminer sous un filet d'eau les parties sanguinolentes et les peaux).
- Placez-les dans un grand faitout d'eau froide, puis ajoutez le vinaigre, l'oignon et le persil.
- Salez, poivrez, portez à ébullition et laissez cuire 10 minutes à feu doux.
- Égouttez les cervelles, laissez-les tiédir, essuyez-les, et coupez-les en tranches.

- Passez les escalopes de cervelle quelques minutes à la poêle dans 50 grammes de beurre.
- Salez et poivrez.
- Lavez, essorez et équeutez les épinards.
- Faites revenir les échalotes à la poêle dans 50 grammes de beurre, ajoutez les girolles, salez et poivrez.
- Faites suer les épinards quelques minutes dans 20 grammes de beurre, salez et poivrez.
- Pour finir, disposez les escalopes de cervelle sur un lit d'épinards, répartissez les girolles et nappez du jus de cuisson des cervelles déglacées au madère.

Servez, et bon appétit.

17

Porte de Clignancourt
Paris, France
Avril 2022

Lina attendait patiemment à la terrasse du bar *Le Rugby*. Si Ginko avait accompli le boulot qu'elle lui avait confié, alors l'ex-légionnaire viendrait la retrouver pour récupérer la seconde partie de l'argent promis.

Lina observait les passants qui se pressaient pour rejoindre leur travail, leur domicile, leur amant ou leur maîtresse, en rythme, sur les paroles de *Paint It, Black* des Rolling Stones, diffusé par la radio du bar. La température était agréable, douce, et une légère brise vint caresser quelques mèches de ses cheveux.

C'est alors qu'un homme d'une quarantaine d'années, blond, en blouson de cuir, jean et baskets, fit irruption sur la terrasse, l'air détendu et souriant. Il s'approcha de la table de Lina puis, à la grande surprise de cette dernière, prit place sur la chaise de droite.

Il exhiba une carte de police.

— Vous êtes bien Lina Berisha ?

— Vous êtes qui, vous ? Qu'est-ce que vous me voulez ? demanda-t-elle en scrutant les alentours.

— Répondez, madame.

Elle haussa les épaules, à la fois agacée et intriguée.

— Oui, je suis Lina Berisha. Pourquoi ?

— Alors il va falloir me suivre. Je suis le commandant Alfort, officier de police judiciaire. Nous sommes le vendredi 15 avril 2022, il est huit heures trente-cinq, et vous êtes placée en garde à vue. Vous pouvez téléphoner à un membre de votre famille si vous le désirez, ou même appeler un médecin ou votre employeur, si c'est nécessaire.

Lina serra les mâchoires tout en pensant à Ginko. Au fond de son esprit, elle se mit à le maudire en regrettant amèrement de lui avoir confié ce travail. Elle avait une vague idée de ce qui avait dû se dérouler ; elle imaginait très bien cet abruti de Ginko se faire pincer avec le corps découpé d'Armelle, pataugeant dans le sang qui recouvrait le sol du box de stockage.

— Vous pouvez me dire ce qui se passe, au moins ?

Le flic l'invita à se lever, lui présenta le trottoir devant eux, et marcha derrière elle sur quelques mètres. Une fois à l'écart des regards, il la menotta dans le dos.

— Madame Berisha, nous allons monter dans le véhicule que vous voyez là-bas.

De l'index, il lui indiqua une voiture grise garée devant un bureau de tabac. Ils s'installèrent à l'arrière où un autre homme attendait et le chauffeur démarra.

Lina était abasourdie. Se faire cueillir comme une fleur pour avoir fait confiance à un incapable, ça, elle ne le supportait pas. Qu'allait bien pouvoir devenir Myriana sans elle ? À cette pensée, elle répondit par un rictus. Après tout, sa fille n'avait-elle pas vécu quinze années sans elle ?

Le flic s'éclaircit la voix.

— Avez-vous besoin de passer un coup de fil ?

— Je n'en ai pas besoin pour le moment. Vous allez enfin me dire pourquoi vous m'arrêtez ? Qu'est-ce que je fous dans cette bagnole ?

— Si vous êtes en garde à vue, madame Berisha, c'est que vous connaissez forcément Razmig Katcherian, un Arménien que l'on surnomme « Ginko ».

— Est-ce que je peux appeler un avocat ?

— Vous aurez tout le temps de le faire lorsque nous serons arrivés au commissariat.

* * *

Le capitaine Cassandre proposa à la jeune femme le siège qui se trouvait près d'elle.

Myriana était assez impressionnée de se retrouver face à des policiers, même si elle avait déjà eu affaire à eux lorsqu'elle était encore en foyer. Cette fois-ci, ce n'était probablement pas pour le vol de quelques produits de beauté dans un supermarché, elle le pressentait. Ce qui s'était déroulé avec Armelle la hantait et elle savait que si les flics l'avaient convoquée, c'était vraisemblablement pour éclaircir les zones d'ombre concernant le meurtre.

Elle eut une pensée fugace pour sa mère qui lui avait promis qu'elle se chargeait de tout, mais il était évident que cela restait de la foutaise et, à ses yeux, le résultat s'avérait navrant.

Myriana prit place, attacha ses longs cheveux en queue de cheval, et croisa les bras en souriant.

Cassandre saisit son téléphone portable et contacta Nadia Naccache. Depuis les auditions précédentes, le capitaine de police avait noté que sa subordonnée maîtrisait parfaitement le contact avec les prévenus et la subtilité de l'interrogatoire, mais il était curieux de savoir ce qu'elle avait vraiment dans le ventre.

Un grand sourire aux lèvres, Nadia entra dans le bureau, les mains chargées de trois gobelets de café fumant.

— Bonjour, Myriana. Je t'ai pris un café, au hasard, j'ai pensé que ça te ferait plaisir.

— Merci, c'est gentil, répondit timidement la jeune femme.

Nadia offrit un café à Cassandre et s'installa près de Myriana.

— Tu n'as pas à t'inquiéter, ni à avoir peur de quoi que ce soit. On veut juste te poser quelques questions. Tu es d'accord avec ça ?

— Oui, bien sûr, assura-t-elle, le cœur battant comme un tambour.

Cassandre l'observait attentivement. Il avait du mal à croire que cette jeune femme, toute fragile et menue, était la descendance du pire monstre qu'avaient connu les États-Unis.

— Mais de quoi il s'agit, exactement ? Parce qu'on ne m'a rien dit depuis hier, s'inquiéta Myriana.

— Pas grand-chose, en fait. On aimerait juste savoir quels ont été tes échanges avec tes partenaires rencontrés sur Tinder, lui assura Cassandre. On veut savoir si tout s'est bien passé, s'il y a eu des disputes, des mauvaises rencontres. Peut-être aurais-tu rencontré quelqu'un d'étrange, avec des pratiques particulières ?

Myriana resta songeuse un instant.

Elle avait toujours caché à Armelle le fait d'être inscrite sur ce genre de site et elle l'avait même trompée une ou deux fois avec des rencontres éphémères, sans saveur.

— Non. Mes expériences ont chaque fois été enrichissantes et très sympathiques. Je n'ai jamais eu d'embrouilles avec des abonnés du site ni de mauvaises surprises. J'y avais d'ailleurs pris goût, même si j'ai souvent été frileuse à l'idée de rencontrer des inconnus par le biais d'Internet.

Nadia se pencha vers Myriana.

— Je vais te citer deux pseudos et toi, tu vas me dire si tu les as déjà vus passer sur le site. *Éternel Argus* et *Pink Killer*, ça te parle ou pas ?

— Franchement, je ne vois pas, mais vous faisiez allusion à des « pratiques particulières ». Qu'entendez-vous par là ?

Les deux flics éludèrent la question.

— OK. Tu vis chez ta mère, en ce moment ? insista Nadia après avoir avalé une gorgée de café.

La jeune femme se raidit sur son siège. Elle imagina en un éclair le piège que voulait lui tendre la fonctionnaire de police. En une fraction de seconde, son cerveau perça une issue de secours dans le mur qui venait de se dresser face à elle.

— Non. Je vis avec ma petite copine, mais l'ambiance était pesante entre nous ces derniers temps, alors elle a quitté l'appart depuis deux jours sans me dire où elle allait.

Cassandre prit des notes et interrogea la jeune fille d'un ton amical :

— Je pourrais avoir le nom de ton amie ?

— Pour lui raconter que je zonais sur Tinder ? Vous voulez vraiment qu'elle me quitte ou quoi ?

Pendant une poignée de secondes, Myriana médita sur ses derniers mots.

Armelle l'avait déjà quittée.

Pour toujours.

— Tu as ma parole que nous ne lui dirons rien, ajouta Nadia. C'est juste que l'on enquête sur une affaire compliquée et que l'on veut s'assurer de pouvoir éliminer de l'équation les personnes que l'on interroge.

— OK. Elle s'appelle Armelle Ray-Lemoine.

Myriana sentait que son cœur battait moins fort et que sa respiration se régulait. Elle comprit qu'il n'était pas question du meurtre d'Armelle et que tout ceci était lié à une affaire qui impliquait les réseaux de rencontres. Ni plus ni moins.

Alors qu'elle s'apprêtait à quitter le bureau, Nadia Naccache demanda frontalement à la jeune femme :

— Myriana, votre mère vous a-t-elle déjà parlé de votre grand-père ?

— Pour être franche, jamais. Et mon père, je ne l'ai pas connu, mais je commence à comprendre, maintenant, sur quel genre d'affaires vous travaillez. Probablement un tueur cannibale. Sinon à quoi bon déterrer le cadavre de ce bon vieux Freddy Lawrence ? Le fantôme du cannibale de Cleveland vous hante, n'est-ce pas ? Rien que de savoir que je descends de cette lignée de monstres, mon estomac se vrille, mais demandez donc à ma mère. Elle, elle a vécu tout près de la descendance directe du diable, elle a même couché dans son lit. La preuve est devant vous.

18

Domicile de Nadia Naccache
Montreuil, France
Avril 2022

Tout l'obnubilait dans cette affaire.

La typologie criminelle révélait de nombreux éléments et, parmi eux, certains laissaient augurer le pire. Selon Nadia, la classification bio psychologique à laquelle semblait appartenir le tueur dressait le portrait d'un homme perturbé, classé dans la catégorie des individus souffrant de troubles mentaux. Cependant, la typologie des crimes restait incertaine, floue, oscillant entre l'acte criminel organisé et le crime primitif.

Assise en tailleur sur le grand tapis du salon, Nadia referma le capot de l'ordinateur portable, ainsi que ses cahiers de notes qu'elle avait étalés sur la table basse. Ces documents, vestiges des quelques années passées en criminologie, lui rappelaient quelques bons moments, juste après son master en droit et en sciences criminelles. Des images lui revinrent en mémoire et elle entendit de nouveau les rires, les conversations salaces, les blagues morbides avec les collègues de la promo lors de déjeuners improvisés au soleil, sur la pelouse du campus. Elle se souvint surtout du sourire que lui avait adressé Gaëlle, au cours d'un pique-nique sur l'herbe, alors que le groupe débattait sur les différences et les points communs entre Ted Bundy et Edmund Kemper. Nadia se rappela que la main de la jeune femme avait frôlé la sienne, que son index avait caressé sa peau à cet instant. Leur relation avait duré quelques mois à peine, mais elle avait été passionnée, fougueuse. Après quelques crises de jalousie et quelques disputes, Nadia avait préféré s'éloigner de Gaëlle. Elle avait eu beaucoup de mal à accepter la bisexualité de sa compagne, ainsi que son goût prononcé pour les conquêtes fréquentes et variées. L'idée de la partager en garde alternée avait peu à peu estompé les sentiments qu'elle avait pu éprouver à l'égard de sa partenaire, et puis le temps avait passé, sans que la jeune étudiante qu'elle était alors sache que penser des relations amoureuses, ni même qu'en faire. Elle avait de fait négligé ce genre de lien social et s'était investie corps et âme dans ses études. Elle avait toujours voulu faire la fierté de Salah, son père, elle avait toujours veillé à le rendre heureux, à pallier ce bonheur brisé quelques années auparavant.

Réussir ses études, entrer dans la police.

Voilà ce qu'elle avait promis à son père.

Après avoir lorgné l'heure sur son portable, la jeune enquêtrice se leva et capta son reflet dans le miroir du salon. Elle s'observa un instant, détaillant sa taille relativement fine et ses longs cheveux noirs. En s'approchant, elle sonda son regard à peine souligné d'un trait d'eye-liner, scruta ses yeux aux nuances ambrés, observa sa bouche puis, tout en soupirant alors qu'elle se rendait dans sa salle de bains, elle marmonna entre ses dents :

« Bah, ma vieille, t'es pas près de trouver quelqu'un. Faudrait des tonnes d'anticerne ou rattraper ces putains d'wagons d'heures de sommeil. Voilà la tronche, quoi ! »

Cette fois-ci, devant le miroir de la salle de bains, elle tenta de fuir son double, occupée à ouvrir son flacon de lotion, et à préparer ses petits disques de coton.

« Tu déraillles, ma grande. Tu te tortures avec ce genre de truc, mais ça n'en vaut pas la peine. À quoi bon être séduisante ? Tu ne sais même pas si tu veux plaire, ni même à qui. Qu'est-ce que tu cherches ? À séduire un homme ? Une femme ? T'es plus dans la réalité vis-à-vis de ça. Tu n'es plus honnête avec toi-même. Fait chier, tiens ! »

Elle leva les yeux et plongea dans son propre regard. Une fraction de seconde, elle crut y trouver celui de sa mère. Il lui sembla percevoir son rire, sa voix. Elle quitta la pièce et regagna sa chambre. Alors qu'elle s'allongeait sur son lit, elle observa longuement le cadre en métal qui trônait sur sa petite table de nuit. À l'intérieur, une photo d'elle, enfant, et de sa mère, toutes deux en maillot de bain, posant sur la plage, devant une mer aux reflets saphirins. Nadia n'avait que cinq ans et ne se souvenait pas de ses vacances passées à Saint-Raphaël, en août 1998. Son père s'était acquitté d'un pari fou, après avoir promis de les emmener toutes les deux en vacances sur la Côte d'Azur, si l'équipe de France réussissait l'exploit de devenir championne du monde. Cette photo faisait sourire Nadia, car elle se remémorait les nombreuses fois où son père relatait cette anecdote, insistant bien sur le fait qu'il avait dilapidé ses économies à cause de Zinédine Zidane et d'Emmanuel Petit.

Cependant, le cliché la rendait triste, la frustrait, car dès lors qu'elle approchait son visage de l'image, il lui semblait que les traits de sa douce maman s'estompaient. Le grain était grossier et gommait les détails. Elle n'avait pas vraiment de photos sur lesquelles sa mère apparaissait clairement, de façon nette. Cela la faisait enrager, surtout lorsqu'elle contactait les membres de la famille de sa mère, en Italie, pour les supplier que l'un d'entre eux lui fasse parvenir une photo, mais personne ne répondait. Personne n'acceptait de parler avec la famille Naccache. Ils avaient tous voulu couper les ponts définitivement, assurant que la famille Naccache portait la poisse, que le responsable du drame qui s'était joué en 1999 était Salah, et personne d'autre. Tout cela déchirait le cœur de Nadia, même vingt-trois ans après.

Elle se sentait salie, rejetée, coupable.

La situation avait peu à peu contribué à détruire son père. Pendant des années, Salah avait pleuré en silence dans sa chambre, accablé par le chagrin, la solitude et la culpabilité qu'on lui collait sur le dos. Nadia avait grandi dans cette atmosphère, avec cet état d'esprit ; celui de devoir vivre avec la douleur d'avoir perdu un être cher, forcée d'accepter une responsabilité dans ce drame.

La photo dans le cadre la rendait mélancolique, parce qu'elle lui rappelait les bons souvenirs, mais aussi parce que ce moment figé dans le temps était le point zéro, le point de départ du drame, et son compte à rebours irrémédiable. Un an, jour pour jour, après que cet instant de bonheur fut capté par le film photographique, sa mère disparaissait à tout jamais.

Nadia éteignit la lumière et inspira profondément en fermant les paupières. À plusieurs reprises, elle tenta de chasser les flashs qui lui renvoyaient les éléments de l'enquête. Pour ne pas plonger dans le chaos sordide qui alimentait ses journées, elle se concentra sur la photo de sa mère et tout ce qui la composait ; la plage, la mer, le soleil, le sourire flou qui se dessinait au milieu d'un visage sans traits, son propre visage, et ses yeux plissés à cause de la lumière trop forte, mais il n'y avait rien à faire. Chaque fois, son esprit revenait se connecter à l'affaire de l'oculiste et elle entendait la voix de Cassandre, sans toutefois comprendre ce qu'il lui expliquait. Elle revit également le corps de Kim Huang, ses orbites vides, du sang autour de la victime, une chaussure au sol. Nadia pouvait presque sentir l'odeur particulière qui flottait dans l'appartement, comme un remugle mêlé à la puanteur d'une matière organique en décomposition. Elle ouvrit alors grand les yeux, le souffle court, et ralluma sa petite lampe de chevet.

Elle tourna instinctivement la tête, comme pour s'assurer que la photo se trouvait bien dans le cadre de métal, et s'empara de celle-ci avant de la poser sur sa poitrine, l'image face à elle.

« Tu m'as toujours tirée de l'obscurité, je ne sais pas comment tu fais ça, maman. Tu n'es plus là. Ça fait vingt-trois ans, mais chaque fois, je te sens si près de moi. Papa, lui, il s'est perdu dans la nuit, et toi et moi savons qu'il ne reviendra plus jamais à la lumière. Continue d'être là pour moi, maman, et je continuerai d'être là pour papa… »

19

Murders memory

Paris, France
Mars 2021

Argus avait patiemment attendu.

Le groupe de rock venait de terminer son concert et le pub se vidait peu à peu, rendant à la nuit ses clients qui ressortaient par grappes.

De l'autre côté de la rue, assis derrière le volant de son break Audi, Argus observait minutieusement les jeunes femmes qui quittaient l'établissement et repartaient seules.

Il enrageait de constater qu'aucune d'entre elles ne correspondait à ses attentes. Après quinze minutes de guet, il se résigna enfin. Vexé et perturbé par l'échec de cette chasse, il démarra le moteur et son autoradio diffusa la voix d'Axel Bauer.

Lanterne rouge, je guette l'entrée
L'alcool est mon allié
L'amour il faut payer

En tapotant sur le volant au rythme de *Cargo*, il enclencha la première et sortit de la place de parking. Il fit quelques mètres et freina soudainement, persuadé d'avoir enfin trouvé ce qu'il recherchait.

À quelques dizaines de mètres, un couple se tenait sur le trottoir. La jeune femme enlaça amoureusement son compagnon avant de l'embrasser, puis ils se quittèrent et chacun emprunta une ruelle.

De taille moyenne, la femme était blonde et avait attaché ses longs cheveux en queue de cheval. Elle portait une robe blanche imprimée de fleurs rouges qui ondulait à chacun de ses pas. L'image du tissu qui flottait, qui dégageait tellement de sensualité, dansa longuement dans l'esprit d'Argus.

Il roula très lentement jusqu'à sa hauteur et abaissa la vitre côté passager.

— Bonsoir, mademoiselle. S'il vous plaît, j'ai besoin d'aide. Je dois rejoindre ma compagne à une fête chez des amis. Elle m'a envoyé par message l'adresse où me rendre, mais lorsque je la rentre dans le GPS, elle n'est pas reconnue. Je ne suis pas d'ici, ce qui fait que je suis complètement paumé. Vous pourriez me dire où ça se trouve, par hasard ?

D'abord surprise, la jeune femme jeta un œil rapide sur la plaque d'immatriculation de l'Audi et s'approcha ensuite en souriant, euphorique sous l'effet de l'alcool qu'elle avait ingurgité tout au long de la soirée.

— Vous êtes de Seine-et-Marne ?

— Oui, de Melun. Pourquoi ? Vous connaissez ?

Elle haussa les épaules sans répondre et tituba légèrement.

— Où est-ce que vous voulez vous rendre ?

— Je vous montre l'adresse, elle est dans mon portable.

Argus descendit du véhicule, fit défiler des pages sur l'écran de son téléphone tout en faisant le tour de l'Audi, et s'approcha de la jeune femme. Il lui tendit le portable et farfouilla dans la poche intérieure de son blouson.

— Je ne comprends pas, monsieur. Il n'y a pas d'adresse, juste une page Google.

— C'est normal. Tu es seulement en train de t'endormir, répondit Argus en enfonçant l'aiguille de la seringue dans le cou de la malheureuse.

Celle-ci n'eut pas l'occasion de protester. Paralysée par la terreur et la dose de kétamine que le monstre venait de lui injecter, elle chancela, faillit s'affaler sur le trottoir et se retrouva alors dans les bras d'Argus qui la soutint, le temps d'ouvrir la portière côté passager. Il la déposa sur le siège, boucla sa ceinture, et courut se remettre au volant.

Les kilomètres défilèrent. L'Audi roula pendant près de vingt minutes avant de s'immobiliser enfin, phares éteints, derrière la propriété d'Argus.

« Alors, voyons qui tu es, toi », murmura-t-il en s'emparant du minuscule sac à main de la jeune femme.

Après s'être assuré que cette dernière était encore inconsciente, il ouvrit son portefeuille et en retira une carte d'identité. Il put lire : AMÉLIE LALAUD, née le 14 septembre 2000. Il s'empressa de fourrer la carte dans son sac et descendit du véhicule. Le quartier lui parut calme, et les voisins semblaient profondément endormis, mais comme tout gibier traqué, Argus sondait le plus infime mouvement dans la pénombre, comme un cerf pris en chasse, humant l'air, prêt à détaler au moindre signal.

Et c'est ce qui se produisit.

La maison des retraités était plongée dans l'obscurité, pas un rai de lumière ne filtrait, mais il eut tout de même le temps d'apercevoir la silhouette du vieillard, à l'instant même où celui-ci avait reculé pour se dissimuler dans la pénombre.

Il était impératif pour Argus de ne commettre aucune erreur s'il voulait aller au bout de sa quête. Il ne devait prendre aucun risque. Lui qui avait déjà imaginé le corps d'Amélie disparaître dans la terre sèche de son vide sanitaire, il se résigna, frustré.

Il remonta à bord de son véhicule, pesta intérieurement en maudissant son antiquité de voisin, et songea à lui trouver une place près des filles, avant de démarrer, tous feux éteints. Il se rasséréna en se disant qu'après tout, le vieillard lui était utile, qu'il pouvait donner l'alerte au cas où des rôdeurs viendraient à traîner autour de sa propriété.

Il emprunta la départementale 14, puis il prit la première sortie, et longea le cimetière parisien de Saint-Ouen. Une fois sur l'avenue Michelet, il se gara près d'un square désert, non loin de la voie ferrée. Il coupa le moteur, gifla doucement Amélie qui était encore profondément endormie, puis se précipita à l'extérieur, et contourna son véhicule.

Argus tira la jeune femme hors de l'habitacle et positionna le bras de celle-ci autour de son cou. Il gagna ensuite le square pour s'enfoncer dans une sorte de petit bosquet à l'abri des regards. Il sua à grande eau pour tirer sa victime sous un épais buisson et peina tout autant pour s'y glisser. Une fois installé, il ouvrit le couteau qu'il portait à sa ceinture et découpa un morceau de la robe d'Amélie.

« Voilà. Un petit souvenir pour commencer, ma belle. Ce n'est pas le confort du mausolée de papa, ici, mais c'est une zone de repli sécurisée. Je suis déjà venu. C'est désert, aucun risque », marmonna-t-il en terminant de couper le fragment de tissu.

Amélie reprenait peu à peu ses esprits. Ses paupières papillonnaient, cherchant à faire entrer le peu de lumière qui baignait les lieux. Elle émit un petit gémissement, puis une sorte de gargouillis s'échappa du fond de sa gorge.

Argus continua son soliloque.

« Ta robe est parfaite, chère Amélie. Elle est quasiment identique… et tes yeux… Waouh ! Tes yeux sont tellement beaux, si sombres, si mystérieux, ça fait froid dans le dos. »

Il dévisagea la jeune femme pendant un long moment, silencieux, caressant son arête nasale du bout de l'index. Enfin, après avoir délicatement posé au sol la tête d'Amélie, il enserra son cou de ses deux mains en faisant peser tout son poids sur elle.

La pauvre malheureuse se débattit, mais rendit les armes assez vite, et lorsqu'elle fut complètement immobile, Argus installa les blépharostats sur chacun de ses yeux et se mit au travail. Après avoir bien écarté les paupières, il répéta son rituel et s'empara des deux globes oculaires, qu'il observa quelques secondes au creux de sa paume. Argus crut les entendre murmurer, tenter de lui parler. Instinctivement, il les porta à son oreille et écouta attentivement :

Tu es un bon petit, c'est bien. Je sais que tu es tout aussi dévoué que ce berger de la mythologie. Continue, nous y sommes presque. N'abandonne pas maintenant.

La mélodie de *California Dreamin'* tourbillonna alors sous son crâne, le submergeant d'émotions diverses.

Il sentit le parfum de sa mère qui flottait partout autour.

Il lui sembla que celui-ci provenait du corps de sa victime et un frisson lui parcourut l'échine. Argus se pencha sur la jeune femme avec beaucoup de tendresse, puis il posa sa joue contre sa poitrine encore chaude, comme un enfant tout contre sa maman, et ferma les paupières.

Il imagina ses parents sous le soleil de Californie. Il les vit marcher main dans la main le long d'une plage ensoleillée, tous deux auréolés par la lumière ambrée de la fin du jour.

20

Clinique psychiatrique Les Lilas
Fontenay-aux-Roses, France
Avril 2022

L'établissement paraissait figé dans le temps depuis le siècle dernier. Il émergeait de l'ombre, au cœur d'un parc arboré très dense. L'entrée principale de la clinique se faisait par une maison au style colonial hollandais ; une sorte de réplique de la demeure des Bates dans le cultissime film *Psychose*.

Nadia Naccache se pressa dans l'allée qui menait au bâtiment, puis s'immobilisa à quelques pas de l'escalier. Juste après avoir avalé une dernière bouffée de sa vapoteuse, elle gravit les trois marches du perron et se présenta à la réception. Derrière sa paroi vitrée, une femme d'une cinquantaine d'années l'accueillit avec un sourire de condamné à mort et s'empressa de lui demander :

— Bonjour, madame, qu'est-ce que je peux faire pour vous ?

— Je viens rendre visite à mon père. Je…

— Quel est le nom du patient, je vous prie ?

Il sembla à Nadia que les dents de la mégère grinçaient à chacun de ses mots.

— Il s'agit de M. Naccache. Salah Naccache.

— Ah oui, ça me dit quelque chose. Vous ne venez pas souvent, mais je vois qui est ce monsieur. Il est actuellement en soin avec l'ergothérapeute. Désirez-vous vous entretenir avec le docteur Langlais, son psychothérapeute ? Je crois qu'il est disponible. Attendez, je vérifie…

— Merci, madame. Et surtout, dites bien au docteur Langlais que je suis Nadia Naccache. Il me connaît bien.

L'hôtesse d'accueil lui lança un regard méprisant et se plongea dans l'agenda du praticien. Elle frappait sur le clavier comme s'il s'agissait d'un piano, répétant chaque mot du bout des lèvres.

— C'est bon, vous pouvez l'attendre dans son bureau. C'est la première porte à droite que vous apercevez dans le couloir, là-bas.

Nadia s'installa dans le siège face au bureau du médecin. La décoration restait sobre : quelques bibelots sur une table poussiéreuse, une reproduction du *Bassin aux nymphéas* de Claude Monet, flanqué dans un sous-verre fendu et un abat-jour Ikea stylisé années 1970.

Le docteur Langlais entra dans le bureau, l'air jovial, un gobelet de café à la main.

— Madame Naccache, comment allez-vous ? Vous désirez un café, peut-être ?

— Non, merci. Je suis ravie de vous revoir. Je venais aux nouvelles, car je dois vous avouer que le courrier que vous m'avez fait parvenir la semaine dernière m'a beaucoup inquiétée. Que se passe-t-il avec mon père, exactement ?

Le médecin s'installa face à Nadia et expliqua aussitôt :

— Madame, je ne crois pas qu'il faille s'inquiéter, mais en revanche il va falloir que l'on garde un œil sur l'évolution du trouble. Disons que celui-ci s'est développé ces derniers temps, surtout les symptômes psychotiques. Les symptômes liés à l'humeur sont à surveiller également, j'ai noté quelques changements.

Votre père n'est pas encore entré dans une phase compliquée, mais vous allez devoir vous y préparer.

— Et quels sont ces symptômes psychotiques dont vous parlez ?

— Eh bien, tout d'abord, votre père semble avoir des idées complètement insensées, absurdes. Par exemple, vouloir sauter en parachute ou encore intégrer une mission spatiale. Ensuite, il a de plus en plus d'hallucinations auditives et même visuelles. Il est persuadé de voir votre maman dans sa chambre.

Nadia eut un frisson. La simple évocation de sa mère, décédée vingt-trois ans plus tôt, lui serra le cœur.

— Et puis, il a également ce comportement étrange, parfois. Notamment, lorsqu'il est en promenade dans le parc. Il a été surpris à plusieurs reprises en train de discuter avec un arbre ou avec une personne imaginaire assise à son côté, sur un banc. Il arrache également des morceaux d'écorce, qu'il rapporte jusque dans sa chambre, ce qui est assez curieux, je dois l'avouer. Quant aux symptômes liés à l'humeur, et c'est ce qui nous inquiète le plus, les épisodes dépressifs sont de plus en plus fréquents. Il est souvent très triste et évoque des idées noires.

— Quel genre d'idées noires ? réagit aussitôt Nadia.

— Je ne vais pas y aller par quatre chemins, madame Naccache, mais Salah parle beaucoup du suicide. Il dit qu'il veut mettre fin à ses jours et retrouver « ses anges ». Nous le surveillons et nous avons également mis en place un nouveau traitement composé de neuroleptiques et de stabilisateurs d'humeur. Voilà. Dans les grandes lignes, nous en sommes là.

Nadia soupira en baissant la tête, les yeux brillants. Lorsqu'elle affronta le regard du médecin, elle sécha ses larmes du dos de sa main et demanda :

— Ce que je ne comprends pas, c'est qu'il y a trois ans, tout allait encore bien. Comment est-ce possible que cela se soit dégradé de façon aussi prononcée ?

— Nous n'avons pas toutes les réponses et contrairement aux

troubles bipolaires ou à la schizophrénie, le trouble schizo-affectif est encore aujourd'hui difficile à cerner. Généralement, ce trouble est généré par un psychotraumatisme survenu pendant l'enfance, mais cela peut également être la conséquence d'une vulnérabilité génétique, d'un développement cérébral perturbé lors de l'enfance ou de l'adolescence. Bref, cela peut provenir de diverses origines.

— J'avoue ne pas comprendre ce... cette manie de conserver les morceaux d'écorce qu'il arrache aux arbres, dans le parc.

Le médecin esquissa un sourire en hochant la tête, comme pour rendre son propos moins dramatique.

— Vous, qui travaillez dans la police, cela devrait vous paraître plus clair. Vous avez bien une formation en criminologie ?

— J'ai effectivement un DU en criminologie, c'est exact, rétorqua Nadia en fronçant les sourcils. Quel est le rapport ?

— Vous savez, c'est un peu comme ce qui pourrait se produire dans la tête d'un tueur en série. L'individu répond à des actes qui lui semblent logiques pour assouvir ses obsessions. C'est généralement un psychopathe qui, parfois, garde un trophée de sa victime, un objet qui continue d'alimenter le fantasme. Peut-être votre père entretient-il un fantasme en cueillant ces écorces. Elles lui servent probablement à se souvenir de quelque chose de précis. Vous n'avez pas une idée de ce que cela pourrait être ?

Nadia pointa soudain son index sur le docteur Langlais en l'agitant. Les sourcils toujours froncés, elle s'adressa au psychothérapeute.

— C'est très intéressant ce que vous venez de dire. Oui, vous avez raison. Les trophées, bon sang ! Les tueurs psychopathes peuvent effectivement conserver des éléments ayant appartenu à leur victime, et cela probablement pour se remémorer l'acte, le moment où ils ôtent la vie, mais peut-être aussi pour les aider à se souvenir de leur victime.

Le médecin l'observa silencieusement, surpris du ton enthousiaste qu'avait emprunté la jeune policière. Il acquiesça ensuite d'un mouvement de tête, puis se leva pour signifier à Nadia que l'entretien était arrivé à son terme, mais cette dernière continua :

— Vous voyez ce que je veux dire, docteur ? Mon père récolte des fragments d'écorce, car cela lui rappelle quelque chose, un événement qui l'aurait troublé, mais on ne sait pas quoi. Selon vous, si un tueur conservait les globes oculaires de ses victimes, quelles seraient ses motivations ? Pourquoi ferait-il ça ?

Le docteur Langlais haussa les épaules.

— Eh bien, effectivement. Cela pourrait correspondre au fait qu'il se souvienne de l'acte, ou alors... Un instant : vous avez bien précisé que le tueur gardait les yeux de ses victimes ?

— Oui, mais bon, je ne vous ai rien dit. Je suis certaine que vous saurez respecter le secret professionnel, je compte sur vous.

— Ça me rappelle un drôle de numéro.

— Un drôle de numéro ?

— Oui, Charles Albright.

— Charles Albright ? Qui est-ce ?

— Il va falloir réviser vos classiques, lieutenant Naccache, plaisanta Langlais. Albright était un redoutable tueur américain qui énucléait ses victimes, en partie des prostituées, qu'il a toutes abattues d'une balle dans le crâne. Heureusement, les enquêteurs l'ont arrêté rapidement.

Nadia resta tout d'abord immobile, ne sachant quoi répondre, puis interrogea de nouveau le médecin.

— Et les flics ont su pourquoi il gardait les yeux ?

— Les psys ont évoqué une hypothèse. Ils ont pensé que cela aurait pu provenir du fait qu'il ait suivi une formation de taxidermiste à l'adolescence et qu'il était fasciné par les yeux. Selon l'histoire qui circule toujours, sa mère, loin d'être fortunée, ne lui aurait jamais permis d'acheter des yeux de taxidermie qui coûtaient très cher, et elle le forçait à utiliser des boutons. Pire : à coudre les yeux de l'animal qu'il empaillait.

Nadia fit quelques pas dans la pièce, visiblement excitée.

Langlais lorgna le cadran de sa montre, puis il s'éclaircit la voix juste avant de déclarer :

— Lieutenant Naccache, si vous voulez voir votre père, il va falloir y aller. Nous servons les repas du soir très tôt, ici.

— Oui, bien sûr. Une dernière chose, docteur. Mon tueur prélève les globes oculaires et maquille également le visage de ses victimes, donc, si j'observe un semblant de logique, je devrais farfouiller dans les affaires en lien avec… les yeux ? Les taxidermistes ? Les thanatopracteurs ?

— Autant chercher une aiguille dans une meule de foin, non ? précisa Langlais en risquant un sourire en coin.

— Vous avez sans doute raison. Mon père se trouve toujours dans la chambre 167 ?

— Oui. Je vous accompagne.

Nadia prit conscience qu'elle venait d'avoir une étrange conversation avec le thérapeute de son père, mais elle restait persuadée qu'une petite lueur s'était mise à briller, éclairant les mystérieux abysses de son enquête.

21

Domicile d'Adam Cassandre
Aubervilliers, France
Avril 2022

Adam Cassandre ouvrit la porte vitrée qui donnait sur son balcon, siffla à trois reprises, puis déposa une écuelle d'eau et un bol de croquettes sur le sol. Aussitôt, une masse de trente kilos déboula dans le salon et plongea sur lui, babines retroussées et langue pendante.

Sherlock était le seul être qui partageait la vie de Cassandre depuis plus de dix ans, celui qui le réconfortait quand rien n'allait plus, qui ne lui reprochait rien, et qui l'aimait d'un amour inconditionnel, même lorsque sa gamelle était vide. Sherlock était un labrador retriever en fin de parcours, un peu vieux, boiteux, qui ne sentait pas toujours très bon, mais il était toujours aussi généreux en câlins qu'à son jeune âge. Cassandre avait adopté ce chien à la SPA alors qu'il n'était encore qu'une minuscule boule de poils, et puis les années avaient passé. Elles avaient passé très vite et ils avaient appris à vivre tous les deux sans Marie.

Adam et Marie avaient vécu une grande histoire d'amour pendant cinq belles années. Ils s'étaient rencontrés en 2012, à la sortie d'un cinéma, après deux heures passées sur un siège inconfortable à essayer de suivre un navet produit par Hollywood. Adam avait regretté d'avoir cru que les adaptations de jeux vidéo au cinéma étaient une bonne chose.

Silent Hill resterait à tout jamais un succès de console, mais pas du box-office. Ils avaient donc discuté du pseudo chef-d'œuvre en fumant leur cigarette, puis ils avaient échangé leurs numéros et s'étaient revus. Le couple avait vécu une belle idylle, sincère et passionnée, et puis un jour, au printemps 2017, Marie changea littéralement de comportement. La jeune femme, qui suivait un traitement antipsychotique pour freiner les troubles de sa bipolarité, était entrée dans une phase de possessivité extrême à l'égard d'Adam. Son amour avait fini par devenir toxique, grignotant peu à peu la relation qu'ils avaient doucement tissée. Elle en était venue à penser en permanence qu'une autre femme finirait par lui enlever son compagnon, qu'elle terminerait seule, et qu'elle serait trompée si elle ne réussissait pas à obtenir de lui une relation exclusive. Adam avait eu beau la rassurer, lui expliquer qu'elle était son unique princesse, cela n'avait pas eu grande incidence et s'était soldé par un échec.

Au fil des jours, Marie avait augmenté le dosage de ses médicaments et sa consommation d'alcool avait doublé, ce qui avait eu pour conséquence immédiate de dégrader leur relation de couple.

Refusant de vivre ce genre d'histoire, Adam avait préféré mettre un terme à celle-ci. Tout aurait pu se terminer ainsi, mais, malheureusement, Marie s'était mis en tête qu'elle réussirait à le récupérer et elle l'avait harcelé jour et nuit. Cela avait fini par devenir intenable pour Adam, qui se forçait à supporter des appels téléphoniques sans interruption, des SMS, des e-mails, et des courriers manuscrits dans sa boîte à lettres. Jusqu'au jour où, voyant qu'Adam ne réagissait plus, qu'il laissait son chagrin lui glisser dessus, Marie avala la totalité des médicaments qui se trouvait à son domicile. Prise de désespoir, elle avait ingurgité une bouteille entière de vodka et s'était lentement laissée glisser dans la torpeur, le sommeil, puis le coma.

Sherlock aboya deux fois et lécha la main de son maître, comme pour le remercier de lui avoir rempli sa gamelle.

En s'installant sur le canapé, Adam fit un signe à son chien et ce dernier vint s'allonger près de lui, le regard honteux, comme s'il venait de faire une grosse bêtise.

Adam passa en revue les images douloureuses, celles des funérailles de Marie. Il revit la famille, les regards. Il pouvait presque encore ressentir les reproches, la douleur, le chagrin, tout ce qui lui avait collé à la peau pendant des années. Jusqu'à l'année dernière encore, il avait gardé cette mue de coupable dont il n'avait pu se défaire, ces sentiments de culpabilité et d'amertume qui se mêlaient aux battements de son cœur aigri.

Un simple appel téléphonique… Il aurait fallu qu'il compose son numéro ce soir-là, qu'il la rassure, qu'il la réconforte. Un simple appel et Marie serait encore là. Les années s'étaient écoulées et il avait fini par accepter. Pour lui, rester seul était devenu vital.

Alors qu'il s'étendit davantage sur le canapé en fermant les paupières, son téléphone joua la mélodie de *San Francisco* de Scott McKenzie.

— Capitaine Cassandre…

— C'est le lieutenant Naccache. Il faut que je vous parle de quelque chose.

— Ce n'est pas votre numéro habituel. Celui qui s'est affiché n'est pas…

— Oh ! Oui, c'est le téléphone de mon père. Le mien est déchargé. Je suis allé lui rendre une petite visite aux Lilas. C'était pour vous dire que j'ai eu une conversation assez troublante avec le chef de service dans lequel est interné mon père. Franchement, je crois que j'ai bien fait de passer à l'institut.

— Expliquez-moi ça, j'vous écoute...

Nadia s'éclaircit la voix avant de poursuivre, puis elle s'empressa de déballer ce qu'elle avait appris.

— Cette conversation avec le médecin était quasiment surréaliste, dit-elle en riant. J'vous jure ! On a parlé de Charles Albright. Ce type vous dit quelque chose ?

— Vaguement. Un tueur en série texan, je crois. C'est ça ?

— Oui. Ce type a été jugé et condamné pour le meurtre de trois jeunes prostituées, toutes abattues d'une balle dans le crâne, mais il n'y a pas que ça...

Cassandre garda le silence et attendit patiemment que Nadia lui dise ce qu'il savait déjà.

— Il prélevait les yeux de ses victimes. C'est fou, non ? À part le mode d'exécution, c'est identique au mode opératoire de notre dingo.

— OK. Et donc ? Où voulez-vous en venir ?

— Nulle part, capitaine, mais avouez que c'est intéressant. On sait que notre tueur garde les yeux de ses victimes comme des trophées, qu'il y a un lien évident avec cela, et qu'il faudrait orienter nos recherches sur des affaires en rapport avec ce genre de truc. Je ne sais pas, mais il me semble que quelqu'un, quelque part, a peut-être subi un traumatisme dans l'enfance, un traumatisme lié aux yeux, à la vue, à la vision... Je suis bien consciente qu'il s'agit là d'un travail de fourmi, mais si on ne le tente pas, on n'en saura jamais rien. D'après moi, c'est la direction qu'il faut prendre, j'en suis convaincue.

Cassandre prit quelques secondes de réflexion avant de répondre. Il savait que sa subordonnée avait encore raison, qu'elle se dirigeait sur la bonne piste, mais il ne voulait pas qu'elle sache qu'il la trouvait brillante. Il préférait lui donner l'illusion qu'il se comportait comme un sexiste, un phallocrate désabusé par le genre féminin.

— Nous en discuterons au service, lieutenant, mais autant vous le dire tout de suite. Votre idée va nous faire perdre du temps. C'est une aiguille dans une meule de foin que nous nous apprêtons à chercher. J'aimerais mieux que l'on se concentre sur Lina Berisha, il faut qu'on l'interroge au sujet de son profil Tinder. Vous vous rappelez qu'elle a rencontré Kim Huang quelques semaines avant son meurtre, tout de même ?

— Je suis persuadée que Lina Berisha peut nous apprendre des choses. En revanche, l'homme que l'on a entendu dans nos locaux, et qui a, lui aussi, eu une connexion Tinder avec notre victime, m'intéresse beaucoup. Vous vous souvenez de lui ?

— Oui, évidemment. Vous parlez de Daniel Ortega.

— Rappelez-moi son pseudo.

Cassandre écarquilla les yeux en gonflant les joues, mimant le parfait abruti. Nadia répondit avant même que Cassandre ait eu le temps d'entrouvrir ses lèvres.

— *Éternel Argus*. Argus, le berger aux cent yeux dans la mythologie grecque. Les yeux, bon sang ! Vous voyez, capitaine, nous n'aurons pas à fouiller toutes les meules de foin.

22

Commissariat, XVIIIe arrondissement
Paris, France
Avril 2022

Le commandant Alfort salua l'avocat de Lina Berisha, qui quitta les locaux. Cette dernière attendait le retour du flic dans son bureau, installée sur le seul siège de la pièce.

L'officier de police entra, jeta un dossier sur son sous-main, puis la dévisagea. En hochant la tête, il marmonna sur un ton agacé :

— Vous vous êtes tapé quarante-huit heures de garde à vue, mais dites-vous bien que ce n'est rien à côté de ce que vous pourriez subir si on venait à trouver quelque chose de concret à propos de cette affaire. Vous le savez, ça ?

— Mais enfin, de quoi vous voulez parler ? Je suis moi-même effondrée. Vous vous en rendez compte ? Il s'agit de la copine de ma fille, bon sang ! Quelqu'un a assassiné sa petite amoureuse. Je vous ai tout dit, je ne sais rien de plus. Quant à ce Razmig Katcherian, ce Ginko ou je n'sais quoi, je ne le connais ni d'Ève, ni d'Adam.

— Le témoin dit l'avoir vu décharger de son coffre une masse volumineuse enveloppée de sacs-poubelle, voilà trois jours, et c'est pour cette raison qu'il a prévenu la police.

— Attendez, je suis de nouveau en garde à vue ?

— Non. Elle vient de s'achever il y a cinq minutes et vous en êtes parfaitement conscient. Je voudrais juste éclaircir quelques points, comme ça, entre nous, hors procédure. Et puis, vous savez que vous allez être déférée au tribunal, pour être présentée au juge d'instruction ? Une information judiciaire a été ouverte, évidemment. Alors, si vous ne voulez pas que je vous savonne la planche avec le juge, soyez un peu plus loquace.

Lina eut un long soupir de lassitude.

— Qu'est-ce que vous voulez savoir ? Ce box m'appartient, et alors ? Je l'ai loué des centaines de fois. Quelqu'un aurait bien pu faire un double et filer la clé à ce Ginko.

— En effet, et ce Ginko n'a pas voulu en dire plus. Le plus troublant, ce n'est pas tant que le box vous appartienne, ce n'est pas non plus le fait que la victime était la compagne de votre fille, mais c'est ce baril bleu ; cet énorme fût de plastique d'une contenance de deux cent cinquante litres, plein d'un mélange d'acide, apparemment de l'acide fluorhydrique ou chlorhydrique, on ne sait pas encore. Et donc…

— Et donc ? l'interrompit Lina. Qu'est-ce que vous croyez ? J'ignore ce que fichait ce baril dans mon box. Ce sera tout ?

Le commandant Alfort laissa échapper un petit rire tout en hochant la tête.

— Quand on se penche sur votre passé, je me dis que ce baril bleu n'était pas là par hasard.

— Où est-ce que vous voulez en venir ? Allez-y, balancez.

— Ne jouez pas les idiotes avec moi, vous le savez très bien. Joey Lawrence faisait disparaître les restes de ses victimes de cette façon, en les faisant fondre dans un baril d'acide. Il tenait cette technique de son père, le cannibale de Cleveland, alias Freddy Lawrence, surnommé Blake. Sacrée entreprise familiale, non ? Alors, arrêtez de me balader, madame Berisha. Je vous le dis dans les yeux : je vous coincerai. Je sais que vous vouliez vous débarrasser du corps de la jeune Armelle pour protéger votre fille, ne croyez pas que je sois du genre à remuer la tête devant un éventail. Je n'ai pas encore de preuves suffisantes pour appuyer ce que je pense, mais ça viendra.

Le téléphone retentit. Alfort décrocha nerveusement et fit signe à Lina pour lui demander de garder le silence un instant. Le flic ne plaçait aucun mot et se contentait d'approuver par borborygmes ce que son interlocuteur lui annonçait au téléphone. Lorsqu'il raccrocha, il ouvrit son dossier pour prendre quelques notes, puis s'adressa à Lina d'une voix claire.

— Bien, vous deviez être déférée au tribunal, normalement, mais cela a été annulé. Le juge d'instruction vient de m'informer que vous allez être directement transférée au 36, rue du Bastion, à la PJ. Les officiers d'une cellule d'enquête désirent vous voir. Ils ont quelques questions à vous poser.

— C'est une blague ? Vous n'êtes pas sérieux ? Je vous ai déjà dit que je n'avais rien à me reprocher. Pourquoi est-ce que je devrais une fois de plus être interrogée par des flics ?

— Eh bien, voilà, vous venez de le dire ! Vous n'avez rien à vous reprocher, donc pas de souci. Je vous rappelle que vous devriez être chez le juge à l'heure qu'il est. Vous n'êtes pas encore tirée d'affaire, madame Berisha. Coopérez avec les flics du 36, c'est un conseil.

Lina replongea alors dans ses souvenirs.

Très précisément en février 2004, un mois avant que le RAID abatte Joey Lawrence à l'aéroport.

* * *

Février 2004

Joey était nerveux. Il venait de fermer sa boutique de disques d'occasion, fourbu après une journée bien remplie.

Il baissa le rideau de fer en scrutant la ruelle, persuadé d'être épié depuis plusieurs jours. Il avait cette sensation d'être parfois suivi dans la rue, qu'un gars le talonnait en espionnant ses faits et gestes. Il était même allé jusqu'à demander à un ami spécialisé en domotique de venir inspecter la boutique, ainsi que son appartement. Il voulait s'assurer qu'aucun micro n'avait été dissimulé, qu'aucun mouchard n'avait été planqué à son domicile.

Joey craignait d'être allé trop loin.

Il s'était mis en tête que la police l'avait démasqué, qu'un témoin avait parlé, que quelqu'un avait pu le voir embarquer une de ses victimes et que cela avait conduit les enquêteurs sur sa piste.

Une fois chez lui, il retrouva Lina qui préparait le dîner dans la cuisine. Un dîner ordinaire ; du poulet basquaise. Joey n'était pas friand de volaille, mais cela changeait un peu.

Lina l'observa un instant, inquiète de voir son compagnon aussi nerveux. Elle s'approcha plus près et lui tendit une bouteille de bière qu'elle venait de décapsuler.

— Tu veux bien me dire ce qui ne va pas ? Ça fait bientôt une semaine que tu es comme ça. Tu barricades l'appartement, tu refuses que l'on utilise notre téléphone. Que se passe-t-il ?

— Tu vas me prendre pour un fou, mais je pense que les flics sont sur nous. Je suis désolé de te dire ça, mais là, ça devient chaud, ma belle.

— Quoi ? Tu délires ! Qu'est-ce qui te fait croire ça ?

Joey posa ses fesses sur le rebord de l'évier, avala une longue gorgée de bière, et déclara d'un ton blasé :

— Je ne sais pas, c'est une sensation. Je crois qu'on me suit, qu'on m'observe. T'es au courant de ce qui va se produire si on nous chope, pas vrai ? Moi, je finirai ma vie au trou, et toi, tu y passeras une bonne

partie de la tienne. Et l'enfant que tu portes naîtra en prison, c'est certain, et tu ne le verras pas longtemps, car on finira par te l'arracher, tôt ou tard. Je t'aime, Lina. Je te protégerai quoi qu'il arrive, mais il faut que tu sois avec moi, que tu m'épaules. Tu m'entends ? Tu ne voudrais pas que notre enfant se retrouve sans père ? Ou pire, orphelin, n'est-ce pas ?

— Non. Bien sûr que non.

— Je ne pourrai élever cet enfant avec toi uniquement si tu ne me lâches pas, Lina, et surtout si tu continues de faire ce que je te dis de faire. Il faudra aller jusqu'au bout, même si on doit encore sacrifier des vies.

Lina ne répondit rien et se contenta de mordiller sa lèvre inférieure en soutenant le regard de Joey. Elle vérifia d'un œil distrait le poulet qui mijotait au fond de la marmite, toujours silencieuse.

Joey insista.

— Tu n'es pas plus inquiète que ça ? Tu penses que j'affabule ? Je connais bien ce genre de flics. Ils ne lâchent jamais prise, ils vont jusqu'au bout. Et s'ils doivent neutraliser leur cible, s'ils n'ont pas d'autre choix que de l'abattre, alors ils le font.

— Joey, je crois que t'imagines certaines choses. C'est peut-être à cause des médicaments que tu absorbes. J'ai remarqué que tu en prenais beaucoup plus ces derniers temps. Pourquoi les flics seraient-ils sur toi ? Tu n'as commis aucune erreur. Tu as toujours été prudent et tu as toujours fait disparaître ce qu'il fallait faire disparaître. Je ne vois pas pourquoi des soupçons pèseraient sur toi.

Joey ricana niaisement et descendit de l'évier.

— Pourquoi est-ce qu'ils seraient sur mes traces ? Peut-être bien parce que le FBI a demandé de l'aide aux autorités françaises, car je te rappelle que la raison pour laquelle j'ai quitté les États-Unis il y a deux ans, c'est parce que le FBI s'orientait sur moi et que les flics étaient sur le point de me coincer.

— Ou alors parce qu'ils te soupçonnent de faire du trafic de disque contrefait avec les États-Unis, par exemple, termina Lina en riant.

— Ou alors…

Joey avait soudain emprunté un ton glacial.

— Ou alors quoi, Joey ?

— Ou alors, quelqu'un m'a balancé.

— N'exagère pas. Qu'est-ce que tu vas chercher ?

Joey esquissa un sourire mesquin en plongeant son regard dans celui de sa compagne, juste avant de répondre :

— Tu sais que personne ne te croirait ? Aucun individu sensé n'avalerait tes sornettes, personne ne croirait à tes histoires à dormir debout. Tu pourrais crier sur les toits que tu vis avec un déséquilibré, un cannibale, tu pourrais raconter partout que je me nourris de la chair humaine que tu cuisines pour moi, aucun être humain doté de raison ne te prendrait au sérieux, ma chère Lina. On te prendrait pour la pire des folles, pour une dégénérée qui a perdu le sens commun. N'oublie pas que tu restes ma complice, my darling. Tu as dissimulé mes actes et tu y as toi-même participé.

— Tu crois vraiment que je pourrais te balancer aux flics ? Tu en es vraiment arrivé là ? Tu ne sais plus ce que tu dis, Joey…

— Ce que je sais, c'est que ta pauvre mère termine ses jours dans une résidence médicalisée, dans le Sud, près de Marseille. Ça me chagrinerait de devoir lui rendre visite. Réfléchis bien.

Lina mima un geste rotatif avec son index, près de sa tempe, suggérant à Joey qu'il était cinglé. Elle fit mine de garder le contrôle en retournant à ses occupations, mais au fond d'elle, la terreur lui glaçait le sang.

Joey haussa les épaules et quitta la cuisine. Il descendit à la cave, dans son antre maudit, au cœur des ténèbres, là où tout lui paraissait plus clair. Il fallait qu'il se débarrasse du dernier baril. Celui-ci était encore plein. Deux cents litres d'acide qui, plus de douze heures durant, avaient entièrement dissous le corps démembré du jeune Alexandre. Si l'acide chlorhydrique dissolvait les matières organiques, ce n'était pas le cas pour les corps gras. Alors, comme chaque fois, Joey devait transférer l'immonde bouillie en partie dans les toilettes, un peu dans la baignoire et un peu dans l'évier. Il accomplissait cette répugnante tâche lorsque Lina n'était pas là, c'était impossible autrement.

Deux cents litres d'acide amalgamés à de la matière organique, à de la chair et à des résidus d'os humains.

Une fois près du récipient bleu, il le scruta dans la pénombre de la cave. Il se tenait face à lui, les bras croisés, quand son regard se posa sur le grand congélateur qui ronronnait dans le fond de la pièce. Il s'en approcha, l'ouvrit, puis en retira un sachet de congélation. Il le porta devant son visage, le détailla en souriant, et déclara à voix haute : « C'est ça qui me plairait pour le dîner de ce soir. Pas ce fucking poulet basquaise à la con ! Je viderai cette saloperie de baril demain. La cuisine, c'est ça, le sel de la vie ! »

Il coinça le cœur congelé sous son bras, le temps de fermer la porte de la cave à clé, puis il disparut dans les ténèbres du sous-sol en sifflotant Wicked Game de Chris Isaak.

RECETTE

POÊLÉE DE CŒUR DE VEAU AU GINGEMBRE ET AU BASILIC

4 personnes | Préparation : 15 minutes | Cuisson : 25 minutes

Ingrédients :

- 1 cœur de veau coupé en tranches
- 1 gousse d'ail
- 1 oignon
- 4 branches de basilic frais
- 3 centimètres de gingembre frais râpé
- 1 cuillerée à soupe de fécule
- 30 centilitres de vin blanc sec
- 2 cuillerées à soupe de sauce soja
- ½ cuillerée à café de sucre
- 3 cuillerées à soupe d'huile d'arachide
- Sel, poivre

Préparation de la recette :

- Coupez le cœur en bâtonnets, puis faites-les tremper 10 minutes dans l'eau froide.
- Mélangez le vin blanc avec la sauce soja et la pointe de sucre.
- Ajoutez la fécule et chauffez doucement le mélange sans cesser de remuer.

- Arrêtez la cuisson dès que la crème nappe le dos de la cuillère.
- Égouttez et séchez les bâtonnets de cœur, puis faites-les revenir 10 minutes à feu vif dans l'huile chaude.
- Ajoutez l'ail écrasé, l'oignon émincé puis le gingembre râpé, et poursuivez 15 minutes la cuisson.
- À la fin de la cuisson, ajoutez le basilic haché, salez et poivrez.

Servez les bâtonnets de cœur accompagnés de tagliatelles fraîches ou de vermicelles de riz, et bon appétit.

TROISIÈME PARTIE

LES YEUX PLUS GROS QUE LE VENTRE

23

Services de la direction régionale de la police judiciaire
36, rue du Bastion
Paris, France
Avril 2022

La salle d'audition était éclairée d'une lumière vive. Dépouillée de mobilier, mis à part la table et les chaises, la pièce paraissait sans âge et sans âme.

En prenant place, Lina songea à son interrogatoire mené par le commandant Alfort quelques instants auparavant. Elle eut également une pensée pour Myriana. Elle se souvint des derniers événements et, après avoir tout rangé dans un coin de son esprit, en conclut que la solution pour se sortir de ce guêpier s'approchait d'un exploit. Même résoudre le casse-tête du Rubik's Cube lui paraissait bien plus facile. Pour elle, il n'y avait pas d'autre issue que la fuite. Si elle voulait éviter à sa fille des années de détention, il lui faudrait disparaître avec elle, voler sous les radars, mais cette option la ramena dix-huit ans en arrière, aux frontières d'un cauchemar sans fin, aux abords des enfers qu'elle avait visités en compagnie de Joey. Leur fuite programmée les avait conduits à la mort et à la case prison.

Tout en observant le flic qui prit place devant elle, elle se demanda quelles pouvaient bien être les raisons de ce soudain retournement de situation. Pourquoi la police judiciaire du 36 avait voulu l'interroger immédiatement, avant même son déferement au parquet ?

L'officier de police déposa un ordinateur portable sur la table, puis il commença d'une voix posée :

— Bonjour, je suis le capitaine Adam Cassandre. Je sais que vous vous demandez pourquoi vous êtes là, madame Berisha, et vous n'avez pas tort, car en fait, il y a plusieurs raisons. Je vous entends déjà me dire que ce n'est pas parce que vous avez vécu quelques années avec un tueur en série cannibale et que vous avez eu un enfant avec lui, que vous êtes, vous aussi, une meurtrière. Moi, je veux bien croire à cette histoire. Dans un sens, je veux bien avaler que vous avez caché ses crimes le temps de votre idylle, que vous n'avez fait qu'être une sorte de complice malgré vous, une compagne sous emprise, mais de l'autre, quelque chose me dit que vous avez aimé cela. Je me trompe ?

— Vous êtes vraiment à côté de la plaque, capitaine. J'ai aimé Joey, ça c'est sûr. J'ai même accepté ses travers les plus sombres et son penchant pour les garçons.

— Les *très* jeunes garçons, si j'en crois les rapports d'enquête.

Lina expira longuement, envoyant le signal à Cassandre que sa patience ne serait pas sans limites.

— Bon, qu'est-ce que vous voulez, au juste ? Parce que, à part avoir l'impression de papoter avec James Bond, je vois pas ce que je fiche ici.

Cassandre lui accorda un sourire.

— Je voudrais faire connaissance, tout d'abord. Discuter un peu, et ensuite, pourquoi pas… vous proposer un marché.

Lina ouvrit de grands yeux, ahurie.

— C'est une blague ? C'est quoi ce marché que vous voulez me proposer ?

— Je vais être franc, Lina. Je peux vous appeler Lina ?

— C'est mon prénom, alors faites-vous plaisir.

— Je sais que vous avez purgé toutes ces années de prison, que vous avez vécu un enfer de savoir votre fille loin de vous, en foyer, et que vous essayez de reconstruire quelque chose en enterrant votre obscur passé, mais je sais aussi que vous auriez dû être condamnée à une peine de perpétuité, et que pour éviter cela et pouvoir espérer un jour revoir votre fille, vous avez passé un marché avec le magistrat instructeur qui était chargé de l'affaire Joey Sterling Lawrence. J'ai épluché le dossier, lu tous les documents. C'est vous qui l'avez balancé, c'est vous qui l'avez donné aux flics pour qu'il soit stoppé avant sa fuite. En échange, le juge vous promettait vingt ans de taule plutôt que la perpète et cela afin que vous puissiez un jour retrouver Myriana en sortant de prison.

Silencieuse, Lina l'observa d'un œil rond. Cassandre lui était rentré dedans et l'avait violemment percutée. Elle paraissait honteuse, comme un enfant pris en faute, la tête baissée, le regard vissé au sol, comme si Cassandre avait violé son intimité.

— Lina, vous contestez ce que je viens de dire ?

Elle hocha la tête pour affirmer au flic qu'il avait raison.

— Je ne vous juge pas, je comprends ce que peut ressentir une mère. Et puis, cette ordure ne méritait pas mieux.

Lina poussa un soupir de lassitude.

— Bon, OK ! Arrêtez cette condescendance foireuse, s'il vous plaît. Tout ça ne me dit toujours pas ce que je fais ici, ce que vous attendez exactement de moi, et quel genre de marché vous voulez me proposer. Si vous jugez bon de me mettre en garde à vue, faites-le, sinon renvoyez-moi devant le juge.

— Mais justement, c'est le juge qui nous a autorisés à passer ce marché avec vous. Je vais vous expliquer ce qui s'est déroulé ces derniers jours, vous expliquer comment, de notre côté, on cherche à assembler les pièces d'un puzzle assez complexe.

— De quel genre ? le coupa-t-elle, tout à coup intéressée.

— Le genre de puzzle qui vous empêche de dormir, celui qui vous obsède, car il vous manque la pièce qui vous permettrait d'en assembler toute une série. Et cette série, ce sont des meurtres. On court derrière un tueur qui n'épargne pas les jeunes femmes, un dangereux prédateur qui n'est pas près de s'arrêter, et qui va très certainement plonger Paris dans la psychose d'ici quelques jours. On contient les médias, mais ça ne durera pas. Alors, on va passer un accord, vous et moi. Écoutez, on est quasiment sûrs que votre fille est impliquée dans la mort d'Armelle Ray-Lemoine, donc si vous voulez l'aider, ça va être l'occasion.

— Quoi ? Vous êtes sérieux ? Je…

— C'est votre rôle de mère de la protéger. C'est compréhensible, mais sachez qu'un certain nombre d'indices nous permet de croire qu'il s'agit d'un homicide volontaire.

— Mais vous êtes complètement à la masse, capitaine ! C'est encore un bébé, ma fille ! Et puis, cette Armelle, c'était sa petite copine. Elle l'aimait.

Cassandre laissa glisser quelques secondes de silence. Il rapprocha l'ordinateur portable en soupirant, pianota sur le clavier, puis orienta l'écran face à Lina. Cette dernière approcha son visage en plissant les yeux, l'air étonné.

— C'est une vidéo, Lina. Plus précisément, la capture de vidéosurveillance de la rue dans laquelle se trouve l'immeuble d'Armelle. C'est dingue, mais la caméra est pile orientée sur le trottoir et la porte d'entrée, là, juste à côté de la banque, vous voyez ? Regardez bien. Dans cinq secondes, votre fille va apparaître et pousser la porte, puis monter chez Armelle. Le lendemain, en soirée, son corps sera prêt à être démembré et plongé dans un baril d'acide chlorhydrique. Vous en pensez quoi ?

Lina dévisagea silencieusement Cassandre, puis laissa

échapper un rire sonore. Elle reprit ensuite son sérieux avant de répondre :

— J'espère que c'est une plaisanterie. Dites-moi que vous avez mieux pour tenter de me déstabiliser.

— Je ne cherche pas à vous déstabiliser, Lina, juste à vous prouver qu'on a des billes à balancer au juge. Vous comprenez ? On ne l'a pas encore fait, parce que sinon, c'est la mise en examen direct avec mandat de dépôt, et comme votre fille est majeure, elle risquerait d'écoper de vingt ans au moins. Vous ne voulez pas qu'elle grille sa jeunesse au placard comme vous, si ?

Lina passa en revue les dix-sept dernières années de sa vie ; la routine de la prison, ses odeurs, ses bruits, sa discipline, sa sécurité toute relative et le danger qui régnait entre ses murs. Elle eut du mal à se projeter, à imaginer Myriana au beau milieu de ces fauves, dans cette jungle hostile et malodorante. Pourquoi devrait-elle faire subir à sa fille ce qu'elle-même avait déjà vécu ?

— Mais votre vidéo ne prouve rien, on est d'accord ? Elle démontre juste que Myriana entre dans l'immeuble. Elle aurait pu se rendre au domicile de quelqu'un d'autre. Je connais un bon baveux, vous savez. Il se fera un plaisir de démonter votre scénario qui ne tient pas la route et il vous…

— Regardez, Lina, l'interrompit Cassandre en zoomant sur la vidéo. Myriana appuie bien sur le bouton du troisième étage gauche, on est d'accord ? Regardez bien attentivement le *time code*. Vous arrivez à lire ? On voit bien qu'il est inscrit « *vendredi, 20 h 50* », n'est-ce pas ?

Lina hocha la tête pour confirmer.

— Et puis, j'ai mieux, assura Cassandre d'un ton triomphant. Je vous montre les images du lendemain, « *samedi, 14 h 44* », vous arrivez, là, vous voyez ? Vous vous reconnaissez ou il faut que je zoome ? Et à dix-huit heures, c'est un certain Razmig Katcherian, alias Ginko, qui vient vous rendre visite. Regardez bien : il sonne au même endroit, et vous, vous n'êtes toujours pas ressortie de l'immeuble. Là, on vous voit à dix-huit heures vingt-cinq, vous sortez et vous disparaissez. Ginko ressort avec, sur l'épaule, ce qui semble être un tapis enveloppé de sacs-poubelle. Selon nous, il pourrait s'agir du corps d'Armelle. À ce moment-là, il est dix-neuf heures trente et Ginko introduit « l'objet » dans le coffre de son véhicule qui se trouve garé juste devant l'entrée de l'immeuble. Toutefois, je m'interroge. Comment avez-vous pu omettre les caméras de surveillance de la ville ?

Lina n'en menait pas large. Elle se mordait l'intérieur de la joue, pensive, et décida d'éluder la question du flic.

— Bon, qu'est-ce que vous attendez de moi, exactement ? C'est quoi, votre deal de merde ?

— Que vous coopériez, que vous nous aidiez à coincer le fils de pute qui trucide ces gamines. En échange, on fera en sorte que votre fille ne plonge pas, on fera tout pour prouver que le décès d'Armelle est lié à un accident. On pense que c'est justement ce qui a dû se produire : un jeu sexuel qui aurait dérapé ou un truc du genre. Le légiste nous a fourni les détails et il s'agit d'une asphyxie qui est la conséquence d'une strangulation. On a tous les détails, Lina, les empreintes sur le cou, les images vidéo, le fait qu'on retrouve ce bidon d'acide dans un box qui vous appartient... Tout coïncide. Ginko est également connu pour trafiquer un peu de coke, mais aussi pour accomplir quelques missions de nettoyage. C'est quelqu'un qui n'a pas froid aux yeux. On n'aura pas de mal à le faire avouer, ainsi que votre fille, si on la travaille vraiment.

— OK, mais je ne vois pas comment je peux vous aider. C'est juste de la folie.

— Un jeu d'enfant, Lina. Vous allez collaborer avec ma collègue, le lieutenant Naccache. Vous l'aiderez à dresser le profil psychologique de l'homme que l'on recherche, vous l'orienterez. Vous avez vécu avec l'un des pires tueurs en série, un homme qui était pourvu d'un profil psychologique très complexe, mais qui comportait des failles. Le tueur qui nous intéresse présente des similitudes avec Joey Lawrence. De notre côté, on a besoin de diriger notre enquête sur une catégorie d'individus, sinon on sera en échec. Il faut que l'on puisse faire une sélection, réduire les recherches, et vous pouvez nous aider à procéder par élimination.

Le regard dans le vague, les mâchoires serrées, Lina réfléchissait. Elle se savait coincée, les preuves étaient indiscutables, alors elle inspira profondément, avant de demander d'une petite voix :

— Que va-t-il se passer pour Myriana ?

— C'est-à-dire ?

— Vous savez très bien de quoi j'parle. Arrêtez ce jeu à la con, ajouta Lina, irritée.

— Elle sera forcément jugée et condamnée, mais les jurés retiendront l'homicide involontaire, l'avocat général requerra quatre ans. C'est le tarif pour ce genre de délit. C'est jugé par un tribunal correctionnel.

— Quatre ans ? Pour une victime ? Et ça, ça vous suffit ?

— C'est la justice, Lina. On préfère sacrifier une victime quand un tueur en liberté en fait plusieurs.

— J'ai donc l'épée de Damoclès au-dessus de ma tête. Si je ne vous aide pas, Myriana plongera, c'est bien ça ?

— Elle plongera pour un minimum de vingt ans. Ce sera peut-être même la perpète si on prouve la préméditation, précisa Cassandre, sûr de lui.

— Et pour moi ?

— Vous plongerez également pour complicité de meurtre et dissimulation de cadavre. Alors, réfléchissez vite. N'oubliez pas la mythologie grecque. L'épée de Damoclès n'est retenue au-dessus de votre tête que par un crin de cheval.

24

Clinique psychiatrique Les Lilas
Fontenay-aux-Roses, France
Avril 2022

Après un long moment passé au téléphone avec le docteur Langlais, Nadia avait jugé nécessaire de faire un crochet par la clinique afin qu'elle puisse s'entretenir avec lui. Cela lui permettrait de rendre une nouvelle visite à son père qui, selon Langlais, avait enfin dévoilé le fameux secret de sa collection d'écorces, mais le médecin avait surtout insisté pour lui parler d'une affaire vieille de plusieurs décennies.

Lorsqu'elle arriva à la clinique, Salah était assis sur un banc du parc, accompagné d'une infirmière. Il portait une chemise de couleur verte à carreaux blancs, un pantalon de toile clair et une casquette de golf qui lui tombait sur le nez. Il regardait fixement devant lui, un sourire béat vissé aux lèvres.

Nadia s'approcha lentement, craignant de le surprendre. L'infirmière se leva et fit signe à la jeune femme pour lui indiquer qu'elle les laissait seuls un moment.

— Coucou, papa, tout va bien ? C'est moi, Nadia, ta fille. Je voulais prendre de tes nouvelles et le docteur Langlais souhaitait me parler, donc je suis passée.

Elle l'embrassa tendrement sur le front et s'assit près de lui. Elle prit sa main qu'elle serra dans la sienne, puis elle lui demanda d'une voix douce :

— Alors, il paraît que tu as révélé au docteur le secret des écorces ? J'ai hâte de découvrir ça, tu sais.

Toujours silencieux, Salah tourna la tête et dévisagea sa fille avec un regard rieur. Il lui caressa la joue.

— C'est la télévision... la télévision, oui, c'est ça. Dans la télé, c'était pareil, pareil qu'avec maman...

Nadia l'observa en souriant. Elle caressa à son tour la joue de son père, le cœur serré de voir à quel point sa maladie évoluait, sans appel, et de façon irréversible.

— C'était pareil qu'avec maman. À la télévision, ils ont tout montré. J'ai tout vu, ça m'a fait drôle, tu sais.

— Ah oui ? Et ils ont montré quoi ? Qu'est-ce qui était pareil qu'avec maman ?

Près du bâtiment, le docteur Langlais les salua d'un signe et vint les rejoindre rapidement. Il serra la main de Nadia et lui demanda de s'isoler avec lui, à seulement quelques pas de Salah.

— Je suis ravi que vous soyez passée, madame Naccache. Pour votre papa, n'ayez aucune inquiétude, ce n'est pas une crise psychotique. C'est juste que son obsession des écorces n'est plus secrète, tout du moins à ses yeux.

— Ah bon ? C'est-à-dire ? Je ne comprends pas.

— Connaissez-vous le roman d'Harlan Coben, *Ne le dis à personne* ?

— Oui. Enfin, j'ai vu l'adaptation à la télé, le film de Guillaume Canet. Pourquoi ?

— Justement. Il a été diffusé hier soir en salle de détente et votre père le regardait. Quand est arrivée la scène où Alex grave l'initiale de son prénom et celle de Margot sur le tronc d'un arbre, votre père est entré dans une crise mouvementée, peut-être même hystérique. Il criait en pointant du doigt le téléviseur et puis il a fondu en larmes.

Nadia sentit son cœur se serrer de nouveau, mais laissa Langlais poursuivre.

— Un infirmier de permanence m'a appelé, et comme je loge dans l'annexe derrière le bâtiment principal, je suis allé voir ce qui se passait. Grâce aux témoignages de l'infirmier et de certains patients, j'ai pu comprendre ce qui s'était produit. Salah a réagi à la scène du tronc d'arbre gravé, ce qui m'a aussitôt fait penser à sa manie d'arracher les écorces. Je ne voudrais pas m'avancer, mais… Écoutez, je crois que votre père espère retrouver les initiales de son premier amour gravé sur un arbre et il les cherche désespérément.

Nadia avait du mal à contenir ses émotions. Ses yeux se remplirent de larmes et elle baissa la tête, comme si elle essayait de cacher au médecin la tristesse qui la submergeait.

— Tout va bien, madame Naccache ? s'inquiéta le docteur.

— Oui, oui, je… C'est juste que je sais de quoi vous parlez. C'est arrivé il y a longtemps, mais les images me reviennent nettement. C'est fou. J'avais occulté cet instant de ma vie et vous venez de faire sauter le verrou de ma mémoire.

— Vous voulez m'en dire plus ?

Nadia observa son père qui avait quitté le banc. Ce dernier se dirigea droit sur l'arbre qui se trouvait juste derrière et se colla tout contre en l'enserrant de ses bras.

La jeune policière se retourna.

— C'était pendant l'été 1999. On avait pique-niqué dans une sorte de clairière en bordure de forêt. J'étais toute petite, j'avais six ou sept ans. Mes parents s'adoraient, ils s'aimaient comme des fous. Après le déjeuner, on a joué dans les champs. Mon père me courait après en imitant un monstre débile puis, après ça, il nous a conduites, ma mère et moi, devant un immense arbre, et il a sorti son Opinel. Là, il a gravé un soleil avec un cœur avec, à l'intérieur, les trois initiales de nos prénoms, ainsi que la date du jour. En fin d'après-midi, on a pris la route pour Paris. Il faisait beau et chaud, je m'en souviens très bien.

— Et donc ? Pensez-vous pouvoir retrouver cet endroit ? Votre père serait peut-être apaisé de revoir cet arbre, si toutefois il existait toujours.

— Non, ça, je ne m'en souviens pas. J'étais trop petite, mais je me souviens du soleil, du cœur et de nos initiales : S.U.N.

— *Sun* ? Comme le soleil en anglais ?

— Comme Salah, Umberta, et Nadia. On était le soleil, tous les trois.

Langlais accorda un sourire tendre à la jeune femme et acquiesça.

— Et pour quelle raison ce souvenir vous évoque-t-il de la tristesse ? Il me semble pourtant que c'est plutôt heureux.

Les traits de Nadia se durcirent alors et, le regard perdu dans le vague, elle reprit la parole, comme si le médecin n'était pas là.

— Sur le chemin du retour, à environ vingt kilomètres de Paris, une camionnette de couleur blanche nous a percutés après avoir grillé un stop à une intersection. Le chauffeur était ivre et il s'était endormi au volant. Ma mère a été tuée sur le coup et mon père a été hospitalisé pendant de longs mois. Pour ma part, je m'en suis bien sortie, car j'étais attachée à mon siège auto. Voilà pourquoi mon père possède cette plaque de titane dans la hanche et voilà la raison de sa lente dégringolade depuis quelques années.

Langlais afficha un air confus et gêné à la fois.

— Je… J'ignorais tout cela, je suis désolé. Quoi qu'il en soit, je pense que ça lui a été bénéfique de voir cette séquence dans le film. Cela a eu pour effet de provoquer en lui une sorte de catharsis.

Nadia approuva d'un signe de tête et jeta un œil à l'infirmière de service qui venait d'arriver. Celle-ci s'apprêtait à raccompagner Salah jusqu'au bâtiment consacré aux soins, avant le coucher.

— Bien. Et sinon, ne deviez-vous pas me parler d'une vieille affaire criminelle ? demanda la jeune policière en se retournant vers le médecin.

— Oui, vous avez raison, mais il ne s'agit pas vraiment d'une affaire criminelle. Figurez-vous que j'ai repensé à notre conversation de la dernière fois. Vous vous en souvenez ? Le tueur en série Charles Albright, son traumatisme lié à son obsession des yeux. J'ai repensé à votre affaire aussi ; ce tueur qui prélève les globes oculaires de ses victimes, tout ça. Vous remettez ?

— Oui, oui. Je vois, et donc ? pesta Nadia, impatiente.

— Eh bien, vous n'allez pas en revenir. Ça m'a trotté dans l'esprit un bon moment et j'ai farfouillé dans de vieux dossiers. J'ai consulté pas mal d'archives médicales sur des réseaux dédiés et sécurisés et j'ai trouvé un truc étonnant. Je savais que j'avais déjà entendu parler d'un truc de ce genre.

Nadia l'observait en serrant les mâchoires. Elle se demanda si elle devait l'étrangler ou lui écraser le nez d'un violent coup de poing, tant il l'exaspérait avec son suspense inutile.

— Et donc, qu'avez-vous découvert, docteur ?

— J'ai découvert un cas qui pourrait bien correspondre au profil psychologique de votre tueur.

Nadia ne savait plus quoi dire. Une mystérieuse force s'employait à lui nouer l'estomac, la forçant à rejoindre le banc et à s'y asseoir.

Langlais prit place à son côté.

— Vous en êtes certain, Docteur ? Allez-y, racontez-moi.

— C'est une affaire qui s'est déroulée en 1985. Un petit garçon de douze ans avait été pris en charge par l'un de mes confrères de l'époque, le docteur Mangele, un pédopsychiatre. Le gamin avait subi un choc traumatique très lourd à la suite du décès de ses parents, et c'est pour cette raison qu'il avait été présenté à l'hôpital de jour Sergio Lovici. Il a fallu l'évaluer psychologiquement, déterminer l'intensité du choc émotionnel. Et en effet, l'analyse a révélé qu'il était plus prudent de l'accueillir dans un service spécialisé en pédopsychiatrie, parce que c'était certain, ce pré-ado pouvait être dangereux. Pour lui et pour les autres.

— Docteur ? Venez-en aux faits et dites-moi ce que je dois savoir.

— Eh bien, les parents du petit s'étaient pendus au garde-corps de l'escalier qui menait aux étages et, lorsque le gamin est rentré du collège, il les a trouvés, morts, qui se balançaient au bout de la corde. Le gosse n'a été retrouvé que le lendemain matin par la voisine, venue le chercher pour l'emmener à l'école, comme chaque jour. Elle l'a trouvé prostré devant ses parents, il n'avait pas bougé depuis la veille. Et maintenant, je vais vous dire ce que vous voulez savoir. En état de choc, la voisine a tout de même réagi rapidement en évacuant l'enfant de la pièce pour le conduire à la cuisine, le temps qu'elle appelle les secours et la police. Lorsqu'elle est revenue près du petit qui était toujours assis, il jouait à faire rouler une grosse bille sur la table de la cuisine.

— Une grosse bille ? demanda Nadia, l'air circonspect.

— Oui, une grosse bille. Vous savez ce que c'était, en réalité ? C'était un œil de verre, celui du père, qui avait été expulsé de son orbite lorsqu'il s'était pendu. L'enfant avait récupéré la prothèse et s'amusait avec, comme s'il s'agissait d'un vulgaire jouet.

Nadia observait le praticien, bouche bée. Tout d'abord, aucun son ne s'échappa de ses cordes vocales puis, peu à peu, une fois la déferlante d'adrénaline entièrement répandue dans sa circulation sanguine, les mots lui vinrent enfin.

— Docteur, donnez-moi le nom de cette famille. Je veux le nom de cet enfant. Je veux connaître le gamin qui a vécu cette tragédie, c'est très important.

— Mais, il va falloir…

— Je veux son nom ! ordonna-t-elle sèchement.

Le docteur Langlais acquiesça en marmonnant, puis ouvrit un

fichier PDF sur son téléphone. Il se rapprocha de Nadia et lui présenta le document qui comportait un nom en bas de page.

— Vous voyez, là, c'est écrit. Je l'ai téléchargé hier, exprès pour vous.

— Maxime Charleville ? C'est lui, le gamin qui a vu ses parents pendus ?

— C'est lui, oui.

— Il possède des fichiers médicaux récents ? Vous avez d'autres éléments, peut-être ?

— Non. On perd sa trace en 1987, à sa sortie de l'hôpital de jour.

— Mais qui l'a pris en charge, ce pauvre petit ? s'enquit Nadia, irritée.

— Euh… attendez voir. Ah oui, voilà ! D'abord des familles d'accueil et après, c'était sa tante, Violaine Charleville, mais elle se faisait appeler Lou. Elle vivait à Lyon, à l'époque. Elle était danseuse, je crois.

Nadia n'en revenait toujours pas. Le petit Maxime avait subi le pire des traumatismes pour un pré-adolescent – vivre le suicide de ses parents et devoir l'accepter –, et l'épisode de l'œil de verre lui suggérait qu'elle était sur une piste sérieuse.

— Non, pas danseuse : entraîneuse dans une sorte de boîte pas recommandable, rectifia Langlais. Vous voyez le genre.

L'enquêtrice remercia le médecin et se dirigea vers l'unité consacrée aux soins. Elle partait embrasser son père et lui souhaiter une bonne nuit.

Nadia venait de percevoir le craquement d'une porte blindée qui s'était brusquement ouverte dans son esprit.

Elle commençait à y voir plus clair et cette pensée la fit sourire.

25

Murders memory

Paris, France
Avril 2022

« Cette petite salope m'a laissé un beau souvenir », marmonna Argus devant le miroir de la salle de bains.

Il palpait une plaie sur son torse qui avait à peine cicatrisé, une blessure profonde d'une vingtaine de centimètres qui prenait naissance sous le pectoral gauche et allait mourir aux abords du nombril. L'entaille était purulente, boursouflée, et douloureuse.

Argus gagna son séjour et s'affala dans son canapé, le souffle court. Il avait chaud, alors il posa la paume de sa main sur son front pour vérifier s'il avait de la fièvre, puis inspira profondément. D'un œil fatigué, il explora l'ensemble de son salon en s'attardant sur chaque détail. Les volets étaient tirés et plongeaient la pièce dans une semi-pénombre, conférant au lieu une atmosphère inquiétante. Il s'attarda ensuite sur l'aquarium plein d'une eau saumâtre, sans poissons, la surface recouverte d'une couche verdâtre. Sur le gravier blanc, dans le fond, une étrange matière de couleur marron foncé stagnait en ondulant, vibrait au rythme du diffuseur d'oxygène qui fonctionnait toujours.

Argus resta un long moment à observer la mèche de cheveux. Il se remémora alors ce jour où il l'avait prélevée sur sa victime, se demandant encore pourquoi il avait fait cela.

« Les yeux suffisent, je n'ai nullement besoin de collectionner d'autres parties », en avait-il déduit.

Mêlé à de confus et lointains souvenirs, le visage de sa mère se dessinait, s'imposait malgré lui, encore et toujours. Cependant, lorsqu'il imaginait son visage, il ne le voyait pas avec les traits doux d'une maman affectueuse, mais avec un masque de mort, le teint gris, les yeux exorbités, et la langue pendante ; une horrible expression figée à jamais. Seuls ses cheveux restaient éblouissants dans cette représentation mentale, cette belle chevelure brune qui encadrait un visage qui n'était déjà plus le sien.

C'est la raison pour laquelle il avait prélevé une mèche de cheveux sur le crâne de Kim Huang. Il se souvenait de lui avoir fait l'amour après lui avoir injecté une dose de sédatif. Il n'avait pas voulu posséder son corps après la mort. Cette fois-ci, il avait voulu la goûter avant. En avait-il éprouvé du plaisir ? Argus était surtout conscient de prendre du plaisir en faisant du mal à son père. Il fallait que ce salopard sache qu'il avait aimé sa mère plus que tout au monde et qu'il pouvait aller jusqu'à avoir une relation sexuelle avec elle, par procuration, par le biais de ces jeunes corps parfaits que la providence et l'exigence lui offraient. Argus savait ce qui s'était réellement déroulé en 1985, conscient que ses parents ne s'étaient pas suicidés de la façon évoquée dans les documents qu'il possédait. Les conclusions du médecin et des gendarmes décrivaient un suicide mutuel, la fin tragique d'un couple au bord de la rupture, mais les rapports qu'il avait lus et relus ne jouaient pas la même musique à son oreille. Lui, il en avait conclu que le décès de sa mère était dû à une lente asphyxie provoquée sans aucun doute par une pendaison sans chute. Le rapport de l'examen toxicologique avait fourni la preuve qu'elle avait un taux d'alcool très élevé dans le sang, ainsi qu'une grande quantité de benzodiazépines. Pedro, lui, avait eu la nuque brisée, un arrachement de l'extrémité supérieure du tronc cérébral, ce qui indiquait une pendaison avec chute brutale. Pas de benzodiazépines, juste des traces d'alcool dans le sang.

Argus déduisait de tout ça que son père avait tout d'abord drogué sa mère, l'avait forcée à boire, puis l'avait pendue. Une table avait été retrouvée renversée sous le corps d'Odile. Enfin, après avoir accompli ce qu'il avait en tête depuis déjà longtemps, Pedro s'était à son tour donné la mort en nouant une corde au garde-corps de la mezzanine, juste avant de sauter dans le vide.

Argus chassa ces images de son esprit en se levant du canapé. Il s'approcha de l'aquarium et colla presque son front contre la vitre encrassée. La mèche de cheveux recouverte de vase gluante et d'une espèce d'algue verdâtre ondulait toujours. Argus plongea sa main dans l'eau et retira l'épaisse masse dégoulinante qu'il déposa sur la table. Des effluves de moisissure remontèrent un instant, mêlés à ceux de matières organiques en décomposition.

Du coin de l'œil, il aperçut dans le fond de l'aquarium les restes qu'il jetait alors lorsqu'il possédait encore son couple de piranhas noirs, surnommés Ulysse et Pénélope. Malheureusement, il les avait trop nourris et la putréfaction des déchets avait fini par produire beaucoup trop de bactéries. Cela avait eu pour effet de réduire l'oxygène dans l'aquarium et avait finalement tué les deux prédateurs aquatiques.

Argus les avait pleurés longtemps.

Kim Huang avait des chats, elle. Lorsqu'il avait enfin pu administrer le calmant à la jeune femme, Argus avait tué les félins sans se poser d'autres questions. Il n'avait pas supporté de les voir tourner autour d'eux, de miauler, de réclamer leur pitance d'un air désinvolte. Quelques tours dans le tambour de la machine à laver, sur un programme à quatre-vingt-dix degrés, et le tour était joué.

Quant à Kim Huang, elle avait résisté quelques instants avant de lâcher prise. Argus avait eu un mal de chien à l'immobiliser, tant elle gesticulait, et il avait mis un temps fou pour enfin pouvoir lui enfoncer l'aiguille dans le cou. Il se souvint d'avoir ri un instant, amusé par la fougue de la pauvre malheureuse qui se débattait en guêpière sexy, puis cette douleur soudaine sur sa poitrine ; cette douleur aiguë, brûlante. Argus avait alors fait tout son possible pour ne pas perdre une seule goutte de son ADN sur le canapé. Il avait fini par injecter le psychotrope à la jeune femme puis, aussitôt, avait enfilé son T-shirt afin que celui-ci absorbe le sang qui commençait à s'écouler de l'entaille.

Lorsque Kim Huang avait enfin perdu connaissance, il l'avait allongée sur le ventre, il était passé derrière elle et l'avait brutalement pénétrée. Fou de rage, Argus s'était mis à pleurer, débitant une sorte de supplique que l'effort de son va-et-vient coïtal rendait inaudible et syncopée.

« Alors ? Qui baise qui, maintenant ? Tu croyais pouvoir me baiser ? Tu voulais me soumettre, sale truie ? Maman, donne-moi la force ! Je t'aime tant, maman ! Sauve-moi, maman ! »

* * *

IML, XIIe arrondissement
Paris, France
Avril 2022

Le capitaine Cassandre et Nadia Naccache descendirent du véhicule qu'ils venaient de garer sur le parking réservé au personnel de l'institut médico-légal.

Ils avancèrent jusqu'au bâtiment, gravirent les quelques marches du perron et pénétrèrent dans un vaste hall. Ils firent quelques pas et un homme d'un certain âge vint à leur rencontre d'une démarche lourde.

— Lieutenant… Capitaine… bonjour à vous deux. Merci d'avoir été réactifs. Je me suis déplacé, moi aussi, car cela va être déterminant pour le dossier d'instruction, et je ne veux aucune erreur de procédure. Sur réquisition, nous avons procédé à une analyse ADN sur deux éléments.

— Je comprends, Monsieur le Juge, répondit Cassandre en lui serrant la main. Au téléphone, vous disiez que cette preuve pourrait bien nous conduire au tueur. Je le souhaite de tout mon cœur, vraiment.

— Oui, enfin, ne nous emballons pas. Nous n'aurons peut-être pas de correspondances.

Le juge d'instruction les entraîna au bout d'un couloir, juste devant une porte sur laquelle un écriteau de plastique indiquait : « ZONE D'AUTOPSIE, ENTRÉE RÉGLEMENTÉE ».

Il frappa deux coups brefs et une voix au timbre froid les pria d'entrer.

À l'intérieur de la pièce, un homme aux joues creuses et à la peau très blanche leur fit signe d'approcher. Il referma un long tiroir réfrigéré sur lequel reposait un corps et retira un gant de latex pour saluer ses visiteurs.

— Bonjour, Monsieur le Juge. Bonjour, capitaine. Bonjour, lieutenant.

— Le docteur Rolland va tout vous expliquer dans le moindre détail, précisa le juge Lantier en prenant place sur une chaise.

Le médecin légiste se positionna devant le duo d'enquêteurs, croisa les bras, et commença d'une voix très calme :

— Alors voilà… Tout d'abord, les différentes pièces qui ont été saisies sur la scène du crime de Kim Huang ont bien été mises sous scellés judiciaires, mais il manquait un élément. Lorsque l'on m'a apporté le corps, j'avais remarqué quelque chose d'assez troublant. La victime portait une seule chaussure à talon haut. Douze centimètres, pour être précis. Je me suis dit qu'on pouvait se balader, soit pieds nus, soit intégralement chaussé. C'est logique, vous croyez pas ?

— Oui, je me souviens de ce détail lorsqu'on était sur place, avec le lieutenant Naccache, assura Cassandre en fronçant les sourcils. Elle ne portait qu'une chaussure, au pied gauche.

Le légiste ouvrit un tiroir et en tira un sachet plastique qui contenait un escarpin noir. Il le positionna devant lui, le tenant entre deux doigts.

Nadia s'avança.

— Une chaussure gauche, de la marque Gucci. Elle s'embêtait pas, la petite...

Le juge Lantier lui lança un regard noir. Le docteur Rolland continua.

— Je me suis dit que c'était curieux. La victime avait perdu une chaussure, mais où ? Comment ? Pourquoi ?

Le juge d'instruction s'éclaircit la voix avant de prendre la parole.

— Hier, j'ai réquisitionné deux enquêteurs de votre groupe à la PJ. Je ne voulais pas vous en faire part tout de suite, car vous étiez sur la piste Ortega et Lina Berisha. Je les ai envoyés au domicile de la victime pour fouiller l'appartement de façon minutieuse et ils ont trouvé...

— Trouvé quoi ? demandèrent Cassandre et Nadia en chœur.

— La chaussure droite, répondit aussitôt le légiste en sortant de nouveau d'un tiroir un second sachet à scellés.

Cassandre et Nadia s'observèrent silencieusement, l'air ahuri.

— Celle-ci se trouvait sous le canapé. À l'œil nu, j'ai pu relever d'infimes traces sur le talon. Après analyse, les experts de la scientifique ont affirmé que sur la pointe du talon se trouvaient des fragments de peau humaine.

— Et c'est pour cette raison que j'ai sollicité une recherche ADN sur le FNAEG, termina le juge.

Cassandre semblait tomber des nues. Il se retourna pour s'adresser à Lantier.

— C'est une super nouvelle, ça. La victime a porté un coup de talon à son assassin. En revanche, je ne comprends toujours pas la raison de notre présence dans cette salle d'autopsie.

— Parce que cette histoire de chaussure m'a amené à la prudence, rétorqua le légiste. J'ai donc procédé à un second examen du corps et je crois que c'était une bonne idée.

Cassandre et Nadia étaient pendus aux lèvres du docteur, même s'ils restaient tous deux persuadés que celui-ci en faisait des tonnes.

— Il y avait des traces infimes de liquide séminal dans les cheveux de la victime, voilà pourquoi c'était une bonne idée.

— Le talon, le sperme… On est sur une bonne piste, ajouta Nadia en souriant.

Le juge ignora l'enquêtrice et s'adressa à Cassandre.

— Commandant, nous ne sommes pas sur une piste, mais sur deux.

— Quoi ?

— Les résultats de l'analyse sont tombés en fin de matinée. L'ADN des fragments de peau prélevés sur le talon est totalement différent de celui du sperme. Nous avons affaire à deux hommes, deux tueurs. Il n'y a plus qu'à espérer que le dieu FNAEG nous révèle leur identité.

26

Mars 2004

L'horloge de la cuisine indiquait dix-sept heures.

Joey ouvrit le réfrigérateur et récupéra deux sandwichs qu'il fourra dans un sac à dos, ainsi qu'une gourde isotherme remplie d'eau fraîche. Il vérifia ensuite si les deux billets d'embarquement se trouvaient bien dans la poche intérieure du sac. Enfin, il se posta devant le grand miroir de l'entrée et s'admira de haut en bas.

Il avait tout calculé.

Tout était réglé à la perfection, comme du papier à musique. Leur fuite devait être rapide et discrète, imprévisible. Ce dernier mois, Joey avait vécu dans l'angoisse d'être interpellé à tout moment. Persuadé que les flics pouvaient débarquer à l'improviste, il était même allé jusqu'à fermer la boutique en prétextant des travaux de rénovation. Il avait ensuite convaincu Lina qu'il fallait tout lâcher, partir le plus vite possible et le plus loin, parce qu'ils avaient été repérés, et peut-être même dénoncés. Il avait imaginé une équipe de la police scientifique chez eux, sur réquisition d'un juge, fouillant le moindre recoin de la maison, examinant toutes les pièces du sol au plafond. Si cela s'était produit, les enquêteurs y auraient alors découvert des choses qu'ils auraient préféré ne pas voir. Ils auraient décelé des traces ADN, du sang, trouvé des fragments de matière organique, biologique, et bien d'autres indices compromettants.

Joey avait acheté deux passeports sous les noms de M. et Mme de Saint-Giscourt, Jean-Sébastien et Marie-Claude. Il s'était procuré deux billets pour Auckland sur un vol de la compagnie Emirates. Le voyage, au départ de Roissy Charles-De-Gaulle, comprenait deux escales ; une de trois heures à Dubaï et une autre d'une heure quarante à Melbourne, en Australie. Trente et une heures de vol allaient définitivement le séparer du Vieux Continent, le rendre invisible à tout jamais à l'autre bout du monde.

Lina entra, deux sacs de courses pleins dans chaque main.

— Alors, comment tu me trouves ? plaisanta Joey en se retournant et en ouvrant grand les bras.

Il s'était rasé le crâne et portait des lentilles de contact d'un bleu très clair. Il avait mis quelques semaines à laisser pousser son bouc et sa moustache, qu'il avait ensuite décolorés en blond.

— Tu es parfaitement méconnaissable. Même moi, j'ai du mal à me persuader que c'est bien toi.

— Et de ton côté, comment s'est déroulé le test au supermarché ?

— Personne ne m'a reconnue, c'est incroyable.

Lina, elle, avait opté pour une perruque brune aux mèches ondulées, des lentilles de couleur verte, et une paire de lunettes aux verres ronds sur une monture épaisse et dorée.

Joey s'approcha de sa compagne, la dévisagea un long moment, puis l'embrassa sur le front.

— Ma tendre Lina, je vois bien que ça te chagrine de quitter tous ceux que tu connais et que tu aimes, mais on n'a pas le choix.

Si on reste ici, on tombe. On doit s'enfuir, c'est la seule solution. Le type que je connais à Manhattan, il…

— Joey ! Je suis au courant de ce que tu as fait, ne me prends pas pour une conne ! Ce type, soi-disant ton ami, je sais que c'était un gars qui avait des infos sur toi. Il savait que tu te planquais en Europe, ici, en France, et il allait te balancer aux fédéraux pour la récompense. Tu aurais été extradé.

Joey parut surpris. Un léger sourire frémissait à la commissure de ses lèvres, excité par la perspicacité de sa compagne.

— Il allait me balancer, oui.

— Ce n'était pas un agent immobilier. On est d'accord ?

Joey hésita, puis acquiesça enfin d'un mouvement de tête.

— Le problème, c'est que ce type, c'était quelqu'un d'important, tu vois ? Tu as fait cette putain d'erreur, Joey !

— Personne ne saura ce qu'il est devenu, pas de danger.

— Ah ça, non, c'est sûr. Tu t'es envoyé son foie avec un Château Latour 1985. J'ai mis deux jours à récurer la baignoire, Joey. Tu sais que je déteste ce truc… Cette saloperie de cocktail Piranha, je… Je n'en peux plus, Joey, il faut que ça s'arrête !

Lina se laissa glisser le long du mur, en larmes. Joey se précipita et vint s'asseoir près d'elle. Il caressa doucement sa joue.

— Je comprends, ma belle, c'est pour ça qu'on lâche tout. On oublie tout ça et on disparaît. On recommence tout ailleurs, on repart de zéro.

Lina releva la tête et le fixa droit dans les yeux. Son mascara avait coulé sur ses joues, ce qui lui conférait un air effrayant.

— Il faudra trouver autre chose que la résidence de chasse de ce pauvre type. Je sais que tu voulais t'y établir, mais on ne peut pas le faire. C'est trop risqué. Alors, une fois à Auckland, on devra se débrouiller pour dénicher un logement rapidement.

Joey enveloppa Lina de ses bras et la serra contre lui.

— Je te promets, on va y arriver. Je sais que je n'aurais peut-être pas dû m'occuper de cet agent immobilier, mais le jour où il s'est pointé à la boutique et qu'il a commencé à me parler de la

Nouvelle-Zélande, en me racontant sa vie, en m'expliquant qu'il possédait ce relais de chasse dans le bush, je me suis dit que je pouvais m'en faire un ami. Et puis, au fil de nos discussions, j'ai pris conscience qu'il connaissait beaucoup trop de choses à mon sujet ; mes goûts, mes phobies, mon équipe de base-ball préférée aux États-Unis... Chaque fois, il dirigeait nos conversations sur des éléments de ma vie privée et c'est là que j'ai compris qui il était.

Lina se blottit un peu plus au creux de ses bras, comme si elle cherchait à entrer en lui.

— Joey, je veux que notre enfant puisse grandir avec ses deux parents, tu comprends ? Je veux qu'elle puisse grandir normalement, loin de toute cette folie. Elle ne devra pas être initiée au sacrifice de la chair ni subir les supplications des hurleurs. Je refuse de croire que le bébé que je porte puisse un jour contracter la maladie du kuru. Je sais que mon système nerveux central va fatalement dégénérer, car je perçois déjà quelques symptômes, comme ces saloperies de tremblements. Rien de tout ce que tu m'avais promis n'arrivera. La chair du sacrifice ne m'aidera pas à trouver la lumière, Joey, bien au contraire.

— On élèvera notre fille comme il se doit, tu peux me faire confiance. Et je t'épaulerai pour le reste, tu peux compter sur moi, Lina. Fais ce que je te dis et tout se passera bien.

— Tu figures sur le tableau des dix fugitifs les plus recherchés par le FBI aux États-Unis et je sais ce qui finira par arriver. Je sais que tu ne te laisseras pas prendre facilement.

— Rien de tout ça n'arrivera, Lina.

Lina se redressa, essuya ses larmes, et plongea ses yeux dans ceux de Joey.

— Ah non ? fit-elle en souriant faussement.

— On décolle dans quatre heures et rien ni personne ne m'en empêchera. Mon temps ici est révolu et le tien aussi, d'ailleurs.

— Ils finiront toujours par nous retrouver, ne l'oublie pas. Tu n'as pas tué un agent immobilier, Joey.

Un rire nerveux le secoua et son regard se posa sur le miroir face à lui. Il s'étonna lui-même de sa nouvelle apparence.

— T'as descendu un agent fédéral. Un putain d'agent du FBI venu des États-Unis pour s'assurer que tu étais bien le Joey Sterling Lawrence qu'il recherchait. Tu as bouffé son foie et tu as fait fondre les restes de son corps dans ton maudit baril d'acide.

RECETTE

FOIE DE BŒUF AUX OIGNONS CARAMÉLISÉS AU MONBAZILLAC

4 personnes | Préparation : 20 minutes | Cuisson : 15 minutes

Ingrédients :

- 4 tranches de foie de bœuf
- 2 gros oignons
- 2 cuillères à café d'huile d'olive
- 2 verres de Monbazillac
- 2 cuillères à soupe de fond de viande
- Sel, poivre

Préparation de la recette :

- Pelez l'oignon et émincez-le très finement, puis coupez les tranches de foie en fines lanières.
- Chauffez l'huile et y faire revenir l'oignon. Une fois qu'il est un peu fondu, ajoutez les lanières de foie et mélangez.
- Saupoudrez de sel, de poivre et de fond de viande.
- Versez le vin, mélangez, couvrez et laissez cuire à feu doux pendant 15 minutes.

Servez avec du riz ou une purée de pommes de terre maison, et bon appétit.

27

Murders memory

Paris, France
Avril 1986

— Arrête de m'appeler comme ça, ça me prend la tête !

— C'est comme ça que tu t'appelles. C'est ton prénom, alors fais pas chier ! Moi, j'ai envie de t'appeler comme ça. MAXIME ! MAXIME ! claironna l'adolescent pour que son ami finisse par enrager.

— Écoute, Ronan. Mon père m'appelait Crapule, et moi j'aime bien, ça fait truand des cités. Alors tu m'appelles Crapule, point barre.

Maxime observa son camarade d'un œil noir. Âgé d'un an de moins que lui, Ronan en paraissait deux de plus, tellement il était charpenté. L'hôpital de jour Sergio Lovici l'avait accueilli dans le service de pédopsychiatrique deux ans plus tôt. Depuis son arrivée, Ronan s'était ennuyé et n'avait pas trouvé sa véritable place, mais lorsque Maxime avait intégré l'unité, il avait vu en lui un ami, un confident, une bouée de sauvetage. Ils avaient tous deux noué des liens de complicité qui irritaient parfois le personnel de l'établissement.

Le docteur Mangele, chef du service pédopsychiatrie, voyait d'un mauvais œil que ces deux-là puissent communiquer. Cependant, il n'intervenait pas, car, sachant que Ronan souffrait de difficultés relationnelles et de troubles anxio-dépressifs, Maxime s'avérait être le médicament parfait pour le jeune garçon qui le considérait presque comme son frère.

— Bon, on fait quoi, maintenant ? demanda Ronan, fasciné par tout ce qu'entreprenait son idole.

— Bah, on attend. Tu me laisses faire et tu fais pas de bruit. Et j'espère que tu n'iras pas tout balancer au doc ou même au surveillant de nuit, parce que sinon, tu risquerais de déclencher la malédiction.

— T'es fou. J'suis pas une balance, moi. Au fait, c'est quoi cette malédiction ? Quand j'en parle aux autres, ils me disent qu'ils n'en savent rien, que c'est des rumeurs, que ce truc c'est du vent.

— Je t'expliquerai, mais parle moins fort. T'es pas obligé de regarder si t'as trop peur. Moi, je l'ai déjà fait et ça me fait rien. T'es sûr de tenir le coup ?

— Mais oui, j'veux voir, rétorqua Ronan, vexé que son copain le prenne pour un froussard.

Il était environ une heure du matin et les deux adolescents se trouvaient dans les sous-sols de l'hôpital. Maxime balayait de sa torche le sol du long couloir qui s'étirait, se repérant dans la pénombre grâce aux numéros peints en rouge sur les murs. Des portes défilaient, à droite, à gauche. Des lits en grand nombre, ainsi que des chariots catafalques à roulettes stagnaient le long du corridor.

— C'est quoi ces trucs ? demanda Ronan, intrigué.

— Des chariots pour porter les cercueils. Paraît que parfois, y a des morts, ici, à l'hôpital. On m'a dit que des mecs de notre âge se sont pendus dans leur chambre.

Effrayé, Ronan resta silencieux tout en continuant d'avancer dans l'obscurité. La révélation de Maxime concernant les suicides, ainsi que la vision des catafalques, tout cela lui avait glacé le sang.

— Voilà, c'est ici. On tourne à droite et le local est là.

Ils firent encore quelques pas, puis Maxime s'arrêta devant une porte en bois sur laquelle était fixé un autocollant rouge. Sur celui-ci, on pouvait lire : « LOCAL CHAUFFERIE, RÉSERVÉ AU PERSONNEL AUTORISÉ ».

— Allez, viens…

Ils pénétrèrent dans la salle et Maxime actionna l'interrupteur. La lumière inonda la pièce et, aussitôt, le regard de Ronan se posa sur la « chose » qui se balançait au bout d'une corde d'escalade. Il ressentit à la fois un sentiment de dégoût à la vue d'une telle cruauté, mais également de colère à l'égard de son camarade. L'espace un instant, il hésita. Quelque chose le poussait à prendre ses jambes à son cou, mais, piqué par la curiosité, une petite voix lui soufflait de rester avec Maxime.

— Ah, ça y est, le grand Ronan se dégonfle, maintenant ! Tu vas pas me dire que tu te déballonnes ! Si ?

— Non, je… Je savais pas que…

— Que quoi ? Je t'avais expliqué ce que j'avais fait avec ce maudit chat de gouttière, oui ou non ? grinça Maxime en haussant un peu le ton.

— Oui, mais c'est bon. Je veux te voir faire, vas-y…

— Alors tu regardes et tu te tais. Ou si tu préfères, tu peux repartir, mais seul. Tu retraverseras tous les couloirs du sous-sol, au milieu des fantômes de tous les suicidés de Lovici.

Maxime laissa échapper un rire moqueur, puis extirpa de sa poche un petit Opinel qu'il déplia.

— T'as un couteau ? Mais comment t'as fait pour l'avoir ? le questionna Ronan.

— Je l'ai piqué dans le local technique, dans les outils de jardinage.

— Et les clés ?

— T'es chiant, à la fin ! Quoi, « les clés » ?

— Comment t'as fait pour les avoir ?

Maxime éluda la question et observa la bête pendue par le cou. La corde descendait du plafond, fixée à un conduit du système d'aération.

Ronan resta à distance, scrutant les moindres mouvements de son ami. Parcouru d'un désagréable frisson, les poils de ses bras se dressèrent et il se sentit mal à l'aise. Malgré la curiosité qui le dévorait, il se demanda à cet instant s'il avait pris la bonne décision en voulant accompagner son camarade dans sa virée nocturne.

Maxime s'approcha du cadavre de l'animal et caressa sa fourrure, de haut en bas, jusqu'à l'extrémité de la queue. Il empoigna alors la tête du félin d'une seule main puis, d'un mouvement expert, retira lentement un œil, avant de répéter l'opération avec le second.

Ronan sentit un haut-le-cœur le saisir, mais il se reprit. Il fit un pas en avant et demanda à Maxime qui enveloppait les yeux du chat dans un mouchoir :

— Mec, t'es barré ! Pourquoi tu fais ça ?

— T'as voulu voir, eh bien, t'as vu. Maintenant, arrête de poser des questions.

Le jeune Ronan acquiesça d'un signe de tête, encaissant un spasme qui lui tordit l'estomac. La nausée lui déclencha une suée et un violent mal de crâne.

— Tu devrais repartir. Regagne ta chambre et oublie ce que t'as vu. Je te raccompagnerai jusqu'au bout du couloir et après je reviendrai ici. J'ai encore des choses à finir.

— Si tu me raccompagnes, OK, je veux bien retourner là-haut. J'ai mal au ventre, Maxime. J'crois que je suis malade. Et puis, j'ai pas trop envie de croiser les fantômes des suicidés de Lovici. C'est trop flippant.

— Oui, et t'as raison. Leur but, c'est de t'attirer à eux. Ils voudraient qu'on les rejoigne, qu'on fasse comme eux. Ce sont des démons, tu sais.

— Non, je savais pas, répliqua Ronan d'une toute petite voix.

Maxime l'entraîna dans le couloir tout en refermant le local derrière lui, puis ajouta :

— Ils ont de la colère en eux, parce qu'ils sont morts. Ils sont morts parce que leurs parents les ont abandonnés. C'est pour ça qu'il ne faut pas que tu parles de ce que tu as vu, c'est important. Ce que j'ai fait, c'est un peu comme de la sorcellerie, c'est pour les calmer. Alors, ne dis rien, sinon, ils pourraient se venger.

Il laissa Ronan complètement terrifié à l'entrée du sous-sol et observa sa silhouette disparaître dans la pénombre.

Maxime referma délicatement la porte et s'engouffra de nouveau dans les dédales du souterrain, persuadé que son histoire de croque-mitaine et de suicidés avait convaincu Ronan et que ce dernier ne parlerait jamais.

28

Paris, France
Avril 2022

Lina jeta deux valises sur le lit.

Folle de rage, elle marmonnait entre ses dents en expédiant au sol la plupart de ses vêtements. Myriana entra dans la chambre, observa silencieusement sa mère pendant quelques instants, puis s'approcha d'elle avant de poser sa main sur son épaule.

— Maman, qu'est-ce que tu fous ? Arrête, bon sang !

Lina sursauta. Elle se retourna et fit face à sa fille.

— Va chercher quelques fringues et range-les dans cette valise. Ne prends que le strict nécessaire.

— Mais enfin, qu'est-ce qui se passe, tu m'expliques ?

— Qu'est-ce qui se passe ? Il se passe qu'on met les voiles. On se tire le plus loin possible de ce bourbier dans lequel on s'est enfoncées toutes les deux. On n'a pas d'argent, mais on va se débrouiller. L'essentiel, c'est de disparaître des radars de la police.

Myriana ne sut tout d'abord que répondre. Elle regarda sa

mère qui continuait de vider son placard puis, enfin, elle lui attrapa le poignet et avança son visage tout près du sien.

— Hé ! Tu te calmes et tu m'expliques ce qui se passe ! J'ai le droit d'être informée, non ?

Lina noua ses cheveux en une grossière queue de cheval, puis força Myriana à s'asseoir sur le lit. Elle prit place à son côté et lui confia alors :

— Ce n'est pas si simple, ma chérie. Les flics me tiennent. Ils ont élaboré une sorte de contrat et ils m'ont fait une proposition que je n'ai pas vraiment envie d'accepter.

— Les flics te tiennent ? C'est-à-dire ? s'inquiéta la jeune fille. Et c'est quoi ce contrat ?

— C'est-à-dire qu'ils savent pour Armelle. Pour eux, tu es coupable d'un homicide, volontaire ou pas, mais ils savent que c'est toi. Le flic de la brigade criminelle m'a montré des captures de la caméra de surveillance placée dans la rue. Tu apparais clairement, on me voit ensuite, et on voit également mon contact d'Aubervilliers. On est foutues, tu comprends ?

— Mais... Ils n'ont pas plus de preuves que ça, si ?

— Les flics n'attendent qu'une chose : c'est de pouvoir comparer ton ADN à celui qu'ils ont probablement déjà prélevé sur le corps, ainsi que tes empreintes avec celles présentes sur le cou d'Armelle. Ça te suffit comme preuves ?

Myriana secoua la tête.

— OK, ils savent ce qui s'est passé avec Armelle, et après ? Je vais être placée en garde à vue et ils vont m'interroger. C'est la règle, je n'y échapperai pas, mais ça ne m'explique toujours pas ton espèce de contrat avec les flics.

— Ils veulent que je les aide à coincer un tueur, un type qui assassine de jeunes filles dans Paris et la banlieue proche. En échange, ils promettent de faire passer ton histoire pour un homicide involontaire, une pratique sexuelle qui a mal tourné. Tu risquerais entre trois et cinq ans de prison.

— Mais maman, c'est ce qui s'est passé, merde ! Je n'ai pas

volontairement donné la mort à Armelle. Alors pourquoi est-ce qu'ils établissent un pareil chantage ? s'indigna Myriana.

— Si je ne les aide pas, ils menacent de t'enfoncer, de te mettre en examen pour meurtre ou assassinat, et de me faire plonger par la même occasion.

— Mais pourquoi toi ? En quoi tu pourrais leur être utile ?

— Parce que j'ai vécu suffisamment longtemps aux côtés de ton géniteur et que je connais le mode de fonctionnement de ce genre d'individu.

— Ah ouais ? T'en es bien sûre ?

Lina fronça les sourcils, intriguée par la réaction de sa fille.

— Quoi ? Où est-ce que tu veux en venir ?

— Je ne sais pas, mais je trouve ça un peu bizarre que les flics te sollicitent pour que tu les aides à retrouver un tueur en série, comme si tu étais une profileuse du FBI.

Lina décocha un petit sourire à sa fille.

— Il faut que tu saches, Myriana, je ne t'ai pas tout raconté au sujet de la mort de ton père, confia-t-elle. Lors de mon interpellation, j'ai eu beaucoup de chance. J'aurais pu tomber sous les balles du RAID et tu n'aurais probablement jamais vu le jour.

Elle semblait fixer un point dans le fond de la pièce, le regard dans le vague, comme si des images cavalaient sous son crâne et qu'elle revivait ces moments terribles. Immobile, elle remua les lèvres péniblement pour commencer son récit, comme si ses premiers mots pesaient des tonnes, qu'ils étaient soudés à sa langue.

— Peu avant notre fuite, ton père et moi avons…

— Attends ! Évite juste de le mentionner comme mon père, s'il te plaît, l'interrompit-elle.

— Joey et moi, on devait partir en Nouvelle-Zélande. Depuis presque deux mois, il était nerveux, parano, et se sentait surveillé. Il avait raison. Peu avant qu'il doute d'être dans la ligne de mire des flics, un matin, des officiers de police sont venus me chercher en m'expliquant qu'un juge d'instruction désirait me rencontrer, ainsi qu'un agent fédéral du bureau du FBI basé à New York. Là, mes jambes se sont mises à trembler et mon cœur s'est affolé. Je me suis dit que si le FBI venait en France, cela voulait dire que Joey était foutu, et moi aussi, par la même occasion. Ils allaient très certainement me faire profiter d'un aller simple pour la taule de Versailles. Quand je suis arrivée dans le bureau du juge, il y avait ce type, un gras du bide qui dégoulinait de sueur, un certain Jack Turner. Il était agent fédéral et avait, selon lui, un mandat d'arrêt international contre Joey. Il y avait un interprète qui débitait en français le laïus du flic américain, et moi, j'attendais la sentence. Le juge d'instruction a repris la parole et a été très clair : si je balançais Joey, la perpétuité que j'encourais pouvait être reconsidérée et ramenée à une peine de vingt ans.

— Nom de Dieu, maman ! T'as fait ça ? la coupa Myriana, une expression d'incompréhension sur le visage.

— Que voulais-tu que je fasse ? J'étais enceinte et la seule idée de te perdre pour toujours, si je partais en prison pour la perpète, me rendait malade. Je n'envisageais que le suicide avec cette option. Les flics souhaitaient le cueillir en douceur. Ils étaient déjà bien rencardés, puisqu'ils savaient qu'on s'envolait pour la Nouvelle-Zélande. Ils m'ont demandé la date, le numéro du vol, la porte d'embarquement, et ont également cherché à découvrir si Joey serait armé jusqu'à l'aéroport. Je crois que je n'ai jamais eu autant la trouille de ma vie. J'étais certaine d'être condamnée à l'issue du procès, mais purger vingt ans de prison en sachant que je te retrouverais, ça m'a donné la force nécessaire pour tenir bon.

Myriana regardait sa mère droit dans les yeux, la bouche légèrement entrouverte. Elle n'en revenait pas. Elle qui avait toujours pensé que Lina avait été fidèle à Joey du début à la fin, l'avait adulé comme une star de cinéma, comme un prophète qui lui avait fait découvrir la chair du sacrifice, et lui avait apporté la lumière qui rapprochait de Dieu.

— Qu'est-ce que tu as fait ?

— Le gros Jack Turner m'a fait signer des documents, le juge d'instruction aussi. Et j'ai tout balancé, putain ! Le mode opératoire, les victimes, sa méthode pour se débarrasser des restes, le cannibalisme, la cuisine… Tout. Alors, à cet instant, Turner a débouclé un porte-documents très épais, puis il a étalé sur le bureau des photos et des rapports d'autopsie. Il y avait des tas de photos de jeunes hommes, tous victimes de Joey. Des rapports d'enquête sur des disparitions, des types qu'on n'a jamais retrouvés, des articles de presse qui relataient les témoignages de parents effondrés. La liste des victimes de Joey aux États-Unis était aussi effrayante qu'interminable. Il m'a également parlé de Freddy Lawrence, alias *Blake*, le père de Joey. La liste des victimes était tout autant impressionnante. L'agent fédéral mettait l'accent sur le très jeune âge de celles-ci. Il voulait me sensibiliser, peut-être même me faire culpabiliser.

Pour la première fois depuis qu'elles avaient de nouveau été réunies, Myriana prit sa mère dans ses bras et la serra très fort tout contre elle.

— Ensuite, ils m'ont dit que je pouvais y aller. Il fallait que je continue avec Joey comme si de rien n'était, que je ne me préoccupe de rien jusqu'au jour J. Bien sûr, si je venais à dévoiler quoi que ce soit à Joey, si je faisais quoi que ce soit qui aurait visé à contrecarrer les plans du FBI et de la police judiciaire, alors notre contrat devenait caduc. Je me souviens encore du regard lubrique de l'agent fédéral posé sur mon ventre et aussi du timbre de sa voix lorsqu'il m'a dit : « *Take care of your child, ma'am* ». Voilà, aujourd'hui, si j'accepte leur offre, c'est parce que je ne veux pas te perdre une deuxième fois. Tu feras un an. Dans le pire des cas, deux. Avec le recul, j'ai honte de ce que j'ai fait avec Joey.

— Tu parles de quoi, maman ? T'as honte d'avoir couvert ses crimes, et d'avoir œuvré dans cette putain de cuisine du diable, ou alors t'as honte de l'avoir balancé aux flics ?

Les larmes aux yeux, Lina plongea son regard dans celui de sa fille et balbutia doucement :

— J'ai… j'ai honte d'avoir pris de mauvaises décisions tout au long de ma vie.

— De l'avoir balancé n'en était pas une, crois-moi. Je ne te juge pas, je t'écoute, maman. Je sais ce que tu fais pour moi et je sais jusqu'où tu es prête à aller. De mon côté, j'assumerai ces quelques années de prison. Je les mérite. Alors, la fuite n'est pas une solution. Tu te rendrais complice de la mienne et je ne le veux pas. Si tu dois une nouvelle fois collaborer avec les flics, fais-le. Aide-les à coincer ce type et on tournera la page. Toutes les deux.

29

Paris, France
Avril 2022

Le juge d'instruction Lantier tourna la dernière page et referma le dossier. Il observa silencieusement Cassandre et Naccache qui se tenaient debout devant son bureau, attendant patiemment le verdict. Le magistrat prit une longue inspiration, puis lâcha enfin :

— C'est incroyable tout de même ! Vous le teniez dans les locaux de la PJ. C'est fou ! On ne va quand même pas revivre l'affaire Guy Georges, bon sang ! Écoutez, j'ai vu le procureur ce matin, et comme il s'agit d'éléments indépendants de ceux rattachés au réquisitoire introductif, un réquisitoire supplétif sera délivré par le parquet. Vous le cravaterez et je procéderai à son interrogatoire de comparution. Après quoi, je prononcerai sa mise en examen.

— Lors du premier interrogatoire, j'avais déjà quelques soupçons concernant Daniel Ortega, mais trouver son sperme dans les cheveux de la victime, ça, c'était inespéré, jubila Nadia sur un ton triomphant.

— Et pour l'ADN des fragments de peau retrouvé sur le talon, qu'est-ce que ça donne ? demanda Cassandre en s'avançant.

— Malheureusement, ça n'a mené nulle part. Le FNAEG n'a trouvé aucune correspondance, le type n'est pas fiché. Cela restera un élément de comparaison pour la suite, sait-on jamais. Pour Ortega, en revanche, on a eu de la chance qu'il se soit fait épingler en 2002 pour attouchements. Il avait pris dix-huit mois, dont six de sursis. Vous n'avez rien vu, car vous l'avez auditionné en tant que témoin, vous n'aviez aucune raison de lancer une recherche d'informations. Maintenant, c'est à vous de jouer, parce que si vous faites tomber Ortega, on aura également son complice. On n'aura donc plus besoin de faire pression sur cette... comment, déjà ?

— Lina Berisha, Monsieur le Juge, répondit Cassandre.

— Oui, c'est ça.

— Assurons-nous d'abord d'être sur la bonne piste, ajouta Nadia. Ne mettons pas la charrue avant les bœufs.

Le magistrat et Cassandre s'interrogèrent du regard, presque outrés qu'une policière si jeune prétende remettre en question les conclusions d'un juge d'instruction.

— Et pourquoi ne serions-nous pas sur la bonne piste, je vous prie, lieutenant ?

— Tant qu'Ortega n'a pas été entendu, je crois qu'il ne faut pas tirer de conclusions hâtives. Pourquoi vouloir absolument penser qu'il y avait deux tueurs ? La victime aurait pu avoir un rapport sexuel avec un autre homme, juste avant de recevoir la visite d'un second. Et puis, il y a la piste Maxime Charleville. Vous savez, ce gosse dont les parents ont...

— Oui, je vois, j'ai lu vos rapports. Concernant l'idée que la victime ait pu recevoir chez elle deux hommes, avec un intervalle de temps, j'ai l'impression que ça se tient. Nous verrons. Pour la piste Charleville, vous m'aviez fait part de votre désir de rencontrer quelqu'un de sa famille. Où en êtes-vous ?

— J'ai un train pour Lyon demain.

Le juge Lantier approuva d'un hochement de tête, ajusta ses lunettes sur le bout de son nez, et se replongea dans le dossier. C'était sa façon à lui de faire comprendre aux officiers de police qu'il en avait fini. Dans un coin de la grande pièce, le greffier leur lança un regard désolé, presque mal à l'aise.

Cassandre et Naccache prirent congé. À peine dans le dédale de couloirs du Palais, Nadia sauta à la gorge de son supérieur.

— Vous auriez pu m'épauler, capitaine, c'était pas cool. J'ai cru que le juge allait me bouffer toute crue.

— Vous vous en êtes très bien sortie. Pourquoi aurais-je dû intervenir ?

— Pour lui faire comprendre qu'on travaille main dans la main, que vous validez mes hypothèses, par exemple.

— Le juge l'a fait pour moi, rétorqua Cassandre en riant. En revanche, vous ne m'aviez pas dit que la petite visite chez la tante Charleville s'était confirmée. Vous ne voulez pas que je vous accompagne ?

Nadia haussa les épaules avant de répondre en souriant :

— Je suis une grande fille, vous savez. Je vais me débrouiller, et puis de votre côté, il va falloir préparer la convocation de notre cher Ortega, le trouver, et aller le chercher. Vous pensez qu'il y a des risques ? Vous allez faire déplacer la cavalerie ?

— Quoi, la BRI ? Vous plaisantez, j'espère, répliqua Cassandre, amusé. On va plutôt cueillir notre bonhomme chez lui et ramener ses fesses devant le juge. Je ne suis pas certain que ce type soit du genre à être armé comme un soldat sur le front, il ne me paraît pas dangereux. C'est un fanfaron, c'est tout.

Nadia alluma sa vapoteuse, puis tira une bouffée.

— Et pour Lina ?

— Quoi, Lina ?

— On ne va pas laisser tomber, quand même ? Je suis sûre

qu'elle va nous mener à ce type. Il faut mettre à exécution le plan qu'on a élaboré.

— Vous êtes sûre de ça, lieutenant ?

— Elle doit jouer ce rôle. C'est la seule solution pour réussir à coincer ce salopard dans nos filets.

Cassandre l'observa silencieusement pendant quelques secondes. Il la trouvait presque insolente, certes, mais tellement pleine de génie qu'il en devenait jaloux. Il n'arrivait toujours pas à avaler le fait qu'une femme, beaucoup plus jeune que lui, puisse avoir autant de logique et de facilité à emboîter les pièces d'un mécanisme aussi complexe que celui d'une enquête criminelle.

À la sortie du Palais de Justice, il lui tint la porte ouverte, histoire de se donner bonne conscience et de paraître élégant. Lorsqu'elle passa tout près de lui, il souffla près de son oreille :

— Alors, on est d'accord sur le casting. On lui donne le rôle.

30

Lyon, France
Avril 2022

Nadia n'avait pas vu passer le trajet Paris-Lyon. Elle s'était rapidement endormie, à peine avait-elle pris place à bord du TGV. Le taxi la déposa aux abords du quartier des Terreaux, sur les pentes de la Croix-Rousse. Elle marcha un petit moment, passa devant l'imposant hôtel de ville de Lyon et bifurqua pour emprunter la rue Sainte-Catherine.

Après avoir dépassé un restaurant de tacos, elle s'arrêta devant l'entrée d'un immeuble et sonna à l'interphone. Une fois au deuxième étage, elle frappa trois coups brefs et une dame âgée entrebâilla sa porte. Celle-ci paraissait trop maquillée, cherchant à camoufler l'outrage du temps, les rides trop profondes, et la peau flasque. Elle positionna devant ses yeux une paire de lunettes aux verres épais, ouvrit grand la porte et s'exclama en souriant, les lèvres enduites d'un rouge gras.

— Vous êtes le lieutenant Naccache de la police de Paris ?

— Oui, c'est ça. Je vous remercie d'avoir accepté de me recevoir, madame Charleville.

— Oh, hé, pas de madame, OK ? Appelez-moi Violaine ou Lou, à vous de choisir, lâcha-t-elle en se retournant pour s'enfoncer dans la pénombre de l'appartement. Ce n'est pas parce que j'ai soixante-quinze ans qu'il faut me parler comme à une vieille.

Nadia entra et remarqua tout de suite l'ordre qui régnait dans la pièce principale. Il y avait également une odeur d'encens au jasmin qui flottait encore. En pénétrant dans le salon, la jeune enquêtrice nota que les volets des fenêtres, qui donnaient sur la rue Sainte-Catherine, étaient à demi clos, filtrant ainsi la lumière vive de l'extérieur.

— J'ai un gros problème de vue. Je ne supporte presque plus le soleil, c'est pour ça que je ferme, précisa Violaine.

Nadia resta silencieuse. Alors qu'elle allait prendre la parole, la vieille dame la devança.

— Dites-moi, je ne savais pas qu'il y avait des femmes flics aussi jolies que vous, chère lieutenant Naccache. Et jeune, en plus. Vous avez quel âge, ma belle ?

— Vingt-neuf ans.

— Vingt-neuf. Toute la vie devant vous, c'est beau.

Violaine était élégamment habillée et parfumée. Elle portait une jupe longue imprimée du style bohème, ainsi qu'un chemisier de soie blanche. Elle était coiffée d'un chignon qui semblait tenir à l'aide d'une baguette chinoise, et une paire de lunettes pendait au bout d'une chaîne en or autour de son cou.

Elle désigna à Nadia le canapé.

— Je ne vous propose pas du pisse-mémé… Plutôt une bière ? Un café, peut-être ?

— Une bière, répondit timidement Nadia, ça ira.

La vieille dame revint de la cuisine avec une bière qu'elle tendit à la jeune femme et s'installa dans son fauteuil, face à elle.

— Vous venez pour mon neveu, Maxime. C'est bien ce que vous m'aviez dit au téléphone ?

Nadia hocha la tête et but une gorgée au goulot.

— Vous savez, Maxime était un gamin tellement adorable, tellement gentil avec moi, mais j'étais incapable de lui donner une éducation décente. Vous vous en rendez compte ? À l'époque, j'avais trente-huit ans, lui, j'étais déjà veuve. Financièrement, c'était la croix et la bannière. J'étais comédienne dans une modeste troupe de théâtre, sur les pentes de la Croix-Rousse, et pour boucler mes fins de mois, bah, le soir je bossais comme entraîneuse dans un boui-boui. Alors, vous voyez l'éducation du gosse. Sa tante qui tapinait pour pouvoir bouffer jusqu'à la fin du mois, ça n'était pas vraiment un modèle de vertu.

— Mais, vous ne vous prostituiez pas vraiment. Vous faisiez juste un numéro de charme aux clients pour les forcer à consommer, non ? risqua Nadia d'une toute petite voix.

Violaine eut un léger rire.

— Je peux vous tutoyer ? demanda-t-elle à Nadia en riant toujours.

— Oui, absolument.

— Tu sais, ma belle, quand un homme blindé de thunes veut ton cul et qu'il te propose l'équivalent de la moitié de ton salaire, tu ne fais pas la fine bouche. On va dire même que tu l'élargis. Les clients du *Stand-up* étaient assez classes, donc jamais de soucis de ce côté-là. Je ramenais parfois des types ici, alors que Maxime dormait dans sa piaule. Mais, dites-moi, quel est exactement le problème avec mon neveu ?

— Je ne peux pas vous en parler. Tout ce que je peux vous dire, c'est que nous enquêtons sur une affaire très sérieuse et j'ai besoin de quelques renseignements le concernant.

— Quel genre d'affaire ?

— Je ne peux vraiment rien vous révéler. Bon, et si on commençait par le début ? Par le drame, par exemple. J'aimerais connaître certains détails…

Le sourire de la vieille dame s'effaça instantanément. Elle s'empara d'un paquet de Vogue qui traînait sur la table du salon et alluma une cigarette. Son regard balaya la pièce, puis elle déclara enfin :

— Mon frère était cinglé. C'était un connard qui n'était pas conscient du bonheur qu'il possédait. Sa femme Odile était un ange, elle était très amoureuse de lui, même sur la fin. Elle buvait ses paroles d'alcoolique – sans faire de jeu de mots, c'est la vérité –, et supportait ses crises, ses folies, ses coups. Bref, il lui faisait subir une vie de merde. C'est dommage, il était beau garçon, mon frère. Il portait une épaisse moustache et avait des cheveux longs jusqu'aux épaules. Il s'appelait Pierre, mais il voulait qu'on l'appelle Pedro, car tous ses potes disaient de lui qu'il ressemblait à un manouche, un gitan espagnol ou un truc du genre. Je savais qu'un jour ça finirait mal et j'étais même allée jusqu'à suggérer à ma belle-sœur de le quitter, de divorcer, et de foutre le camp, mais elle demeurait sourde et indifférente à mes conseils. Elle me disait que pour Maxime, c'était mieux qu'ils restent mariés.

— Votre frère était-il reconnu comme quelqu'un qui avait des tendances suicidaires ?

— Pas vraiment. Disons qu'il se suicidait à petit feu avec les quantités impressionnantes d'alcool qu'il s'envoyait. On se voyait peu, et lorsque c'était le cas, il me traitait de pute et me mettait plus bas que terre, il me détestait. Donc, je n'ai pas toujours eu connaissance de ce qui se passait chez lui. Ce qui est certain, c'est qu'ils se sont suicidés tous les deux. Odile avait pris des cachets et de l'alcool. Ils étaient peut-être arrivés au bout du chemin, perdus, désespérés tous les deux. J'sais pas…

— D'après quelques rapports, certains experts ont soupçonné votre frère d'avoir pendu sa femme et de s'être ensuite donné la mort. Vous en pensez quoi ?

Violaine haussa les épaules.

— C'est de la connerie, tout ça ! Mon frangin était une épave, un alcoolo, et il frappait Maxime, oui, mais ce n'était pas un meurtrier. Peu avant le drame, ma belle-sœur m'avait contactée. Ils avaient besoin d'argent, ils voulaient déménager. Elle m'a demandé si je pouvais les aider. Malheureusement, je n'avais pas les moyens de le faire, mais ce qu'il faut surtout retenir de tout ce merdier, c'est qu'ils se sont foutus en l'air égoïstement, sans penser à Maxime, qui était fou de sa mère. Après tout ça, le gamin a été pris en charge dans un hôpital spécialisé sur Paris, et ensuite je l'ai recueilli.

Violaine écrasa sa cigarette dans le cendrier. Nadia huma la fumée qui la titillait, ce tabac si envoûtant qui s'évasait jusqu'au plafond en volutes orgueilleuses, mais elle se fit violence et résista à l'envie de taper une cigarette à la vieille dame.

— Parlez-moi de cette prise en charge ou plutôt lorsque Maxime vous a été confié. Que vous ont dit les services sociaux ?

— C'est moi qui ai fait la demande, juste avant ses dix-sept ans. Je ne voulais pas que mon neveu finisse dans un orphelinat, qu'il continue d'être ballotté d'un foyer à l'autre, ou qu'il se fasse maltraiter par une famille d'accueil obnubilée par le fric. Avant cela, il a été suivi médicalement dans un centre spécialisé en pédopsychiatrie, de ses douze ans à ses quatorze ans. Et comme cela ne se passait pas très bien avec les familles d'accueil, un jour, une assistante sociale m'a appelée pour me dire que mon neveu avait quelques problèmes. C'est là que j'ai décidé de m'en occuper. Certes, mes revenus étaient maigrelets, mais j'étais déjà propriétaire de cet appartement, et puis j'étais sa marraine, quand même.

— Quel âge avait Maxime lorsqu'il est parti de chez vous ?

Violaine avait de plus en plus de mal à retenir ses larmes, mais elle ne souhaitait pas offrir à la jeune enquêtrice ses failles, sa fragilité. Elle releva la tête et déclara, des trémolos dans la voix :

— Ce petit con avait vingt ans quand il a mis les voiles. J'en ai pleuré toutes les larmes de mon corps. Il voulait retourner vivre à Paris, qu'il disait. Il ne se sentait pas bien, ici, à Lyon.

Nadia remarqua soudain un portrait encadré, posé près du téléviseur. Elle se leva en terminant sa bière, se débarrassa de la bouteille et s'empara de la photo. Un jeune homme d'à peine une vingtaine d'années souriait à l'objectif. Il avait des cheveux bruns et arborait une coupe mulet. Ses yeux marron foncé étaient si sombres que leurs pupilles se noyaient dans l'iris. Juste au-dessus de la lèvre supérieure, un fin duvet pointait.

— C'est Maxime ? demanda Nadia en tapotant de l'index le visage sur la photo.

— Oui, il avait vingt ans là-dessus. C'était pour son anniversaire. On était au parc de la Tête d'Or, avec tous ses potes.

— Qu'est-ce que c'est ? insista l'enquêtrice, toujours en posant le doigt sur l'image.

— Ah, bah ça, il en était fier. Ce bout de papier qu'il montre sur la photo, c'est son diplôme.

— Ah oui ? Quel genre de diplôme ?

Violaine esquissa un petit sourire. Elle se leva pour ouvrir la fenêtre, alluma une nouvelle cigarette et saisit ensuite le cadre que tenait Nadia, juste avant de répondre :

— C'était son diplôme de fin de formation. Après son bac, il s'était mis en tête qu'il voulait travailler avec les morts.

Surprise, Nadia fixa la vieille dame d'un regard étrange, persuadée que celle-ci avait mal formulé sa phrase.

— Oui, c'est comme ça qu'il disait. Il envisageait d'être agent funéraire, précisa Violaine. Il avait vu un documentaire consacré à ce métier et il avait été fasciné. Il s'était renseigné partout à la suite de ce reportage. Je l'ai beaucoup aidé pendant cette période, d'ailleurs, et puis il a fait cette formation. Il a commencé par être agent de cérémonie, puis plus rien.

— C'est-à-dire ? Qu'entendez-vous par « plus rien » ?

— Plus de nouvelles. Il a travaillé quelques mois à la morgue de l'hôpital de la Croix-Rousse et puis il m'a dit qu'il partait pour Paris. C'était en 1993, ça fait presque trente ans que je ne l'ai pas revu. Aucune nouvelle, rien. Au début, j'ai cru qu'il lui était arrivé quelque chose, alors j'ai fait quelques recherches, prévenu la police, mais plus une trace de Maxime.

Nadia était déçue. Elle avait pensé pouvoir récolter des informations plus sérieuses au sujet de Maxime Charleville, avoir de quoi s'orienter, mais la tante était hors circuit depuis trois décennies.

La jeune enquêtrice remercia Violaine. Une fois sur le palier, elle observa la plaque fixée sur la porte de l'appartement, intriguée par ce qui était gravé dessus. Elle demanda alors à Violaine qui était restée sur le seuil de son logement :

— Violaine Charleville-Roziere : pourquoi ce nom ?

— J'ai gardé celui de mon défunt époux. Pourquoi ?

— Comme ça, pour savoir.

— Vous ne voulez toujours pas me dire pourquoi vous aviez besoin de renseignements au sujet de mon neveu ?

Nadia esquissa un sourire de politesse, puis agita la main pour saluer la vieille dame, avant de disparaître dans la pénombre de la cage d'escalier. Une fois de plus, la jeune femme prit conscience qu'une lueur venait de percer les abysses de son cortex.

Le genre de lueur que détestaient Cassandre et son légendaire machisme.

QUATRIÈME PARTIE

À PETIT FEU ET À FEU DOUX

31

Paris, France
Avril 2022

Dans la pénombre de la chambre, Lina était allongée sur son lit et repensait à la conversation qu'elle avait eue avec sa fille. La perspective de collaborer avec la police la rendait sceptique et lui donnait mal au ventre. Pour la seconde fois de sa vie, elle allait encore devoir se sacrifier pour Myriana, et peut-être même se retrouver à nouveau écrasée par la machine judiciaire.

Qui était ce grand malade qui violait, torturait et énucléait ces jeunes femmes ?

La question lui traversa l'esprit, prenant conscience qu'à l'époque du parcours sanglant de Joey, de nombreuses familles et un nombre incalculable de flics s'étaient posé la même question. À son tour, Lina semblait étonnée qu'un homme puisse commettre ce genre d'atrocité, elle qui avait été sous l'emprise du diable. Elle qui avait vécu avec lui, qui avait cuisiné pour lui, et qui avait assisté aux pires sévices que l'on puisse infliger à un être humain.

Elle se rappela alors que Joey lui disait que, dans tout rituel sacrificiel, le courage des suppliciés passait toujours dans le corps du maître de cérémonie, tout comme il passait dans le corps des Iroquois lorsque la victime était tombée au combat. Joey lui avait offert ce qu'elle croyait être une force en l'initiant au sacrifice humain, en lui permettant de découvrir la saveur de la chair humaine. Lina se souvenait encore de son goût si particulier. S'approprier ce bouquet sapide, cela avait été un peu comme voir les portes de l'éternité s'ouvrir devant soi et sentir le souffle de Dieu, comme s'approcher de la vie éternelle. Ainsi, en se nourrissant de la chair du sacrifice, Lina avait également nourri l'enfant qu'elle portait, lui transmettant de cette façon les délicieux et divins bienfaits de cette matière ; force, courage et perception des portes de l'univers.

Mais la réalité avait été tout autre. Bien loin du flamboyant mysticisme vanté par Joey, bien loin des prétendus bénéfices que pouvait procurer le cannibalisme.

Des images défilèrent sous son crâne ; une cavalcade de séquences brèves et saccadées. Le souvenir d'un terrible événement que son cerveau avait occulté depuis toutes ces années s'échafauda alors. Soudain, elle se redressa, le souffle court, le cœur battant très fort dans sa poitrine.

Dois-je parler de tout ça ? Dois-je révéler l'emplacement des corps ?

Lina se prit la tête entre les mains, luttant pour que sa mémoire ne reconstitue pas le puzzle de ce mois d'août 2003.

Je dois en parler aux flics. Il faut que l'âme de ces jeunes garçons puisse enfin reposer en paix.

Elle eut beau tenter de chasser ce souvenir morbide, les images s'assemblèrent malgré tout, la ramenant peu à peu à cette terrible époque.

* * *

Ce mois d'août 2003, Joey avait décidé de se rendre à Moulins-lès-Metz, dans le département de la Moselle. Il s'était mis en tête de participer à une foire aux disques vinyle rares, avec l'intention de revendre certaines des pièces de collection qu'il possédait à la boutique, mais aussi de dénicher quelques éditions originales. Il avait demandé à Lina de l'accompagner, lui promettant de faire un peu de tourisme à bord du fourgon, et de découvrir la région. Cependant, Joey ne s'était pas contenté de visiter les lieux et de jouer à l'antiquaire. Il avait ressenti ce besoin irrépressible de s'amuser. À sa manière, évidemment. C'est pourquoi il avait emporté sa caisse à outils et quelques produits.

Lina laissa se dessiner dans son esprit les visages livides des trois cadavres, ces trois Allemands que Joey avait rencontrés lors d'une soirée au club Le Privé, un pub situé sur les bords de la Moselle.

Ils avaient tout d'abord ingurgité à leur insu la méthaqualone que Joey avait diluée dans leur boisson puis, une fois que l'effet euphorisant eut gagné les jeunes garçons, ils suivirent Joey jusqu'à son fourgon. Pensant rejoindre une autre soirée dans les environs de Metz, Gregor, Hans et Siegfried tombèrent alors dans le piège de leur nouvel ami, laissant ses redoutables mâchoires se refermer sur eux.

Autrement appelée la Quaalude, la méthaqualone était un médicament utilisé comme une drogue récréative très en vogue dans les années 1970. En France, connue sous le nom de Mandrax, il s'agissait plutôt d'un coupe-faim, interdit par la suite dans les années 1980. Son utilisation, très souvent associée à l'alcool, notamment sous l'assemblage méthaqualone et whisky, pouvait provoquer des effets comparables à ceux du GHB, la drogue dite « du viol ». Et c'est pour cette raison que les jeunes garçons s'étaient effondrés au bout de dix minutes, peu après avoir vidé la bouteille de Jack Daniel's que Joey leur avait proposée, une fois dans le fourgon.

Ce dernier avait ensuite entrepris de sortir la caisse à outils dissimulée sous la banquette arrière ; cette caisse qu'il avait soigneusement préparée avant son départ.

Il avait installé un foret de carbure de cinq millimètres au bout de la foreuse sans fil, avait fait tourner l'engin quelques secondes pour vérifier le bon fonctionnement de celui-ci, et s'était employé à percer méticuleusement le crâne de chacun des garçons. Dans sa folie, Joey restait tout de même toujours très prudent, observant un calme absolu, gardant le contrôle systématiquement.

Il s'était ensuite emparé du bidon d'acide chlorhydrique qui traînait dans un coin du fourgon, ainsi que du petit entonnoir qui reposait au fond de la caisse à outils.

Joey était amer.

De toutes les expériences consignées par son père dans le fameux calepin noir, celle de la zombification était de loin celle qu'il n'arrivait pas encore à maîtriser. Comme chaque fois, l'acide endommageait beaucoup trop le cerveau de la victime et celle-ci finissait par succomber après une série de spasmes horribles. Tout comme les houngans, ces chefs spirituels vaudou d'Haïti ou d'ailleurs, Joey cherchait à plonger ses victimes dans une sorte d'état cataleptique, à les priver de leur âme, et à les réduire au rang d'esclaves sexuelles, mais il ne parvenait pas à calibrer la quantité suffisante, à administrer la dose qui lui permettrait de contrôler ces zombies.

Dès lors que Joey leur eut injecté l'acide, les trois jeunes Allemands avaient très vite succombé, juste après que leurs corps furent secoués d'épouvantables soubresauts. Craignant que le bruit des talons qui tapaient sur la tôle du fourgon n'alerte les passants, Joey s'était empressé de se mettre derrière le volant et de démarrer, feux éteints. Il lui avait fallu se débarrasser des corps, cette fois-ci, et rapidement. Joey s'était senti comme un gibier traqué, hors de son biotope habituel. Ce soir-là, il avait eu cette sensation de perdre le contrôle, et cela, c'était impossible. Dans le carnet noir de Blake, une mise en garde portait tout particulièrement sur le contrôle, et rien aux yeux de Blake ne pouvait paraître plus clair.

« Si tu as l'impression que tout t'échappe, si tu éprouves le sentiment d'être épié, suivi, ou même d'être trahi, alors c'est que tu es en train de perdre le contrôle. N'aie pas les yeux plus gros que le ventre, abandonne.

Quitte le navire, éloigne-toi le plus possible, le plus rapidement, car si tu traînes, si tu restes, avec toujours ce sentiment de doute, c'est qu'il est déjà trop tard… »

Joey avait roulé un long moment sur la départementale 6 et, après avoir traversé une zone bordée d'étangs, il était enfin entré dans une bourgade qui portait le nom de Vaux. Il avait suivi une route qui indiquait le chemin de la forêt communale et s'était engagé sur un sentier étroit. Là, il s'était débarrassé des corps en les déposant près d'un épais buisson. Il avait observé Gregor, Hans et Siegfried, qui reposaient sur le sol, le crâne encore fumant. Dix-sept, dix-huit et vingt et un ans ; des vies à peine vécues. Des vies brisées.

Joey avait redémarré et avait pris la route du retour, hurlant dans l'habitacle tout en frappant le volant de la paume de sa main.

« Putain ! J'ai eu les yeux plus gros que le ventre. J'aurais pu me faire choper ! Fuck ! »

D'un geste rageur, il avait mis sous tension le vieil autoradio du fourgon, monté le volume et laissé la musique l'envelopper un moment. La voix de Nick Van Eede avait alors entamé les paroles de (I Just) Died in Your Arms, lui rappelant cette première nuit passée avec Lina, le jour de leur inévitable rencontre en août 2002.

Oh I, I just died in your arms tonight
It must've been something you said
I just died in your arms tonight
Oh I, I just died in your arms tonight
It must've been some kind of kiss

Toute la durée du trajet, il s'était également remémoré les phases de la soirée passée avec les jeunes Allemands et, une fois les erreurs qu'il avait commises listées, il devisa de nouveau à voix haute :

« Je dois y retourner, il faut que j'enterre les corps. On ne doit pas les retrouver. C'est ce putain de bidon d'acide que j'ai acheté hier. Ils vont pouvoir le tracer, c'est sûr, et ils vont remonter jusqu'à moi. J'irai chercher Lina et elle m'aidera à faire disparaître les gamins. »

* * *

Lina se leva et fit quelques pas en titubant, sonnée par ces souvenirs atroces. Elle s'approcha de la fenêtre et scruta l'extérieur, fixant le trottoir éclairé d'une lueur pisseuse. Elle lutta pour que les images du dernier acte de cette nuit de folie ne refassent pas surface, mais elle sentit que le mal cherchait à percer, à empoisonner de nouveau son esprit d'un fiel noir et amer.

Elle se souvint du visage pâle de Joey lorsqu'il débarqua en panique cette nuit-là, des perles de sueur à son front, le regard emplit de colère. Elle se rappela qu'il lui avait balancé le déroulé de sa virée nocturne et lui avait donné la raison pour laquelle il avait besoin d'elle. Elle avait alors aussitôt éprouvé une désagréable nausée qui s'était mise à valser dans son estomac.

Ils étaient descendus dans la cave du gîte qu'ils avaient loué et avaient récupéré quelques outils, dont une pelle, une fourche et un sac de ciment. Joey avait pensé que cela remplacerait la chaux. Ils avaient ensuite roulé jusqu'à Vaux et, arrivés sur les lieux, ils avaient creusé plusieurs heures la terre molle et humide du sous-bois.

Juste avant de disposer les corps au fond du trou, Joey s'était agenouillé devant le cadavre de Gregor, le plus jeune des trois garçons. Il l'avait observé un long moment, puis avait jeté un œil sur les deux autres.

Lina retourna près du lit et s'allongea dessus, laissant la suite la submerger.

* * *

— Lina, tu peux m'attendre dans le fourgon, maintenant. Tu n'es pas obligée de rester. Donne-moi ton foulard, s'il te plaît.

— Pourquoi ? Qu'est-ce que tu vas faire, Joey ?

— Disons que je vais m'assurer que ces trois-là ne pourront plus jamais parler.

— Mais enfin, Joey, ils sont déjà…

— Je t'ai demandé de m'attendre dans le fourgon !

Joey lui avait lancé un regard incendiaire et sa voix s'était faite très grave.

Lorsque Lina fut de nouveau à l'intérieur du véhicule, il s'était emparé du couteau qu'il portait à sa ceinture, avait ouvert les mâchoires de Gregor, et avait tranché sa langue d'un geste vif. Puis, il l'avait déposée sur le foulard qu'il avait déployé au sol, puis avait répété le même processus avec Hans et Siegfried. Il avait soigneusement enveloppé les trois langues et avait rangé le paquet dans la poche de sa veste. Enfin, il avait versé le sac de ciment sur les trois cadavres et les avait recouverts de terre. Il avait ensuite rejoint Lina et l'avait laissée prendre le volant.

Joey était resté silencieux un long moment, gardant le regard fixé sur la route qui défilait. Il n'avait pas soufflé un mot jusqu'à ce qu'ils arrivent au gîte puis, une fois à l'intérieur, il avait demandé à sa compagne de dénicher une marmite et de la remplir d'eau.

Il s'était ensuite précipité dans sa chambre et avait extirpé de sa valise le carnet de Blake ; le livre noir de son terrifiant paternel. Il avait alors écrit quelques pages en détaillant sa soirée, consignant les erreurs fatales qu'il ne fallait plus jamais qu'il reproduise :

« Comme un prédateur solitaire en phase de chasse, ne surtout pas s'attaquer à plus d'une proie en même temps, car le moment venu de faire disparaître les restes de sa capture, cela peut s'avérer très complexe. Heureusement, mon complice de toujours, mon noir ego, mon ombre

fidèle m'a courageusement permis de me sortir de cette délicate situation. Je ne sais pas comment j'aurais pu, à moi seul, enterrer les trois corps dans cette saloperie de forêt de Vaux, ce maudit soir. »

RECETTE

LANGUE DE BŒUF BRAISÉE

6 personnes | Préparation : 20 minutes | Cuisson : 3 heures

Ingrédients :

- 1 langue de bœuf de 2 kilogrammes, brossée, bouillie 10 minutes puis rafraîchie à l'eau froide
- 1 bouquet garni (4 brins de persil, 1 brindille de thym et 1 feuille de laurier attachés ensemble)
- 4 oignons
- 3 cuillères à soupe d'huile d'olive
- 2 oignons moyens coupés en fines rondelles
- 3 gousses d'ail écrasées
- 1 grosse carotte grattée et coupée en rondelles
- 2 branches de céleri hachées
- 2 brins de persil
- 1 cuillère à café de sel
- 1 cuillère à café de poivre gris
- 400 grammes de tomates pelées en boîte et le jus de la boîte
- 1 cuillère à café de marjolaine sèche
- 1 cuillère à café d'origan sec
- 4 cuillères à soupe de madère
- 10 centilitres de vermouth blanc très sec (ou un vin du même type)
- ⅛ de litre d'eau

Préparation de la recette :

- Mettez la langue et le bouquet garni dans une grande casserole.
- Versez suffisamment d'eau pour recouvrir la langue.
- Amenez à ébullition sur feu modéré.
- Bien réduire le feu, couvrez la casserole, et laissez mijoter la langue 2 heures.
- Retirez-la de la casserole et laissez refroidir.
- Jetez l'eau de cuisson et le bouquet garni.
- Lorsque la langue a suffisamment refroidi pour être manipulée, retirez la peau blanche.
- Faites préchauffer le four à 180 °C.
- Dans une cocotte assez grande pour contenir la langue entière (pour moi, une cocotte en fonte, c'est encore ce qu'il y a de mieux !), chauffez l'huile sur feu modéré.
- Ajoutez les oignons, l'ail, la carotte, le céleri et le persil puis, en remuant de temps en temps, faites revenir 5 à 7 minutes, jusqu'à ce que les oignons soient tendres et transparents sans être colorés.
- Réduisez le feu, ajoutez la langue, et faites-la revenir 10 minutes de chaque côté.
- Ajoutez le sel, le poivre, les tomates avec le jus de la boîte, la marjolaine et l'origan.
- Versez le madère, le vermouth et l'eau.
- Augmentez le feu et amenez le liquide à ébullition.
- Retirez la cocotte du feu, couvrez-la et mettez-la dans le four préchauffé.
- Cuire 2 heures en arrosant plusieurs fois et en retournant la langue une fois en cours de cuisson.
- Ajoutez un peu d'eau, si nécessaire.

Retirez du four et servez aussitôt avec une purée de pommes de terre (ou des pommes de terre au four) et un légume vert, par exemple du brocoli.

Bon appétit.

32

Murders memory

Créteil, France
Septembre 1989

Il s'admirait des pieds à la tête.

Le reflet que lui renvoyait le miroir lui procurait une sorte de satisfaction, cela l'apaisait.

Voilà un an qu'il avait intégré sa nouvelle famille d'accueil et, selon Roger et Anne-Lise, le couple d'assistants familiaux, tout se passait pour le mieux. Maxime, lui, ne partageait pas cet avis. Il s'ennuyait à mourir avec eux. Il les trouvait vieux, détachés émotionnellement, et intéressés par la rémunération versée par l'État. Seule Anne-Lise captait son attention et il n'arrivait pas à se l'expliquer, mais elle l'attirait sexuellement. Il éprouvait du désir lorsqu'il la voyait habillée de sa robe rouge et blanc, rêvant parfois de glisser ses mains sous le tissu, caresser sa peau, consumée par l'envie folle de la posséder et d'en tirer tout le plaisir qu'il en attendait, mais jamais cela ne s'était produit, car il avait toujours bien gardé à l'esprit qu'il lui était impossible de braver cet interdit. Anne-Lise restait calfeutrée dans un coin de sa tête, tous les jours, et le fantasme s'amplifiait chaque fois qu'il s'imaginait porter cette robe rouge et blanc.

Le lycée s'avérait être une véritable fenêtre ouverte sur la liberté, une bouffée d'oxygène. Se rendre en cours lui permettait plus ou moins de gérer sa vie, d'être en quelque sorte livré à lui-même, de rencontrer qui il voulait et de nouer ou pas des amitiés. C'était l'année où il avait commencé à découvrir l'alcool, à boire déraisonnablement, et il s'était même présenté un matin, ivre mort, dès son premier cours. Cela lui avait valu une exclusion de deux jours, mais d'être également dans le collimateur d'un bon nombre de profs.

Un jour, alors qu'il avait déjà éclusé quelques bières, une colossale érection était venue le surprendre. Devant le miroir de la grande penderie, il avait enfin obtenu l'image d'Anne-Lise, tout du moins son reflet, plus ou moins réaliste. Puisqu'il ne pouvait pas la posséder, il avait décidé de se posséder lui-même. La veille, il s'était rendu dans une boutique de farces et attrapes et avait acheté une perruque aux longs cheveux bruns, un peu ondulés ; la réplique de la coiffure d'Anne-Lise, en somme. Il avait dilapidé ses économies, mais il s'était dit que cela en vaudrait la peine, qu'il pourrait enfin assouvir ce fantasme qui le tenaillait tant. Maxime avait attendu d'être seul.

Il était alors entré dans la chambre de Roger et d'Anne-Lise, puis avait ouvert le placard et les tiroirs de cette dernière. Il s'était maquillé comme elle ; un voile de fond de teint minéral, du rouge à lèvres couleur abricot, du mascara et de l'eye-liner pour les yeux. Il avait également enfilé les dessous d'Anne-Lise, qu'il trouvait particulièrement soyeux et sensuels, tout en estimant qu'ils restituaient à la perfection le parfum et les odeurs de celle-ci.

Cependant, le plaisir éprouvé n'avait pas été à la hauteur de ses attentes. Il n'avait pu s'imaginer posséder pleinement sa mère de substitution et sa jouissance n'en fut que plus fade. Il était entré dans une rage qu'il avait extériorisée en hurlant et en pleurant, puis il s'était démaquillé, déshabillé, avait tout remis en ordre, et avait ruminé pendant plusieurs jours cet échec douloureux. Au fond de lui, Maxime savait qu'il ne trouverait pas ce qu'il recherchait. Sa mère avait emporté avec elle ses sourires, ses regards, sa gentillesse et toute l'affection qu'elle avait pour lui, toute la bienveillance qu'elle avait à son égard lorsque son père dérapait et le battait. Maxime avait compris qu'Anne-Lise ne lui procurerait qu'une misérable satisfaction, qu'elle n'était qu'un mince ersatz qui se traînait loin dans l'ombre de sa génitrice. Reproduire son image de cette façon ne le conduirait pas à combler le manque, à lui faire oublier l'absence de cette mère qu'il avait tant aimée, désirée.

Il avait alors décidé de se procurer de vrais corps, des corps chauds, réels, parfumés de ces essences qui enivrent, des corps prêts à endosser le costume de sa mère, et à se soumettre à ses desiderata, à assouvir son appétit, ses caprices, son avidité. Il voulait reproduire l'esprit et la chair de cette femme qu'il continuait de glorifier, et faire subir à son père le purgatoire, l'enfer de Sisyphe jusqu'à la fin des temps.

C'est ce qui l'avait conduit à se retrouver face à ce miroir, dans cette vieille cabane de chasseur perdue dans le bois des Glands, à la frontière du Val-de-Marne et de l'Essonne. Il était environ une heure du matin lorsqu'il avait quitté la soirée étudiante. La fiesta avait été organisée par des lycéens d'un établissement de Limeil-Brévannes et, par l'intermédiaire d'amis communs, Maxime avait été invité à se joindre à eux, dans une salle des fêtes de la commune.

Parmi les étudiants, Sonia avait flashé sur le style *bad boy* du jeune homme qui, la plupart du temps, se tenait à l'écart pendant que d'autres se faisaient remarquer en se tortillant sur la piste de danse, ou en éclusant des canettes de bière bon marché, comme s'il s'agissait d'un concours. Après avoir repéré la jeune fille,

Maxime s'était rapproché d'elle et avait aussitôt eu le cœur qui s'était mis à tambouriner dans sa poitrine. Il avait trouvé ses cheveux si beaux, d'une couleur qui évoquait ceux de sa mère. Il avait également été fasciné par ses yeux, d'un brun clair et lumineux, par ses iris auréolés d'une couleur miel. Une fois les présentations faites, après avoir bu quelques verres et dansé sur *I want to know what love is*, de Foreigner, Maxime avait proposé à Sonia de l'emmener dans un coin tranquille que lui seul connaissait. Il lui avait expliqué qu'il leur faudrait traverser les bois, que la cabane se situait à trois ou quatre minutes de marche.

Ils s'étaient alors mis en route. Ce que Sonia ignorait à ce moment-là, c'est que le jeune homme avait dilué du clonazépam dans l'une des bières qu'elle avait bues. Ce puissant sédatif avait été prescrit pour Anne-Lise, qui avait dû faire face à des troubles de l'anxiété voilà quelques mois. Les derniers mètres avaient été difficiles pour Sonia et Maxime avait été forcé de la soutenir pour arriver jusqu'à la cabane.

Et il se trouvait, à cet instant, devant elle. Il la contemplait ; elle était allongée sur un vieux matelas défraîchi posé à même le sol, recouvert d'un duvet qu'il avait apporté quelques jours auparavant lorsqu'il était venu préparer les lieux.

Il avait patiemment attendu que Sonia sombre profondément. Puis, il l'avait habillée avec la robe et les dessous d'Anne-Lise qu'il avait extirpés de son sac à dos, puis il avait pris le temps de la maquiller de façon très appliquée. Une fois sa mise en scène terminée, il avait à son tour ôté ses vêtements qu'il avait consciencieusement pliés. Il les avait ensuite déposés sur le sol et, enfin, s'était délicatement allongé sur Sonia. Il avait d'abord respiré ses cheveux, son parfum, puis il l'avait tendrement embrassée sur le front, juste avant de déflorer son intimité de jeune fille. Cela avait été pour lui une « première fois » très décevante ; il avait jugé l'expérience à la fois excitante et désagréable. Il avait éprouvé un grand désappointement, un peu comme lorsque le jour se lève et que l'on en attend quelque chose d'exceptionnel, que l'on espère des couleurs fantastiques dans le ciel à mesure que le soleil monte, et que l'on découvre que c'est un jour de pluie, gris, morne et froid.

Décidément, quelque chose clochait, sans qu'il sache quoi. Il était persuadé que cette saloperie de jour de pluie le poursuivait depuis sa naissance.

Maxime se pencha sur Sonia, posa l'index et le majeur sur sa carotide et constata que celle-ci dormait. Son pouls battait faiblement, certes, mais il battait. Pour éviter les ennuis, il songea à la raccompagner dans sa chambre, à l'internat, mais il se souvint du parcours chaotique à travers les bois et il prit conscience que la tâche allait être difficile. Il la démaquilla alors, lui ôta les vêtements d'Anne-Lise, la rhabilla avec les siens, puis la gifla à plusieurs reprises en hurlant près de son oreille :

« Hé ho ! Miss Sonia, réveille-toi ! Il va falloir marcher ! »

L'étudiante ouvrit à peine les yeux, balbutia quelques mots incompréhensibles et replongea dans le sommeil. C'est à cet instant que Maxime la souleva brusquement. Il passa un de ses bras derrière sa nuque, puis l'agrippa par la taille et ouvrit la porte de la cabane. L'air était frais et une lune presque pleine inondait la pénombre de sa lumière fade. Il leva les yeux au ciel et constata qu'aucun nuage ne viendrait masquer le soleil de cette journée, que ce lever du jour ne serait pas un jour de pluie.

Le lendemain matin, Sonia s'était réveillée dans son lit avec un mal de crâne atroce. Une obsédante sensation d'avoir navigué toute la nuit dans un rêve étrange l'avait hantée, tourmentant son esprit la journée durant. Elle ne se souvenait de rien, ni de s'être absentée de la soirée pour se rendre dans cette énigmatique cabane au fond des bois, ni d'avoir perdu connaissance, ou même d'avoir regagné sa chambre à l'internat. Les seules explications qu'elle avait pu recueillir étaient celles qu'avaient bien voulu lui fournir ses camarades du lycée. Bon nombre de ses copines avaient affirmé l'avoir vu draguer un garçon au regard très sombre, puis avoir remarqué leur soudaine absence.

C'était tout.

Sonia n'avait plus jamais entendu parler de Maxime.

Jusqu'en 1993.

33

Paris, France
Avril 2022

Ils se retrouvèrent à Aubervilliers, sur la terrasse d'une brasserie. Ils prirent place, puis Cassandre demanda la carte pour déjeuner. Nadia s'installa, invita Lina à s'asseoir face à elle, et commença sans plus attendre.

— Bonjour, Lina, merci d'être venue. Je crois que vous avez pris la bonne décision. Avant qu'on entre dans le vif du sujet, il est important que vous sachiez que votre fille ne doit pas quitter le territoire. Elle doit rester à la disposition de la justice…

— Pour être franche avec vous, je voulais mettre les voiles, je voulais me tirer très loin. J'ai eu envie de disparaître, exactement comme Joey l'a fait voilà dix-huit ans. On ne peut pas dire que ça lui a réussi. Si je ne l'avais pas balancé, est-ce qu'on aurait pu fuir en Nouvelle-Zélande ? Peut-être… Parfois, je m'amuse à imaginer la vie qu'on aurait eue, mais je l'ai balancé pour sauver ma fille et pouvoir peut-être la revoir un jour. J'ai passé un deal avec la justice et mon souhait s'est réalisé dix-huit ans plus tard, alors j'ose espérer que ce que je m'apprête à faire ne sera pas vain. Aujourd'hui encore, je pactise avec les flics pour mon enfant. Pour être tout à fait sincère, c'est elle qui m'a dissuadée de fuir et qui m'a poussé à collaborer avec vous.

Cassandre et Nadia échangèrent un regard entendu.

Le capitaine de police prit le relais.

— C'est une sage décision, Lina. De notre côté, voilà comment se déroule le scénario. Dans cette terrible affaire, on a deux suspects. Vous imaginez bien qu'on ne peut pas tout vous dire, mais disons qu'on a en notre possession des éléments confondants, des pièces à conviction importantes. On va prochainement interroger l'un d'eux et vous assisterez à l'audition.

— Quoi ? Mais vous n'êtes pas sérieux ?

— Du calme, Lina. Vous serez placée derrière le miroir sans tain d'une salle de tapissage, précisa Nadia.

— On pourrait pas faire ça autrement ? Je ne sais pas, moi. Vous l'enregistrez, vous le filmez, et ensuite…

— Vous l'observerez, vous étudierez ses manies, sa façon de parler, sa gestuelle. Bref, vous l'analyserez à la manière d'un profiler du FBI. Je veux que vous soyez en mesure de nous dire si ce type a le profil d'un tueur ou pas.

Alors que Lina allait répondre à Cassandre, Nadia poursuivit :

— Vous le ferez à l'instinct. On ne vous demande pas de faire des prouesses, mais juste d'observer. Vous avez vécu avec un homme qui avait un profil particulier et notre tueur en possède un, lui aussi. Vous laisserez ressurgir les images et vous essaierez de superposer Joey à cet individu.

Lina resta silencieuse. S'il s'agissait du deal passé avec les magistrats pour sauver les fesses de Myriana, alors c'était plus que raisonnable. Observer un guignol à travers une vitre et ensuite faire un rapport sur la parade d'identification, mettre un curseur sur l'échelle de la psychopathie humaine, cela lui convenait parfaitement. Elle trouvait même que c'était du gâteau, mais, très souvent, on parle de la cerise sur le gâteau, et c'est là, généralement, que les choses se compliquent.

Cassandre reprit le contrôle de la conversation.

— Dites-moi, Lina. Vous connaissez Tinder, cette application qui permet de faire des rencontres ? On peut soit y trouver le grand amour, soit le coup d'un soir. Vous voyez ce que je veux dire ?

Lina et Nadia s'observèrent d'un regard complice, un sourire en coin.

— Je vois parfaitement. Que croyez-vous que j'ai fait à ma sortie de prison ? ricana-t-elle. C'est une pote de promenade, qui était amie avec ma codétenue de cellule, qui m'a mise au parfum de cette appli une semaine avant ma libération. Je peux savoir pourquoi vous me demandez ça ?

Cassandre parut gêné et envoya un regard de chien battu à Nadia, espérant que celle-ci viendrait à son secours. Cependant, la jeune enquêtrice garda le silence, laissant son supérieur s'enliser lamentablement. Elle jouissait de cet intense moment ; celui d'observer de quelle manière Cassandre allait bien pouvoir réorienter la conversation.

Il prit son courage à deux mains et se lança.

— Lina, vous avez toujours votre compte Tinder, avec le pseudo *Pink Killer* ?

— Oui, j'ai désinstallé l'appli, mais mon compte doit être encore actif. Bon, si vous me disiez plutôt où vous voulez en venir. On gagnerait du temps, non ?

— Lina, vous allez nous servir d'appât. Vous allez de nouveau être active sur ce site de rencontre et c'est de cette façon qu'on pourra coincer notre oculiste.

Lina se laissa aller à un rire qui manqua de l'étouffer.

— C'est quoi, cette connerie ?

— C'est le nom que la presse commence à lui donner, répondit Nadia, le visage fermé.

— Me prenez pas pour une conne ! Vous savez de quoi j'veux parler. C'est quoi cette histoire d'appât ? Vous êtes malades ?

Cassandre avala le fond de son eau gazeuse. Le serveur se risqua à approcher leur table pour leur demander s'ils avaient choisi, mais Nadia le renvoya sèchement.

Le capitaine de police se pencha afin de se retrouver face à Lina. Ses traits s'étaient durcis et sa voix se fit plus lourde.

— Écoutez-moi bien, Lina. Vous n'avez pas vraiment le choix. Estimez-vous heureuse que le juge vous fasse cette fleur, qu'il vous offre ce deal. Sans cela, votre fille partirait au placard pour la perpét' et vous avec. Ce qu'on vous demande, c'est de jouer un rôle, et vous n'aurez même pas besoin d'être physiquement engagée. On va tendre un piège à ce salopard via Tinder, car on reste persuadés qu'il choisit ses proies sur ce réseau.

— Il faudra publier des photos de vous, continua Nadia. On a déjà tout prévu. D'après notre enquête et certains éléments dont on dispose, le tueur choisit ses victimes en fonction de la couleur de leurs yeux, mais aussi de leur tenue vestimentaire. Je sais, cela fait très cliché, mais c'est en tout cas une signature récurrente. Évidemment, s'il mord à l'hameçon, ce sera un agent de police qui sera présent sur le lieu du rendez-vous. Votre mission va se jouer derrière un écran, Lina, c'est tout. Pour la phase une, on devra tout d'abord déterminer si le suspect que l'on va auditionner est impliqué et vous nous ferez votre rapport. S'il n'est pas impliqué, on passera à la phase deux, c'est-à-dire que l'on utilisera le stratagème de « l'appât ».

Cassandre était resté silencieux, effacé.

— Et quel genre de photos devrai-je publier ? J'vous préviens, si c'est à poil, c'est hors de question.

Nadia ne put réprimer un petit rire. Elle ouvrit ensuite un album photos dans la galerie de son smartphone et montra à Lina quelques exemples.

— Essentiellement des portraits, des gros plans serrés sur votre regard, vos yeux. Ils sont bleu-vert, il me semble, alors il vous faudra porter des lentilles de couleur marron clair. Ce serait bien d'éclaircir légèrement votre chevelure. Et sur certaines photos en pied, il faudra porter cette robe.

Lina s'empara du téléphone et agrandit l'image.

— Une robe blanche à fleurs rouges ? C'est quoi ce taré qui bande sur ce genre de fringues ?

— Ce n'est pas pire qu'un putain de cannibale qui bouffe ses victimes ! rugit soudain Cassandre.

Surprise, Nadia le fusilla du regard, prête à lui sauter à la gorge s'il faisait capoter le plan qu'ils avaient monté. Lina ne répondit pas. Elle avala une gorgée de bière et se plongea dans la carte de la brasserie, mais Cassandre insista :

— D'après les rumeurs, c'est vous qui cuisiniez pour Joey Lawrence. Comment... comment peut-on faire de pareilles choses ? Est-ce que vous vous disiez : « Là, ma grande, tu cuisines de la chair humaine, ça ne rigole plus ! », ou bien faisiez-vous abstraction de tout ça, en vous disant qu'il ne s'agissait que d'abats d'origines animales ?

— Capitaine ! gronda Nadia, décidée à boucler le clapet de son supérieur.

— Lieutenant, je vous prie de ne pas m'interrompre.

Il y eut alors un silence de quelques secondes. Cela leur permit de percevoir les premières notes d'*Hotel California*. Diffusée sur la terrasse grâce aux enceintes extérieures, la guitare de Glenn Frey laissa doucement s'échapper un chapelet d'arpèges familier.

— Ce que je veux dire, c'est qu'on vous offre une chance. Alors, tâchez de la saisir sans trop poser de questions. Aidez-nous à attraper ce monstre et la vie de votre fille ne sera pas gâchée, c'est une promesse.

Lina observa le flic sans ciller. Il y avait dans son regard comme une sorte de défiance mêlée à de la haine. Mille fois, elle avait eu envie de lui casser la gueule, de lui arracher la peau du visage, de lui cracher dessus et de lui couper les couilles en prime, mais en prison, Lina avait appris à canaliser ses émotions, à être stratégique, neutre, et c'est ce qui lui avait permis de rester en vie tout le temps de son incarcération. Elle sentait une faille incommensurable chez Cassandre, une blessure dont il n'avait jamais guéri, et Lina imagina que c'était la raison pour laquelle il avait cherché à lui faire mal. Elle se décida alors à lui répondre en rendant coup pour coup.

— Je suppose que vous savez ce que c'est que d'aimer quelqu'un au point de lui donner sa vie, capitaine.

Nadia essaya de recentrer la conversation sur l'objectif de leur rencontre, mais Cassandre l'en empêcha.

— Croyez-vous que je suis disposé à parler de ce genre de choses avec vous ?

— Ça vous ferait du bien.

— Ce qui me ferait du bien, c'est de boucler l'ordure qui mutile, viole et assassine ces pauvres gamines. Voilà ce qui me ferait du bien.

— Comment s'appelait votre femme, capitaine ?

Nadia sentit la colère sourde de son supérieur qui serrait les mâchoires, prêt à exploser.

— Qu'est-ce que vous cherchez à faire ? À me provoquer pour que je fasse une connerie ? Que je vous rentre dedans pour que vous puissiez me salir ? Ne jouez pas à ce jeu, Lina, et pensez à votre fille.

— Vous m'avez manqué de respect, capitaine, alors je vous rends la monnaie de votre pièce. Oui, j'ai commis des saloperies, mais je les regrette aujourd'hui. Est-ce que j'avais perdu la raison ? Oui, car j'étais folle amoureuse, raide dingue de cet homme, et sous emprise, tant psychologique que physique. Ce type, je l'avais dans la peau. Il était ma drogue, je buvais ses paroles, et je faisais tout ce qu'il me demandait de faire. Et quand on est âgé d'à peine vingt ans, qu'on est vingt-quatre heures sur vingt-quatre sous psychotropes, ou toutes sortes d'autres drogues dures, je peux vous jurer que vous ne savez plus trop ce que vous faites. Vous ne discernez plus exactement la vérité du mensonge, le réel de l'illusion. Alors oui, ce que j'ai fait est impardonnable, mais ne croyez-vous pas que j'ai suffisamment payé pour ces atrocités ? Sans compter que je dois continuer de vivre avec cela jusqu'à la fin de mes jours. Et je crois que je pensais déjà à ma fille alors qu'elle n'était pas encore de ce monde, qu'elle était en moi, pendant que son père se faisait abattre par les forces spéciales. J'ai songé à elle dès lors que j'ai mis ma vie en danger pour balancer Joey aux flics. Donc, je vous repose la question : savez-vous ce que c'est que d'aimer quelqu'un au point de sacrifier votre vie pour lui ?

Cassandre détourna le regard et resta silencieux un instant.

— Comment s'appelait-elle, capitaine ?

Il marmonna quelques mots entre ses lèvres et feignit d'ouvrir un prétendu message sur son portable.

— Que dites-vous ? demanda Lina.

— Je disais que l'audition d'Ortega, c'est demain. J'espère que vous serez prête.

— Non, juste avant, insista Lina.

La voix de Stevie Nicks s'échappa alors des enceintes du restaurant. Les paroles de *Dreams* de Fleetwood Mac tourbillonnèrent un instant, comblant le silence pesant qui s'était installé.

Cassandre la dévisagea puis, avec beaucoup d'émotion dans la voix, murmura :

— Marie. Elle s'appelait Marie.

34

Paris, France
Avril 2022

D'un côté, la salle d'audition.

Nue, une table, quatre chaises, une caméra dans un angle du plafond, et un grand miroir rectangulaire contre l'un des murs. De l'autre côté du miroir sans tain, une salle sombre équipée d'une table sur laquelle reposait un ordinateur. L'écran de celui-ci renvoyait l'image de la salle d'audition, ainsi que l'incrustation de diverses fenêtres pour contrôler le son et l'image.

Accompagnée d'un agent de police, Lina pénétra dans la pièce et s'installa face au grand miroir. Le policier prit place devant l'ordinateur portable, pianota sur le clavier pour composer son mot de passe et lança la procédure d'enregistrement.

Le lieutenant Naccache et le capitaine Cassandre apparurent dans la salle d'audition, s'installèrent côte à côte, puis firent entrer Daniel Ortega, accompagné de son avocat. Deux agents d'extraction judiciaire se positionnèrent contre le mur, près de la porte.

Cassandre demanda tout d'abord à l'un des agents de retirer les menottes d'Ortega puis, calmement, commença d'une voix flegmatique :

— Monsieur, vous avez été mis en examen par le juge d'instruction Lantier et le juge des libertés et de la détention a statué pour une détention provisoire. Les faits qui vous sont reprochés sont dans le dossier que vous possédez. Maître Chassagnol, vous en avez connaissance, tout comme votre client. Monsieur Ortega, votre ADN a été prélevé sur une scène de crime, et plus précisément sur la victime elle-même. Ces traces biologiques prouvent que vous avez eu un rapport sexuel, consenti ou non, avec la victime répondant au nom de Kim Huang. Comment expliquez-vous cela ? Pouvez-vous nous éclairer ?

Ortega paraissait moins fier que lors de sa première audition et semblait même soucieux. Néanmoins, ce dernier rétorqua avec beaucoup d'aplomb :

— C'est vraiment nécessaire que je répète les informations que j'ai déjà données au juge ?

— Il y va de votre intérêt. À vous de voir.

Cassandre offrit un sourire forcé à Me Chassagnol et son regard se posa momentanément sur la vitre sans tain.

— Vous voulez que j'vous dise quoi ? Vous avez prélevé des traces de mon sperme sur elle, alors oui, j'vais pas mentir. On a eu une relation sexuelle consentie. Elle a pratiqué une fellation et j'ai…

— Ça va, l'interrompit l'avocat. Vous n'avez pas besoin d'en dire plus, vous avez répondu à la question.

— Merci. D'autres traces ADN, qui ne correspondent pas à votre profil génétique, ont également été découvertes. Alors voilà, ma question est simple : qui était votre partenaire ce soir-là ? Qui vous accompagnait ? Un ami ? Une rencontre ? Tout ce qu'on veut, c'est un nom. Après, si vous ne souhaitez rien nous dire, c'est votre droit. Vous serez peut-être plus bavard devant le juge d'instruction. Je sais qu'il doit vous auditionner en fin de journée.

Pensez à vous et ne cherchez pas à protéger qui que ce soit. Vous risquez très gros, la peine encourue est la réclusion criminelle à perpétuité.

Ortega resta silencieux. Il tourna la tête et dévisagea son avocat, perdu lui-même dans ses pensées, stoïque. Nadia prit le relais.

— Monsieur Ortega, dans cette affaire, tous les scénarios sont envisageables. On a déjà une petite idée de ce qui a bien pu se produire ce soir-là, c'est certain. Évidemment, on peut se tromper, c'est pourquoi on vous offre la possibilité de nous livrer votre version des faits. Une seconde personne était avec vous, on le sait, c'est indéniable. Alors il vous suffit de nous donner son identité et de nous expliquer ce qui s'est passé. Et si vous n'avez rien à voir dans cette histoire, le procureur ne vous poursuivra pas.

— Je n'ai rien à voir avec sa mort ! clama-t-il soudain d'une voix forte. Je lui ai rien fait à cette gamine ! J'vous le jure !

De l'autre côté du miroir sans tain, Lina prenait des notes sur un carnet. Elle consignait tout ce qui lui venait à l'esprit concernant Ortega. Elle scrutait sa gestuelle, ses regards, puis écoutait attentivement ses réponses, décodait les expressions de son visage et l'intonation de sa voix. Elle tentait de comparer la personnalité d'Ortega à celle de Joey, de poser le calque de son amant diabolique sur le type qui se trouvait menotté devant les flics.

— Et puis, vous croyez vraiment qu'après avoir joui sur elle, je me serais amusé à la tuer ? Vous êtes sérieux ? Je connais la police scientifique d'aujourd'hui et leurs prouesses. Je ne suis pas débile, quand même ! J'regarde pas mal de séries policières à la télé.

L'avocat intervint en posant sa main sur l'avant-bras d'Ortega. Il lui envoya un coup d'œil complice, suggérant de baisser d'un ton.

Cassandre monta au créneau, le visage empourpré et des trémolos dans la voix.

— Alors, dites-nous ce qui s'est passé, bon sang ! Qui était avec vous ? Arrêtez de protéger cette personne, si vous voulez qu'on vous croie.

Me Chassagnol se tourna vers son client.

— Avez-vous quelque chose à ajouter, monsieur Ortega ?

Ce dernier se mordit la lèvre inférieure et balbutia doucement :

— Je… je n'ai rien à voir avec le meurtre de cette petite, c'est juste un… un connard qui m'a manipulé. Tout a commencé sur un forum spécialisé dans l'échangisme et les rencontres, un site où on se retrouve entre mecs, généralement, et on discute, on parle de nos fantasmes sexuels. Un soir, il y a un gars qui m'aborde et qui me demande de poursuivre la conversation en messagerie privée. Donc, on échange un peu, on s'excite, et puis tout à coup, il me demande si je serais disposé à faire l'amour à sa compagne, devant lui. Je réponds oui, évidemment, que j'avais déjà pratiqué le candaulisme et que je trouvais ça sympa. Alors, je commence à lui demander quelques renseignements, mais le type m'informe que ce sera particulier, qu'il a déjà monté un scénario qui tient la route, et qu'il va falloir que je suive le plan à la lettre.

— OK, le coupa Nadia. À cet instant, vous ne vous dites pas que cela pourrait être dangereux, que c'est un peu louche ? Le type ne vous connaît pas, vous ne le connaissez pas, mais vous acceptez quand même ?

— C'est le principe de l'échangisme, lieutenant, rétorqua Ortega. Donc, je lui demande de quel plan il s'agit. Il me répond que, comme ils vivent en union libre, sa femme est OK pour un plan à trois. Il veut ensuite mes codes de connexion de l'appli Tinder, simplement pour se faire passer pour moi.

— Attendez, l'interrompit Cassandre. Quel était l'intérêt de faire ça ?

Dans la salle d'observation, Lina prenait toujours des notes et le technicien venait de monter le son de l'ordinateur.

— Pour le fun, pour mettre du piment. Le type était censé connaître tous les fantasmes de sa femme, donc il savait comment l'exciter.

— Et votre pseudo c'était bien *Éternel Argus* ?

— Oui. Il m'avait demandé s'il pouvait le modifier, parce que le mien en réalité, c'est *Bamakopower75*.

Cassandre et Nadia esquissèrent un sourire.

— Expliquez-nous le but de la manœuvre, maintenant, car on est un peu perdus, poursuivit Nadia.

— Tout ça, c'était de la manipulation, un stratagème pour passer en dessous des radars. Selon moi, ce type avait déjà repéré sa proie. Il avait besoin d'entrer en contact avec elle en recourant à une identité, et pour cela, il a emprunté mon compte en me faisant avaler une histoire de plan cul à trois, avec sa femme. Il s'était dit que je laisserais sans aucun doute mes traces ADN si je me rendais chez cette femme, et que l'on m'accuserait forcément. Donc, dupe jusqu'au bout, je me suis bien rendu au domicile de la jeune femme. Il était prévu que j'arrive le premier et lui devait se pointer ensuite. Il fallait juste que je veille à ce que la porte de l'appart soit ouverte et que je ne dévoile rien du scénario à la jeune femme. Après un petit verre, on a pris une pilule d'ecsta et je l'ai caressée. Elle m'a fait une fellation et j'ai joui rapidement. Voilà…

— Que s'est-il passé ensuite ? le pressa Nadia.

Ortega resta silencieux, baissa la tête et lança un regard à la dérobée à son avocat. Celui-ci lui confirma d'un signe de la main qu'il pouvait parler.

— Ensuite, il est arrivé. La jeune femme était déjà bien à l'ouest avec l'ecsta, mais il lui a fait renifler du poppers, en plus. Puis il m'a demandé si j'avais pris mon pied et il m'a ordonné de partir, que le plan à trois n'était plus d'actualité. Fin de l'histoire. C'est quelques jours plus tard, par les informations télévisées, que j'ai appris qu'il y avait eu une jeune femme assassinée dans cet immeuble.

Cassandre se pencha au-dessus de la table, tout en soutenant Ortega du regard.

— Connaissez-vous son vrai nom ? Pourriez-vous nous le décrire, cet homme ? Nous décrire son visage ?

Ortega secoua la tête.

— Impossible. Le type portait un masque « Anonymous » quand il est entré dans l'appart et j'ai directement senti que quelque chose clochait. Je me souviens d'avoir pensé qu'il fallait que je me tire de là au plus vite.

Nadia et Cassandre s'observèrent un instant et la jeune enquêtrice demanda alors à Ortega :

— D'après vous, ce type vous a-t-il donné l'impression que son mécanisme était bien rodé ?

— Pour moi, il n'en était pas à son coup d'essai, c'est certain. C'est sûr, ce n'était pas la première fois qu'il faisait ça.

Les enquêteurs conclurent l'interrogatoire et les agents d'extraction raccompagnèrent Ortega.

Pour Cassandre et Naccache, tout était à présent très clair. Si Ortega n'avait pas menti, l'oculiste tenait un scénario bien ficelé, un mode opératoire plus qu'huilé qui lui permettait de mettre ses victimes en confiance avant de passer à l'acte.

Ils se rendirent dans la salle d'observation, impatients de découvrir ce qu'avaient bien pu déceler l'agent de surveillance et Lina.

À peine entrés, elle leur tomba dessus.

— Je me suis emmerdée comme un rat mort dans votre aquarium à la con. *Bamakopower75* : non, mais vous êtes sérieux ?

— Alors, qu'est-ce que vous en avez pensé ? s'enquit Cassandre en s'emparant du carnet de notes qu'elle lui tendait.

— J'en pense que votre type est complètement barré. C'est un gros pervers sexuel, un débauché, mais honnêtement, je ne crois pas que ce gugusse soit capable de faire du mal à une mouche. Je ne suis pas une profileuse du FBI, une psychocriminologue, ou je ne sais quoi, mais je suis certaine de l'idée que je me suis faite de ce gars.

Nadia se rapprocha de Lina.

— Qu'est-ce qui vous fait dire ça ?

Elle haussa les épaules.

— Par ce que vous m'avez demandé de me servir de mon expérience, de mon vécu auprès de Joey Lawrence. Eh bien, je peux vous affirmer que votre Ortega n'a rien à voir.

— Et pourquoi ? insista Nadia.

— Parce que ce bonhomme possède une âme. Joey n'en avait pas, lui.

* * *

Paris, France
Avril 2022

Myriana passa devant le grand type, grimpa la volée d'escaliers, tourna à gauche pour emprunter le couloir, puis s'arrêta face à la porte 141.

L'homme avait payé l'hôtel et avait apporté une bouteille de champagne Roederer. Avide de nouvelles aventures, Myriana ressentait en permanence ce besoin de découvrir, d'expérimenter. Le malheureux accident qui s'était produit avec Armelle l'avait refroidie, mais ne l'avait pas pour autant traumatisée, et cela avait même eu pour effet de la frustrer. Elle aurait voulu aller plus loin avec sa compagne, explorer plus en détail cette étrange pratique sexuelle.

L'asphyxie érotique par strangulation la hantait depuis.

Elle avait tout mis en œuvre pour rencontrer un partenaire masculin qui acceptait de pratiquer cette déviance, un homme qui était également prêt à la payer pour ça. Si elle devait se retrouver derrière les barreaux pour quelques années, alors elle voulait bien volontiers revivre cette expérience inouïe au moins encore une fois. Cependant, de nombreuses questions préoccupaient Myriana et la taraudaient depuis la mort d'Armelle, une interrogation qui la réveillait au beau milieu de la nuit.

Avait-elle aimé l'acte sexuel ? Ou avait-elle aimé cette sensation de toute-puissance, sentir entre ses mains ce cou délicat et fragile ? S'était-elle délectée de sentir la vie s'échapper du corps de sa compagne ?

La porte de la chambre 141 se referma sans que Myriana trouve de réponses à ces questions.

35

Clinique psychiatrique Les Lilas
Fontenay-aux-Roses, France
Avril 2022

Salah se trouvait assis sur un banc, près de son arbre favori.

Son visage était illuminé par un soleil radieux et il souriait, les paupières closes. Sur ses oreilles, des écouteurs recouverts d'une mousse orange, eux-mêmes reliés à un Walkman sans âge, lui conféraient une allure d'adolescent béat.

Le parc de la clinique était quasiment désert. Seuls deux ou trois patients accompagnés de leur parent ou de leur aide-soignant déambulaient à pied ou en fauteuil roulant.

Nadia s'avança doucement et se positionna devant son père pour lui masquer le soleil. Salah rouvrit les yeux et un sourire éclatant étira ses lèvres. Sa fille décala un écouteur de l'une de ses oreilles, l'embrassa sur le front, et lui dit en riant :

— Salut, papa. Tu n'as jamais lâché ton antiquité à ce que je vois. Tu sais que, de nos jours, tu peux profiter de la musique sur ton téléphone portable ? Qu'est-ce que tu écoutes ?

Elle approcha son oreille près d'un des écouteurs.

Une valse à mille temps offre seule aux amants
Trois cent trente-trois fois le temps
De bâtir un roman

— Ah ouais, d'accord, c'est ta vieille cassette de Jacques Brel. Tu l'as écoutée des millions de fois, celle-ci. Sinon, comment vas-tu, papa ?

Salah la dévisagea toujours en souriant et en se dandinant au rythme de *La Valse à mille temps*. Il fouilla dans la poche de son pantalon et, fièrement, en retira deux gros morceaux d'écorce. Il les tendit à Nadia, puis lui confia avec un petit filet de voix :

— J'ai pas trouvé. Pas encore... Je cherche, mais j'ai pas trouvé. J'ai regardé partout, mais pas trouvé.

Émue, Nadia le serra tout contre elle.

— Papa, ne cherche plus, moi j'ai trouvé. On va enfin pouvoir se rendre à l'endroit où se trouve cet arbre, et s'il n'est pas mort, s'il n'a pas été coupé, on pourra revoir le soleil et le cœur que tu as gravés ce jour-là. On demandera au docteur Langlais une sortie exceptionnelle, promis.

Salah appuya sur le bouton « stop » de son Walkman. Il leva les yeux et, d'un regard triste, il dévisagea sa fille un long moment. Ses lèvres commencèrent alors à frémir et il balbutia :

— Mais, tu... J'ai pas trouvé, moi. Pas trouvé, j'te dis...

— Ce n'est pas grave, papa. L'essentiel, c'est que j'ai pu retrouver cet endroit. Il y a quelques jours, je me suis rendue à ton appartement pour faire un peu de rangement et pour chercher un papier que me réclamait la clinique. Et dans ton grand classeur où tu rangeais tous tes documents, je suis retombé sur l'album photos, tu sais, celui sur lequel j'avais dessiné des fleurs et des animaux. J'ai revu toutes les photos de mon enfance, ça m'a fait bizarre. Et il y avait cette photo que tu avais prise de maman et moi, le jour où tu avais gravé nos initiales sur le tronc de l'arbre. On posait dans le champ juste derrière l'église Saint-Jean-Baptiste, à Bouqueval, dans le Val-d'Oise. C'est au bord de la route qui longe ce grand pré que se trouve l'arbre. On peut le retrouver. Qu'est-ce que t'en dis ?

Pensif, Salah acquiesça d'un signe de tête. Il sourit à sa fille et lui tendit de nouveau les morceaux d'écorce qu'il avait extirpés de sa poche. Il plongea son regard dans celui de Nadia.

— Je dis oui, on peut y aller. Allons-y, toi et moi. On peut y aller, maintenant. On y va, toi et moi, maintenant.

Salah se leva brusquement du banc, bien décidé à se rendre dans le bâtiment qui abritait le service des admissions.

— Non, papa. Pas maintenant, attends ! Il faut que je prévienne le docteur Langlais au préalable, que l'on fasse une demande de sortie temporaire. C'est le seul à pouvoir délivrer ce genre d'autorisation, tu comprends ?

Son père commença à s'agiter ; il trépignait et entreprit alors de piétiner le sol, comme s'il cherchait à écraser une fourmilière.

— On peut y aller, maintenant. Tous les deux. On y va, toi et moi, maintenant, répétait-il sans cesse de plus en plus vite, le visage empourpré.

Nadia comprit que son père entrait en crise et qu'il fallait agir rapidement. Elle composa le numéro de la clinique et demanda aussitôt de l'aide. Quelques secondes plus tard, deux infirmiers surgirent du bâtiment des admissions et accoururent. Salah hurla longuement ; un cri de rage qui résonna tout le temps que les deux hommes mirent pour l'immobiliser et le sangler dans le fauteuil roulant. L'un d'eux s'approcha de Nadia et expliqua à voix basse :

— Ne vous inquiétez pas, ce n'est rien. Nous allons le reconduire dans sa chambre et nous lui administrerons un calmant. Si vous le désirez, vous pourrez lui dire au revoir d'ici une dizaine de minutes.

Nadia observa les deux hommes qui embarquaient son père, le cœur serré, et les larmes au bord des yeux. Elle s'agenouilla, ramassa le Walkman et les écouteurs qu'il avait laissé tomber au sol lors de l'empoignade, et s'affala sur le banc en inspirant un grand coup.

La sonnerie de son téléphone portable retentit alors.

— Lieutenant Naccache, j'écoute.

— Vous êtes bien le lieutenant Naccache de la brigade criminelle de Paris ?

— Oui. Qui êtes-vous ?

— Je suis le docteur Jean-Sébastien Rolland, le propriétaire des services funéraires Rolland S.A. Vous connaissez bien une certaine Violaine Charleville-Roziere ?

— Oui, pourquoi ? Qu'est-ce qui se passe ?

— Rien de grave, madame. Elle m'a juste communiqué votre numéro. Son neveu a travaillé dans mon service, à Lyon, alors qu'il avait à peine vingt ans. Elle a pensé que ça pourrait vous aider que je vous appelle. Elle, elle est persuadée que son neveu a fait une mauvaise rencontre et qu'il est mort.

Tout d'abord surprise, encore sous le choc de la violente crise de son père, Nadia reprit ses esprits.

— D'accord, monsieur Rolland, pas si vite ! Où avez-vous travaillé ? Et en quoi pouvez-vous m'aider ?

— J'étais chef de service à l'hôpital de la Croix-Rousse, à Lyon. J'ai dirigé le service de la chambre mortuaire, de 1985 à 1995. Maxime était très jeune en 1992. Il avait dix-neuf ans, si mes souvenirs sont bons. Une fois le bac en poche, il a suivi une formation après s'être intéressé à ce métier. Comme j'étais l'ami d'enfance de sa tante, je lui ai proposé un poste d'assistant de chambre mortuaire.

— Et en quoi pouvez-vous m'aider ? insista Nadia.

— Eh bien, pour être honnête avec vous, je ne sais pas. Violaine Charleville a pensé que cela permettrait de vous orienter pour retrouver son neveu.

— Je vous écoute, alors. Parlez-moi de Maxime. Quel genre de garçon était-il à cette époque ?

— Enthousiaste, opiniâtre. Il adorait ce qu'il faisait. C'était un jeune homme plein de volonté et toujours appliqué à la tâche. Je pouvais le laisser la journée entière avec l'agent mortuaire, je savais que tout se passerait bien. J'avais confiance en ce pt'it gars.

— Vous avait-il fait part de ses projets, à cette époque-là ? Où il comptait se rendre, s'il voulait continuer ce métier…

L'ancien médecin laissa échapper un petit rire.

— Nous n'étions pas si proches, pas au point qu'il me confie certaines choses de sa vie privée, du moins, mais il m'avait dit qu'à la fin de son contrat, il comptait bien retourner à Paris, car voir sa tante au quotidien lui rappelait trop son père, et ça, il ne le supportait plus.

Nadia resta silencieuse et lorgna le cadran de sa montre. Elle songea à son père qui devait déjà sombrer dans le sommeil, abruti par le puissant sédatif que lui avait administré le médecin de garde.

— Lieutenant ? Vous êtes toujours là ?

— Oui. Pardonnez-moi, j'étais ailleurs. Vous me disiez qu'il ne supportait plus de voir sa tante, car celle-ci lui rappelait son père. Expliquez-moi ça.

— D'après Maxime, son père aurait eu une part de responsabilité dans la mort de sa mère. Il disait qu'il l'avait poussée au suicide, voire pire.

— Comment ça, pire ?

— Qu'il aurait pu maquiller la mort de sa mère en suicide, par exemple, et se foutre en l'air ensuite. Et comme Violaine est sa tante paternelle, il avait du mal à se sentir bien chez elle. Il disait même qu'il avait honte de porter le nom de son père. Il avait fait de ce dernier un coupable idéal. Bref, ce gamin était traumatisé par la mort de sa mère, qu'il adorait, et il n'arrivait pas à faire le deuil. Maxime a passé une sale enfance. C'est là-dessus qu'il s'est le plus confié auprès de moi.

— Et que vous a-t-il confié exactement ? l'interrogea Nadia en consultant de nouveau le cadran de sa montre.

— Il n'a jamais été clair à ce sujet, mais je pense qu'il a été victime d'une agression sexuelle, d'attouchements ou même de viol. Le pire, c'est qu'il parlait toujours de ce tueur en série, vous savez, celui qui avait de grandes lunettes, et qui tuait avec son Opinel.

— Vous parlez de Francis Heaulme ?

— C'est ça. L'année où Maxime est entré dans mon service, le type passait sur toutes les chaînes de télé. Il venait d'être arrêté à Bischwiller, en Alsace. Maxime laissait entendre que sa route avait croisé celle de ce salopard en 1984, alors qu'il n'avait que onze ans. Il se trouvait en voyage scolaire, à Pont-à-Mousson, pour visiter la fonderie Saint-Gobain. Vous pensez bien que je ne le croyais pas vraiment. Pour moi, il s'agissait du délire d'un jeune adulte un peu perturbé. Pour finir, il m'avait confié qu'il était très rond quand il était enfant et que la plupart de ses camarades le maltraitaient et le harcelaient. Voilà tout ce que je peux vous dire sur ce fameux Maxime Charleville. C'est tout de même malheureux ce drame familial, ses deux parents morts, sans compter qu'on ne sait pas ce qu'il est lui-même devenu. En arriver à détester son père mort, et aller jusqu'à renier son nom, c'est triste. En attendant, j'espère que ces quelques éléments vous aideront dans votre enquête, lieutenant.

— Merci, monsieur Rolland. Mais pourquoi dites-vous qu'il reniait son nom ? De quelle façon ?

— Ça, c'était le sujet tabou. Il ne souhaitait pas entendre parler du nom de Charleville. Le jour où il a signé son contrat de travail, il ne voulait pas le voir apparaître non plus. Alors, comme on lui a dit que ce n'était pas possible, il a fait ajouter le nom de jeune fille de sa mère.

Nadia sentit son cœur battre plus vite et plus fort à l'instant où tout s'imbriqua. Elle comprit soudain pourquoi aucune recherche dans les fichiers des services fiscaux ou sociaux n'avait abouti. Elle était à présent persuadée de tenir enfin le fameux oculiste.

— Monsieur Rolland, je vais vous demander de faire appel à votre mémoire. C'est très important. Je pense que nous allons enfin pouvoir mettre la main sur Maxime Charleville. Pouvez-vous me donner le nom de jeune fille de sa mère ? Si vous ne vous en souvenez pas, ce n'est pas très grave. Je pourrai toujours le retrouver, mais si vous l'avez, cela me fera gagner du temps.

— Un nom comme celui-ci, un médecin ne peut que s'en souvenir. Sa mère s'appelait Odile Vidal.

36

Paris, France
Mai 2022

Lina observait Cassandre qui faisait défiler les photos sur sa page de profil. Il fit soudain pivoter l'écran afin que celui-ci se retrouve face à elle et lança sur un ton amusé :

— Franchement, parfait ! Les photos sont superbes. Le gros plan sur vos yeux, le rayon de lumière en plus qui frappe votre iris, la robe à fleurs, tout est au poil. Reste plus qu'à attendre que notre oculiste morde à l'hameçon.

— Pour les photos, c'est votre photographe qui est talentueux et les lentilles ont une belle couleur. Quant aux robes blanches imprimées à fleurs rouges, je dois avouer que je n'avais encore jamais eu l'occasion d'en porter, répondit Lina en s'approchant de l'écran.

Le capitaine Cassandre lui indiqua d'un signe de tête qu'elle pouvait s'asseoir près de lui et compulsa de nouveau l'album photos fraîchement mis en ligne sur le profil Tinder de Lina.

— De notre côté, on a envoyé un mail à l'équipe de sécurité du site. Ils nous ont confirmé qu'ils nous contacteront chaque fois que le profil *Éternel Argus* se connectera. Cela permettra peut-être à nos techniciens de localiser l'adresse IP. Je ne vous cache pas qu'on préférerait qu'il vous file un bon vieux rencard et qu'on le chope en flag.

Lina acquiesça. Elle eut un long soupir de lassitude et s'installa près de Cassandre, plongeant son regard dans celui du flic.

— Vous vous amusez ? Tout cela semble n'être qu'un jeu pour vous, mais moi je suis loin d'en rire. J'ai hâte que tout cela cesse rapidement. Depuis ma sortie de prison, je rêve d'avoir une vie normale. Vous comprenez, capitaine ? J'étais loin d'imaginer que Myriana ferait une connerie aussi grave, loin d'imaginer que je devrais de nouveau collaborer avec la police. Alors, oui, je suis prête à aller jusqu'au bout pour que vous puissiez coincer ce malade. Ensuite, je disparaîtrai, je volerai sous les radars.

— Vous croyez vraiment que je m'amuse ? Bien au contraire, cette enquête est très sérieuse. Ce type est fou et on doit l'empêcher de faire d'autres victimes. C'est juste que j'essaie d'imaginer ce que vous avez vécu auprès de Joey Lawrence et j'avoue ne pas tout comprendre. En être réduit à manger… enfin, à vous adonner au cannibalisme sur vos victimes. Qu'avez-vous fait pour en arriver là ?

Lina baissa la tête, le regard dans le vague.

— C'est bien plus compliqué que ça en a l'air, vous savez. Joey m'avait totalement hypnotisée, j'étais sous son emprise. C'était comme si tout ce qu'il disait ou faisait était guidé par une entité suprême. Je pense que s'il avait voulu suivre une voie mystique et fonder une secte, il aurait très facilement réussi son entreprise. C'était un gourou, un genre de chaman, un intercesseur entre les hommes et les esprits.

— Vous avez vraiment cru à tout ça ?

— Oui. Du moins, au début. Au risque de me répéter, oui. Quand vous avez à peine vingt ans, que vous êtes droguée, alcoolique, et que vous êtes raide dingue du chaman en question, oui. Vous croyez tout ce qu'il vous dit. Il parlait de la chair humaine comme du lien spirituel qui unissait les vivants et les morts, l'Homme et Dieu, comme le langage universel entre les êtres vivants, une substance sacrée qui permettait de survivre en cas de famine. Moi, je buvais ses paroles, je me nourrissais de ses connaissances, de son savoir. Alors, quand pour la première fois, Joey a ramené à la maison un jeune garçon, j'ignorais qu'il s'agissait pour lui d'un « ingrédient », mais j'ai fait ce qu'il m'a demandé de faire. Lorsqu'il parlait de la chair du sacrifice, lorsqu'il évoquait le cannibalisme, on avait envie de l'écouter jusqu'au bout, on buvait ses paroles. C'était comme écouter Paul Bocuse vous parler de sa fameuse volaille de Bresse en croûte de sel ou même le comparer à Joël Robuchon décryptant la recette de son velouté de chou-fleur au caviar. Joey choisissait ses ingrédients comme les grands chefs étoilés choisissent une matière première de qualité. Oui, les victimes de Joey n'étaient pour lui que des ingrédients.

Fasciné par le récit de Lina, Cassandre était resté silencieux. Soudain, il réagit, intrigué par les derniers mots de son interlocutrice.

— Des ingrédients ? C'est-à-dire ?

— C'est comme ça qu'il les appelait. Il évitait de prononcer leur prénom et il ne voulait pas que je le fasse, non plus. Il disait que cela pouvait éveiller en nous une forme de pitié, d'empathie. Et puis, il y avait « les hurleurs » ; ceux qui avaient compris ce qui se passait, qui savaient que leur mort était inévitable. Ceux-là avaient surtout compris comment ils allaient mourir et comment leur corps finirait par disparaître.

— Vous voulez parler des barils bleus ?

Lina hocha la tête pour confirmer.

— Ceux-là étaient pris d'une terreur indescriptible et Joey disait que leurs chairs seraient moins savoureuses, que le taux de glycogène serait très bas, et que l'adrénaline rendrait une viande molle qui durcirait à la cuisson. C'était tout cela, toute cette érudition qui me fascinait.

— Vous étiez de grands malades, Lina, on est d'accord ?

La jeune femme continuait, semblant ne pas avoir entendu la remarque du flic.

— Il tuait les hurleurs rapidement, mais pas avant de leur avoir dit ce qu'il ferait d'eux, de leur chair, de leurs organes… Jusqu'à cette fois, où le rituel a failli mal tourner. Un jour, l'adrénaline a donné la force nécessaire à l'un de ces types et celui-ci avait réussi à se libérer. La peur lui avait procuré un courage incroyable, comme si cela lui avait fait pousser des ailes.

— Qu'est-ce qui s'est passé ?

Lina laissa son regard errer par-delà la fenêtre de la salle, silencieuse. Les images revinrent alors danser dans le tréfonds de son esprit.

* * *

Janvier 2004

Le jeune garçon revenait à lui.

Solidement ligoté sur un fauteuil roulant parqué dans la cuisine, il ne pouvait plus bouger un seul membre, mais tentait de se relever. Il se tortillait comme un ver, espérant desserrer ses liens. Joey avait pris soin de le bâillonner pour ne pas l'entendre se plaindre ou pleurnicher, lui qui détestait les hurleurs et leurs jérémiades.

Sur le plan de travail de la cuisine trônaient des sacs remplis de fruits et de légumes, et de produits frais que Lina venait de rapporter du marché. Un tablier noué autour de la taille, elle épluchait des carottes en se dandinant sur The Passenger d'Iggy Pop. Le titre passait sur une chaîne musicale dédiée aux années 1970-1980, et la minuscule télévision posée sur le haut du réfrigérateur diffusait les images médiocres du live à Manchester, en 1977.

Joey embrassa Lina dans le cou, puis il se retourna et s'adressa au jeune garçon qui gémissait derrière son bâillon de ruban adhésif.

— Bon, il va falloir me promettre que tu ne vas pas te remettre à gueuler. Il faut que tu saches que ça ne servirait à rien, personne n'entendra jamais tes cris, tu comprends ? Alors, si je retire l'adhésif, tu te tiendras tranquille ? Réponds-moi d'un signe de tête.

Le pauvre malheureux remua la tête en marmonnant tout un flot de mots inaudibles derrière son bâillon. Joey s'approcha de lui, arracha d'un geste le ruban adhésif qui couvrait entièrement sa bouche, et l'informa aussitôt en pointant son index devant lui :

— Je t'aurais prévenu. Si tu hurles, je deviendrai très méchant.

Il ôta alors le bâillon. Le jeune gars baissa la tête, n'osant plus regarder Joey dans les yeux.

Lina se retourna à son tour, jeta un œil au type sur le fauteuil et se rapprocha de son compagnon. Elle colla ses lèvres à son oreille et souffla :

— J'espère que tu n'as pas l'intention de le... Enfin, j'veux dire... Tu ne fais pas ça ici, on est d'accord ? Je préférerais que tu l'emmènes dans ton sous-sol.

— J'ai toujours respecté cela, my darling, tu le sais bien, mais celui-ci semble différent des autres. Peut-être parce qu'il a vingt et un ans, qu'il est plus mûr, va donc savoir. Par contre, il me paraît calme, c'est bon pour la viande, ça. C'est plus savoureux.

Une voix s'éleva dans son dos.

— Écoutez, je vous en prie. J'ignore ce que vous comptez faire, mais si c'est pour une rançon, je préfère vous prévenir tout de suite. Mes parents n'ont pas un rond, et moi, je touche un petit RMI. Alors, vous n'irez pas loin avec moi. Si vous me laissez partir, je ne dirai rien aux flics, promis. On oublie cette séquestration.

Joey s'approcha de lui en ricanant.

— Tu es loin du compte, mon garçon. On se fiche de l'argent, nous. Quand tu es venu dans ma boutique de disques, tu cherchais un vieux vinyle : un 45 tours des Guns N'Roses, c'est bien ça ?

— Oui, c'est ça.

— J'ai tout de suite vu que tu n'avais pas de blé, alors qu'est-ce que j'ai fait ?

— Vous m'avez offert le disque, monsieur, je sais. C'est très…

— Et je t'ai dit quoi ?

Le jeune homme hésita quelques secondes avant de répondre.

— Vous m'avez dit : « Prends-le, je te l'offre. L'argent n'est pas un problème ». D'ailleurs, c'était très sympa de…

Joey lui imposa le silence en posant son index sur ses lèvres, puis il ôta son T-shirt et se mit à danser devant le jeune garçon en remuant son bassin, tentant de singer Iggy Pop qui se déhanchait toujours sur The Passenger. Il entraîna Lina avec lui pour effectuer quelques pas de danse, l'embrassa tendrement, puis il la laissa repartir éplucher ses carottes.

Joey s'accroupit alors devant le fauteuil roulant pour être à la hauteur du jeune homme et lui confia :

— Écoute, voilà ce qu'on va faire, l'ami. Je vais te faire de la place dans mon sous-sol et je te garderai quelques jours.

— Mais ma famille va s'inquiéter, Monsieur, et je ne vous connais pas. Qu'est-ce que vous voulez de moi, au juste ? rétorqua la victime avec des trémolos d'angoisse dans la voix.

— Tiens-toi tranquille un petit moment, je reviens dans cinq minutes.

Ahuri, le jeune homme le regarda s'éloigner et disparaître dans la pénombre du salon. Il s'adressa à Lina qui lui tournait le dos en rinçant ses légumes sous l'eau.

— Hé, miss, écoute-moi ! Tu me parais très jeune, toi aussi, alors réfléchis bien. Je ne sais pas ce qu'il représente pour toi, mais si c'est vraiment ton petit copain, il faut te tirer. Ce mec est cinglé. Détache-moi, s'il te plaît…

Il continuait de se tortiller dans tous les sens, forçant sur ses liens autant qu'il le pouvait. Lina ne se retourna pas et resta silencieuse, sourde à ses suppliques.

— Hé ho, miss ! S'il te plaît, détache-moi, et je me tire. Je ne parlerai à personne de ce qui s'est passé. Réponds-moi !

Alors qu'il forçait sur ses liens depuis un moment, la fine cordelette qui entravait ses mains et le retenait prisonnier céda soudain. Il s'empressa de se lever du fauteuil roulant en un éclair et bondit sur la table de la cuisine. Il s'empara du grand couteau de chef qui traînait parmi les légumes épluchés, sauta sur Lina et se positionna derrière elle en plaquant le fil de la lame sur sa gorge. La respiration saccadée par la peur, il déclama d'une voix paniquée :

— Bon, allez, tu me dis où se trouve la porte d'entrée et je te relâche. Je te garde avec moi jusqu'à ce que je sois sorti, OK ?

Lina resta calme. Du bout de l'index, elle pointa le salon.

— Il faut traverser le salon et ensuite prendre le couloir. La porte d'entrée, c'est celle de droite, l'autre donne sur l'escalier du sous-sol, répondit Lina d'un ton détaché, comme si tout cela ne l'atteignait pas.

— OK, alors on y va. Tu me la fais pas à l'envers, hein ? Tout ce que je veux, c'est m'en aller. D'accord ?

— D'accord, mais Joey ne va pas être content du tout. S'il se met en colère, ça risque vraiment de déraper.

— Rien à foutre ! J'm'en branle de ce connard. Il peut faire sa crise de taré, moi, j'me barre d'ici !

Alors qu'il allait relâcher Lina et ouvrir la porte d'entrée, la voix de Joey s'éleva dans son dos.

— C'est comme ça que tu me remercies ? Moi, qui t'ai offert ce putain de disque des Guns N'Roses ? Tu me fausses compagnie alors que je t'ai préparé une place au sous-sol ?

Paniqué, le jeune homme pivota sur ses talons en serrant Lina encore plus fort contre lui, la lame du couteau sous la gorge de son otage. Il resta pétrifié quelques instants puis, le cœur à la limite de l'infarctus, il réussit à balbutier :

— Écou… écoutez-moi. Je… je ne sais pas qui vous êtes vraiment ni ce que vous me voulez, mais je vais quitter votre domicile, OK ? Je vous promets que si vous essayez de m'en empêcher, je saignerai votre copine.

Lina restait calme, les bras le long du corps.

Un sourire inquiétant au bord des lèvres, Joey fit un pas en avant. Il tenait dans sa main gauche un objet en plastique de forme rectangulaire, équipé d'une longue tige métallique, elle-même pourvue d'une sorte de petite fourche à son extrémité.

— Tout le monde reste calme, il n'y a aucun problème. Quel est ton prénom ? En principe, je n'aime pas savoir le prénom des gens que je ne connais pas plus que ça, mais là c'est différent, lui assura Joey en faisant tournoyer son étrange tige métallique.

Tout d'abord, le jeune homme hésita et répondit du bout des lèvres :

— Je m'appelle Théo. C'est quoi votre outil ?

— Théo. Parfait. Alors voilà ce qui va se passer, mon cher Théo. Comme je sais que tu es en proie à la panique, tu menaces avec ce grand couteau ma compagne, qui est enceinte, mais je sais pertinemment que tu n'auras jamais les couilles de l'égorger, ni même de lui faire le moindre mal. D'abord, parce que son ventre bien rond est en train de t'émouvoir, et puis aussi parce que la seule vue du sang te répugne. Et tu sais, cinq litres de sang qui se répandent sur toi, et sur le sol, eh bien, ça fait beaucoup. Ensuite, il faut que tu saches que je vais te tuer, Théo. Je vais faire en sorte que tu ne souffres pas trop, que ça se passe rapidement. Et puis, comme lors de notre conversation à la boutique, tu m'as confié que tu étais très sportif, je vais prélever tes poumons, et ma compagne les cuisinera.

Soudain, Théo s'agita et se mit à pleurnicher. Pris de tremblements, il appuya un peu plus la lame du couteau sur la gorge de Lina.

— Vous êtes des putains d'malades ! Vous êtes des putains de psychopathes ! Je vais ouvrir cette porte et j'vais me tirer. Je ne vais pas mourir ici, oh non !

— Bien sûr que si, Théo. C'est trop tard. Si tu tournes la tête sur ta droite, tu apercevras une porte, de l'autre côté du salon. Celle-ci donne sur la salle de bains. Le baril bleu que tu vois à côté de la porte, c'est une sorte de poubelle. C'est là-dedans que finiront tes restes. Oui, tout ce qui ne m'intéressera pas terminera dans ce fût de plastique et sera dissous dans une douzaine d'heures environ. L'immonde bouillie qui résultera de ton corps liquéfié sera ensuite évacuée dans les chiottes, diluée dans la merde et dans la pisse, et on n'entendra plus jamais parler de toi à l'instant même où j'aurai tiré la chasse d'eau. Fin de l'histoire.

Théo risqua un œil dans la direction du maudit baril.

Juste une fraction de seconde.

Celle de trop.

Joey posa le pique métallique sur la main de Théo et celui-ci eut un soubresaut, les mâchoires grandes ouvertes. Le couteau s'envola pour retomber aux pieds de Joey, pendant que Théo s'effondrait, adossé à la porte d'entrée. Lina en profita pour se dégager et fila s'enfermer dans la cuisine.

Joey s'approcha du garçon, couteau à la main, puis se pencha au-dessus du jeune homme qui avait à moitié perdu connaissance. Il s'adressa à lui à voix basse, tout en lui déboutonnant sa chemise.

— Si tu t'étais intéressé au monde rural, à l'agriculture, à la cause animale dans les abattoirs, tu aurais tout de suite compris que ce que je tenais en main allait te faire passer un sale quart d'heure. Eh oui, c'est un aiguillon électrique pour bétail. Tu t'es bouffé plus de sept mille volts et ça t'a un peu secoué, mais ne t'inquiète pas. Si tu ressens encore une douleur, je vais arranger ça.

Joey enfonça alors la lame dans le bas-ventre de Théo et remonta celle-ci d'un geste vif, violent.

Une abondante quantité de sang se répandit sur le parquet et s'infiltra dans les interstices des lattes. Joey fixa le jeune homme, tentant de capturer du regard la dernière lueur de vie qui vacillait au fond des yeux de sa victime. Il voulait voir s'éteindre cette étincelle, et entendre son dernier souffle, mais Théo s'accrochait désespérément, espérant vaincre la mort et donner une bonne leçon au disquaire déjanté. Cependant, ses forces l'abandonnèrent peu à peu. Son souffle ralentit, ses yeux se révulsèrent, et un curieux tremblement agita sa mâchoire inférieure.

Enfin, Joey s'approcha de sa victime et murmura à son oreille : « Je t'avais promis de ne pas te faire souffrir. Même si tu n'as pas été très coopératif, et que tu as trahi ma confiance, je vais te faire partir plus vite. C'est contraire à la philosophie qui animait les Iroquois au dix-septième siècle, car pour eux, plus leur victime était courageuse et loyale, moins ils la faisaient souffrir. Moi, je trouve que c'est déjà très brave d'avoir tenté de fuir. Si je te raconte tout ça, c'est pour que tu te sentes mieux, car je dois t'avouer quelque chose. Ce qui m'intéresse, ce sont tes poumons, et je ne veux pas que ton stress pourrisse une si belle pièce, qu'elle se gorge de ton adrénaline. Quant à ton cœur, je ne doute pas qu'il soit généreux, mais je n'en ai pas besoin. »

De toutes ses forces, il lui plongea alors le grand couteau de cuisine en pleine poitrine, à l'aide de ses deux mains.

« Tu es comme tous les autres, Théo. Tu es né poussière, poussière tu redeviendras. Tu es comme le passager d'Iggy Pop, tu t'es promené dans les bas-fonds de la ville, et à présent, tu vois apparaître les étoiles dans le ciel. Tu es connecté au grand univers, mon petit gars. »

* * *

Un bip retentit alors et Lina revint à elle.

Elle tourna la tête et parut presque étonnée de voir Cassandre à ses côtés.

— Putain, Lina ! Vous avez compris ce que je vous ai dit ?

— Non, j'étais… Bon sang, de quoi vous parlez ?

— Vous êtes connectée, vous m'entendez ? Quelqu'un vous a envoyé un *match* sur votre profil Tinder !

RECETTE

KLAYA CONSTANTINOISE

4 personnes | Préparation : 45 minutes | Cuisson : 30 minutes

Ingrédients :

- Poumons d'agneau (à couper en cubes de 4 à 5 cm de côté)
- 1 oignon
- 3 tomates fraîches
- 4 gousses d'ail épluchées et dégermées
- 3 pommes de terre moyennes
- 1 cuillère à soupe de concentré de tomates
- 1 piment vert
- 1 cuillère à café de cumin
- 2 cuillères à soupe d'huile d'olive
- Sel, poivre, coriandre

Préparation de la recette :

- Commencez par nettoyer les poumons, puis faites-les blanchir dans l'eau bouillante salée pendant 30 minutes environ.
- Égouttez les poumons, puis enlevez la peau qui l'enveloppe (ça s'enlève facilement), et réservez.
- Dans une marmite, versez l'huile, râpez l'oignon, écrasez les gousses d'ail, salez, poivrez (mais attention

au sel, les poumons sont déjà salés), puis ajoutez le cumin et la purée de tomates, et enfin les poumons coupés en morceaux moyens.

- Faites mijoter le tout environ 15 minutes.
- Entre-temps, épluchez les pommes de terre, lavez-les puis coupez-les en quartiers.
- Quand le mélange a fini de mijoter, couvrez d'eau et ajoutez les pommes de terre.
- Une fois les pommes de terre presque cuites, ajoutez le concentré de tomates et le piment, puis laissez mijoter encore 15 minutes.

Servez immédiatement, parsemez de coriandre ciselée, et bon appétit.

37

Murders memory

Lyon, France
Juillet 1993

Il faisait très chaud. Le parc de la Tête d'Or était bondé de promeneurs qui flânaient autour du lac. Sur le grand espace de pelouse situé non loin du plan d'eau, un groupe de jeunes s'était réuni, équipé d'une demi-douzaine de glacières emplies de canettes de bière et de sandwichs. Au centre du rond-point végétal, le bronze de la statue d'Augustin Courtet lançait des éclats de feu sous le soleil. *La Centauresse et le Faune* semblait vouloir prendre vie, s'animer, tant les corps étaient parfaits. Le réalisme de la sculpture laissait songeur, tant la perfection sinuait entre les courbes.

Maxime ouvrit une glacière, s'empara de deux bouteilles de bière, ôta les capsules, et en proposa une à sa tante qui était allongée sur une serviette. Celle-ci portait un bikini et faisait bronzer sa peau laiteuse, recouverte de protection solaire des pieds à la tête.

Elle se releva et saisit la bouteille, un grand sourire en guise de remerciement.

— C'est sympa de penser à moi, cher neveu. Je suis ravie de participer à cette petite fête pour ton anniversaire, vraiment. C'était une bonne idée de venir au parc, dit-elle en ajustant ses lunettes de soleil.

— Hé, tante Violaine ! On ne fête pas que mon anniversaire, tu le sais, non ?

— Mais oui, mon grand. Je sais qu'on fête également ton diplôme. Je suis fière de toi, vraiment. Ils vont finir par t'embaucher à l'hôpital de la Croix-Rousse. Un jeune aussi motivé que toi, avec une formation en poche, en plus, c'est recherché, ça, les agents mortuaires.

Maxime laissa échapper un rire moqueur.

— On dit agent funéraire.

— Bah, pour moi, c'est pareil. L'essentiel, c'est qu'ils puissent te faire signer un contrat.

Le jeune homme observa Violaine avec tendresse. Son regard s'attarda ensuite sur ses cuisses blanches, remonta sur l'entrejambe, puis sur ses seins. Son sourire s'effaça peu à peu pour laisser place à une sorte de rictus inquiétant. Tout lui revenait lorsqu'il regardait sa tante et il ne pouvait s'empêcher d'imaginer son père, de revoir son visage, d'entendre sa voix forte, les propos haineux qu'il proférait à son égard, de sentir son haleine chargée d'alcool. Il percevait sa tante comme le reflet de son père et, même s'il adorait cette femme qui l'avait recueilli, il ressentait pour elle une sorte de répulsion, de dégoût. Une partie de l'ADN de son ignoble paternel vibrait dans la chair et le sang de Violaine.

Alors qu'il s'apprêtait à rejoindre ses amis, elle l'interpella :

— Hé ! Et alors ? T'es sûr de ne rien oublier, mon chéri ?

Maxime se retourna en souriant, s'approcha de Violaine, et l'embrassa sur la joue à contrecœur.

— Allez, file retrouver tes potes, mais calmez-vous sur les

pétards, les gars ! On va finir par attirer l'attention des gardiens du parc et j'ai pas envie de me retrouver chez les flics.

— Mais non, penses-tu ! Deux ou trois joints, c'est rien. On va tous louer des pédalos après. Ça te dit de venir avec nous ? demanda Maxime en éclusant le fond de sa bouteille de bière.

— C'est une plaisanterie ? Non, je reste au soleil, et je pédalerai dans ma tête, ajouta-t-elle en s'allongeant de nouveau sur sa serviette.

— OK. Bon, je vais voir le loueur de pédalos, alors.

Maxime se rendit seul jusqu'au stand de location Pédaloc' et, lorsqu'il se présenta devant la boutique, un homme d'une trentaine d'années s'approcha de lui.

— Quelqu'un va s'occuper de toi. Tu vois la jeune femme, là-bas, celle qui range les pédalos sur la plage ? Elle va faire ta fiche et te louer le matériel.

Maxime attendit patiemment que la plagiste revienne et, lorsqu'elle fut face à lui, il crut perdre ses moyens tant son rythme cardiaque s'affolait. Il sentit ses mains devenir moites. Il voulut prendre la parole, mais sa gorge se serra peu à peu, et aucun son ne parvint à s'en extraire.

Il n'en croyait pas ses yeux. C'était impossible.

— Holà ! Ça va ? Vous êtes tout pâle. Vous avez trop pris le soleil, non ? s'inquiéta la jeune femme.

Maxime secoua la tête, toussa pour s'éclaircir la voix, et observa attentivement l'employée de chez Pédaloc'.

C'était bien elle.

Les cheveux châtains, les yeux couleur miel, et le même grain de beauté sur le côté droit du menton.

— Bonjour, je… Sonia, c'est ça ? Tu ne me reconnais pas ? réussit-il à balbutier en se dandinant nerveusement.

La jeune femme le dévisagea à son tour et fronça les sourcils, intriguée.

— Bah, non. T'es qui ? Dis-moi ton nom.

— Maxime. Maxime Charleville Vidal. Tu te souviens pas de

moi ? On s'était rencontrés à cette soirée étudiante nulle à chier, il y a quatre ans, dans le Val-de-Marne, et on avait…

— Oh, merde ! lâcha-t-elle bruyamment. Mais oui ! Ça alors ! Bien sûr que je me souviens de toi. On avait accroché tous les deux ; ça a été la nuit la plus ouf de ma *life*, sérieux. Oh là là ! Je voulais te revoir, tu sais, mais je n'ai plus jamais entendu parler de toi. Mes copines pensaient que t'étais un déglingo, à l'époque, que tu m'avais emmenée dans les bois pour me zigouiller, tout ça… Des potes à moi étaient retournés voir la cabane. Ils croyaient que c'était du mytho et le matin : rien compris. Je me suis réveillée à l'internat avec un mal de crâne de folie. C'est dingue. Alors, qu'est-ce que tu fais par ici, dis-moi ?

Maxime eut un petit rire nerveux et se détendit peu à peu.

— Waouh ! Et toi ? Tu fais quoi ici ? Ça me fait bizarre de te voir, j't'assure.

— Je travaille ici pour la saison. Tu sais, je me suis orientée sur une école de tourisme. Là, c'est un boulot d'été. Mon père connaît un type qui, lui, connaît le pote du patron, et voilà, j'ai eu le poste. J'adore Lyon, je suis fan. Et toi, qu'est-ce que tu deviens ?

Maxime ne parvenait pas à détacher son regard du visage de Sonia, comme hypnotisé par ses yeux, sa voix, et son corps, qui était devenu celui d'une femme. Le petit short en jean moulant et très court qu'elle portait le gênait presque.

— Je fête mon anniv' avec des potes. On est là-bas, près de la statue. J'ai même invité ma tante, termina-t-il en riant.

— Joyeux anniversaire, alors. Ça te fait quel âge ? Il me semble que tu es plus jeune que moi. Si mes souvenirs sont bons, on a deux ans d'écart, non ? J'étais en terminale, à l'époque.

— Bravo, c'est ça. Je fête mes vingt piges et aussi…

Il parut troublé.

— Et aussi ?

— Et je fête également l'obtention d'un diplôme.

— Ah ouais ? Quel diplôme ?

Il balaya l'air de la main pour lui faire comprendre que cela n'avait aucune importance. Sonia envoya une tape amicale sur l'épaule de Maxime.

— Tu sais quoi ? Je t'offre une heure de pédalo pour ton anniv', ça me fait plaisir. C'était tellement improbable qu'on se retrouve ici. C'est incroyable, ça !

— Et tu sais quoi ? Eh bien, je t'invite au resto, ce soir, pour mon anniversaire, rétorqua-t-il, plein d'entrain.

Le visage de Sonia se ferma. Son sourire s'estompa et elle tira le dernier pédalo sur la plage, toujours silencieuse.

— Tu as déjà prévu quelque chose, marmonna Maxime, un peu vexé.

— J'ai un petit ami et ça ne serait pas très correct que j'accepte, tu vois.

— Oui, désolé. Je suppose que tu dînes avec lui, ce soir.

— Non, il n'est pas ici. Il est à Créteil, précisa Sonia en souriant.

Maxime s'avança. Il posa délicatement sa main sur l'avant-bras de la jeune femme et lui répondit avec beaucoup d'assurance :

— Alors dans ce cas, on se dit vingt et une heures, devant le mur des Canuts. Tu sais où ça se trouve ?

— Oui, c'est la grande fresque. Je connais bien.

Maxime éprouva à cet instant un sentiment de pouvoir immense, la certitude de posséder ce qu'il voulait, chaque fois qu'il le désirait.

Alors qu'il rejoignait ses amis, il sentit l'excitation le gagner. Il n'avait qu'une hâte : que cette journée s'achève au plus vite. Il ressentit une grande fierté, une puissance absolue qui s'étendait à la moindre parcelle de ses chairs. Lui seul dirigeait sa vie, à présent. Plus de ce père infâme pour le juger, pour le contrôler. Lui seul décidait des pistes à suivre, des chemins à emprunter pour retrouver sa mère.

* * *

Après avoir dîné dans une pizzeria située non loin de l'hôpital de la Croix-Rousse, Sonia et Maxime remontèrent la rue de Margnolles. Il était vingt-trois heures trente, mais le quartier était encore animé et les terrasses des restaurants regorgeaient de clients qui s'attardaient à leur table.

Sonia enfila sa veste et interrogea Maxime qui marchait à ses côtés.

— Excuse-moi, je sais qu'on en a déjà parlé tout à l'heure, au resto, mais tu m'as vraiment ramenée à l'internat tout seul, ce soir-là ?

— Comme tu n'étais pas vraiment en forme, il a bien fallu que je t'aide un peu.

— Et on a fait quoi, putain ? demanda-t-elle en baissant le ton. On a sniffé, fumé, baisé ? C'est fou, parce que je me souviens encore de cette sensation d'avoir sombré, d'avoir complètement lâché prise, mais je ne me souviens pas de l'épisode de la cabane. Le lendemain, j'ai eu l'impression que ma tête allait exploser.

— Disons qu'on a pas mal bu, surtout quand on était à la soirée. On a fumé de l'herbe aussi, et puis je suppose que le trajet jusqu'à la cabane a fini par t'achever. Lorsqu'on est arrivés, tu as englouti une bière, et cinq minutes plus tard, tu t'es effondrée. Mais on n'a pas…

Sonia pouffa de rire.

— Tout à l'heure, tu m'as dit que tu travaillais dans le domaine du funéraire, mais j'ai bien senti que tu évitais mes questions sur ce sujet. Tu fais quoi, au juste ? T'es dans une boutique de pompes funèbres ou un truc du genre ?

Tout en marchant près d'elle, Maxime la dévisagea silencieusement. Son sourire avait disparu et il serrait les mâchoires.

— Je travaille avec les morts, répondit-il d'un ton solennel après avoir baissé le regard.

— Quoi ? Mais tu fais quoi exactement ?

— Je suis agent de chambre mortuaire. Je travaille en morgue hospitalière, si tu préfères. Je dois prendre en charge le défunt, m'occuper du transport de son corps de la chambre jusqu'à la morgue, réaliser les soins et la préparation de la dépouille, avant la présentation à la famille.

Sonia l'observa comme s'il venait de lui faire une horrible révélation.

— Et, ça va ? Enfin, j'veux dire, tu aimes ce que tu fais ? C'est pas trop déstabilisant ?

— C'est passionnant. On apprend des tas de choses sur le corps humain, des choses que l'on est censé ignorer si l'on ne pratique pas ce métier. Par contre, je ne m'occupe pas que de la dépouille. Il y a tout ce qui continue dans la vie, après la mort de la personne. Je suis aussi responsable des démarches administratives, de l'enregistrement des gens décédés, de l'organisation du transport des défunts vers leur domicile ou le funérarium. Parfois, il m'arrive même d'assister le médecin légiste pour les autopsies. Je prépare les instruments, j'aide aux prélèvements ou pour la restauration du corps. Alors, j'ai pas le temps de m'ennuyer au taf.

La jeune femme s'arrêta un instant. Elle croisa les bras et fronça les sourcils.

— Qu'est-ce qui t'a poussé à vouloir faire ce boulot ? Parce que, je vois bien que tu es passionné.

— Un soir, chez ma tante, je suis resté bloqué sur un documentaire consacré à ce métier. Et je me suis souvenu des obsèques de mes parents, des deux cercueils ouverts au funérarium. L'image de leur visage maquillé comme celui d'une poupée m'est revenue. Je ne sais pas pourquoi, mais à ce moment précis, une petite voix m'a soufflé à l'oreille qu'il fallait que j'apprenne à faire ces choses-là. Après mon bac, j'ai suivi des stages, et là, j'ai passé une formation agréée par l'Institut français de Formation des professions du funéraire. J'ai eu les résultats la semaine dernière. En attendant ma certification, je travaillais comme agent d'entretien au service mortuaire, voilà.

— Tu es un garçon fascinant, Maxime.

Il esquissa un sourire, puis il se rapprocha de Sonia.

— Ça te dirait de visiter l'endroit où je travaille ? murmura-t-il à son oreille.

— Quoi, t'es sérieux ? À la morgue, vraiment ?

— Carrément. C'est tout près. L'hôpital de la Croix-Rousse est à deux pas.

— Merde. Mais tu peux y entrer à cette heure-ci ? questionna la jeune femme, excitée à l'idée de s'introduire dans la chambre mortuaire de l'hôpital.

— Disons que je sais par où passer pour ne pas être vu. Ensuite, c'est facile, j'ai les clés, termina-t-il en agitant un trousseau devant lui.

Il s'interrompit un instant, captant la subtile lueur des réverbères qui brillait dans les yeux ambrés de Sonia. Leur couleur l'apaisait, lui procurait une sorte de réconfort, mais elle déclenchait également en lui le sentiment d'un désir sexuel enfoui. Il contempla la jeune et belle créature qui se tenait devant lui, immobile, vêtue d'une robe blanche qui ondulait doucement sous le souffle d'air.

D'un signe, il lui demanda de le suivre.

Quelques instants plus tard, ils se trouvaient dans la chambre mortuaire, au cœur de la salle de préparation. Un rayon de lumière fade traversait les trois blocs d'imposte qui faisaient office de fenêtres, et cela suffisait à éclairer la pièce d'une nappe bleutée. Malgré la pénombre, Sonia reconnut aisément la forme caractéristique de deux cercueils fermés posés sur leur catafalque.

— Putain, c'est flippant ! Il y a... Il y a vraiment des gens, là-dedans ? demanda-t-elle en désignant les cercueils.

Silencieux, Maxime confirma d'un signe de tête. Il s'avança ensuite, un sourire étrange collé aux lèvres.

— Alors, tu flippes ? C'est un peu excitant, non ? Ça doit te changer des pédalos.

Sonia garda le silence à son tour. Elle observait les moindres recoins de la salle, effleurant du bout des doigts les meubles de rangement, la table de préparation, les ustensiles.

Elle frissonna.

— Tu m'épates, lâcha-t-elle en s'approchant de Maxime qui s'était assis sur la table. C'est donc ici que tu travailles ?

— C'est ça. C'est ici.

Elle avança son visage tout près du sien et posa ses lèvres sur son cou, le souffle court.

Sonia se fit la réflexion qu'elle avait trop bu, mais peu importe. N'avait-elle pas trouvé le grand frisson qu'elle avait toujours recherché ?

Maxime sentait que le cœur de la jeune femme tapait fort dans sa poitrine. Il pouvait percevoir les effluves de son parfum, ceux de sa peau, de sa sueur, mais aussi ceux de sa terreur. Il la respirait, la humait, comme s'il s'agissait d'une proie apeurée. Il était, lui, un prédateur qui avait patiemment attendu qu'elle ressurgisse, comme un animal sauvage blessé qui abdiquait enfin, se résignant à laisser son corps en pâture au fauve qui allait se repaître de ses chairs.

Il l'embrassa alors fougueusement. Il l'allongea sur la table, déchira le haut de sa robe, puis il s'allongea sur elle, excité.

— Attends ! On va un peu vite, non ? demanda-t-elle en chuchotant, le souffle saccadé par l'émotion.

Maxime n'eut aucune réaction. Il contemplait le visage de Sonia teinté de la lueur bleutée qui nimbait la pièce.

— Je suis à Lyon jusqu'à la fin du mois d'août, alors on va se revoir, monsieur Maxime Charleville. J'en suis sûre. J'ai vraiment l'impression que c'est notre karma. Si on s'est retrouvés, ce n'est pas le fruit du hasard.

Le jeune homme ne souffla pas un mot. Il demeura immobile un long moment, le regard dans le vague, la respiration bruyante. C'est alors qu'il agrippa brusquement le cou de Sonia d'une seule main et il gronda à voix basse :

— Ne m'appelle plus jamais comme ça ! T'entends, connasse ? Ne m'appelle plus Charleville !

Sonia resta pétrifiée.

Maxime lui lança alors un regard qui lui glaça le sang.

— Je suis désolée, pardon. Je ne voulais pas te…

— Boucle-la, plutôt ! Ne prononce pas un mot de plus. Pourquoi t'as tout gâché, hein ? Pourquoi ? fulmina-t-il entre ses dents, les larmes aux yeux.

Il serra davantage le cou de la jeune femme à l'aide de son autre main.

— Ma… Maxime ! Qu… qu'est-ce que tu fous ? bafouilla la malheureuse, essayant désespérément de se dégager de l'étreinte.

— Qu'est-ce que je fous ? Mais je vais te baiser, Sonia. Je ne veux pas rester sur l'échec de cette saloperie de soirée. Quand je t'ai pénétrée ce soir-là, je n'ai éprouvé que de la frustration, qu'une immense déception.

— Mais… tu m'avais dit…

Maxime serra davantage. Il scruta la lueur qui brillait dans les yeux de Sonia, encore et encore, obsédé par cette teinte, et la lumière qu'ils absorbaient. À cet instant, son désir le plus profond était de les voir s'éteindre. La malheureuse se débattit longtemps et réussit même à lui griffer la main jusqu'au sang, mais à mesure que les secondes s'égrenaient et qu'elle suffoquait, les ombres commencèrent à envahir son crâne. Les yeux brûlants, les poumons en feu, puis l'obscurité totale. Juste avant la fracture de l'os hyoïde, elle avait imaginé qu'il la relâcherait, mais il avait comprimé les artères carotides, encore et toujours plus fort, sans faiblir, empêchant son cerveau d'être oxygéné, et provoquant ainsi l'ischémie cérébrale.

Lorsque la jeune femme rendit son dernier souffle, il resta prostré quelques instants, réalisant ce qu'il venait de faire. Et ce qu'il venait de commettre, il l'avait fait avec beaucoup de calme.

Il avait jugé cela nécessaire, car il avait vu les yeux de sa mère dans ceux de Sonia. Et il allait devoir les garder, ces yeux, les posséder. Il le fallait.

Après avoir repris ses esprits, il récupéra des outils dans le tiroir de l'un des meubles, puis entreprit de briser les scellés de cire sur l'un des cercueils et de retirer les vis.

Tout en s'activant, il s'adressa alors à la dépouille de Sonia.

« Tu vois, dans l'autre cercueil, c'est un mec qui pèse très lourd, il est très gros. Ce type ne partagera pas sa couche avec toi. Par contre, dans celui-ci, c'est un môme de quatorze ans. Il était hospitalisé depuis trois mois pour une insuffisance respiratoire très grave, il n'a pas fait long feu. Lui, en revanche, il est tout fin, tout maigrelet. Vous allez pouvoir vous tenir chaud tous les deux, là-dedans. La crémation est prévue demain matin, juste après la cérémonie, ce qui me laisse toute la nuit pour reconstituer les scellés et tout remettre en ordre. Cette fois-ci, je suis certain de ne plus jamais te revoir, chère Sonia. Tu m'excuseras, mais je serai absent à tes funérailles. »

À mesure qu'il avançait dans sa tâche, il songea à ce qui venait de se produire. Il se remémora alors le conseil avisé dont l'avait dispensé l'un de ses formateurs. *« Le métier d'agent de chambre mortuaire nécessite d'indispensables qualités de savoir-faire, mais par-dessus tout, cette fonction requiert beaucoup de sang-froid. C'est indispensable. »*

Il sourit en pensant qu'il avait fait montre de savoir-faire, de méthode, et surtout de sang-froid.

Et il avait aimé ça.

38

Paris, France
Mai 2022

Échange de SMS entre le commandant Cassandre et le lieutenant Naccache

« Commandant, notre suspect a changé de nom. C'est pour cette raison qu'on le trouve nulle part. »

« Et vous l'avez, ce nom ? »

« Oui, il a saisi le juge aux affaires familiales et il a récupéré le nom de jeune fille de sa mère. Vidal. On cherche donc un Maxime Vidal. :) »

« La source est sûre ? Qui vous a rencardée ? »

« Son premier employeur, un ancien médecin reconverti dans le commerce des pompes funèbres. J'ai vérifié, ça tient la route. Par contre, je n'ai toujours pas d'infos concernant l'adresse de son domicile ou concernant son lieu de travail. »

« De toute façon, on a peut-être accroché quelque chose sur Tinder. Lina a un contact, c'est peut-être lui. »

« Je suis persuadée qu'il travaille toujours dans le funéraire. Je peux toujours chercher de ce côté-là. J'ai une piste qui me conduit à la Salpêtrière. »

« Revenez plutôt au service, je vais avoir besoin de vous. »

« ?? »

« Vous allez perdre votre temps. Je vous attends. »

Folle de rage, Nadia composa le numéro de Cassandre en maugréant entre ses dents. Elle attendit patiemment que passent toutes les tonalités, sachant pertinemment que le répondeur allait se déclencher. Elle détestait quand son supérieur faisait cela. Nadia savait qu'il voulait, une fois de plus, tout contrôler, prouver qu'il était la tête pensante du groupe, et le chef sioux à la grande et belle coiffe imposante.

Nadia raccrocha.

L'hôpital de la Salpêtrière de Paris était le dernier endroit connu où avait exercé un certain Maxime Vidal. La jeune enquêtrice se tenait pile en face de l'entrée principale. Elle se leva du muret de pierres sur lequel elle s'était assise, puis elle fit quelques pas sur l'allée pavée du dix-septième siècle.

Maxime se trouvait-il toujours en fonction dans cet hôpital ? Il aurait pu gruger, exercer de nouveau sous un autre nom d'emprunt. Il fallait qu'elle en ait le cœur net. Elle songea au fait que Cassandre ne détenait pas tous les secrets de la réussite, et n'avait pas, non plus, la science infuse. D'un pas décidé, elle se dirigea vers la grande porte vitrée qu'elle poussa d'un geste vif, puis s'adressa à l'employée de l'accueil en lui fourrant sa carte et sa plaque devant les yeux.

***

La salle de préparation était plongée dans la quiétude, le silence et la fraîcheur. Une légère odeur de détergent et d'autres produits à base d'ammoniac flottait encore un peu dans le fond de la pièce. Un téléphone portable était posé sur une table en inox et, à volume très réduit, la voix de Sting débitait les paroles de *Shape of My Heart*.

Le défunt était recouvert d'un drap blanc, remonté au niveau de la poitrine. Le vieillard avait rendu l'âme après avoir soufflé ses quatre-vingt-sept bougies deux jours plus tôt, mais il paraissait serein, comme endormi.

Maxime l'avait soigneusement toiletté et habillé du costume sombre que son fils avait apporté dans la matinée. Il l'avait également rasé, puis avait brossé ses cheveux, encore fournis pour son âge. Il s'était occupé de lui comme si le vieil homme avait été son propre père, comme s'ils avaient partagé des tas de moments incroyables pendant plusieurs décennies. Maxime lui avait parlé et l'avait rassuré. Il lui avait expliqué que la mort n'était qu'un instant, un passage, un frêle fragment de néant qu'il fallait traverser juste avant de pouvoir revivre une nouvelle vie.

Le responsable de la chambre mortuaire lui avait demandé d'apporter beaucoup d'attention à Eugène Grandieu. Celui-ci avait été un riche financier qui avait fait fortune grâce à de judicieux investissements, notamment dans le panneau photovoltaïque dès le début des années 1970, à Albuquerque, au Nouveau-Mexique. Il avait également contribué à de nombreux financements de travaux pour l'hôpital grâce à de généreux dons. La direction de l'établissement espérait ainsi que ses héritiers continueraient d'en faire autant.

Maxime se moquait de tout ça. Il n'avait pas porté de l'attention à Eugène pour son argent. Il avait pris soin de lui, car il aimait travailler avec les morts, mais peut-être aussi parce que cet homme lui évoquait le père qu'il aurait désiré avoir, le père qu'il n'avait jamais eu.

Tout en sifflotant *Shape of My Heart*, il terminait de maquiller le visage du défunt avec de petits gestes appliqués.

Quinze minutes plus tard, il recula enfin, observa son travail comme s'il venait de réaliser un chef-d'œuvre à l'égal de la chapelle Sixtine, et porta quelques dernières touches à l'aide de son pinceau. Il prit alors une posture cérémonieuse, les mains croisées dans le dos, et s'adressa au cadavre d'Eugène Grandieu.

« Voilà, c'est fini. Vous allez partir pour toujours, et ça, ça me rend triste. J'aurais bien aimé vous avoir comme papa, vous savez. Vous n'imaginez pas à quel point. Votre vie semblait bien rangée, impeccable. Vous deviez être quelqu'un de bien ; certainement pas une sorte de vieux débris qui se pintait à longueur de journée. J'espère que vous avez pris toutes les protections nécessaires, monsieur Eugène. Vos enfants voudront probablement dilapider votre fortune, vous l'savez, ça, n'est-ce pas ? Mais bon, vous n'êtes plus vraiment là pour voir tout ce putain de désastre. Votre famille mériterait une bonne leçon, surtout votre fille. Je sais que le thanatopracteur est venu ce matin pour vous retirer le pacemaker. Dommage, ça aurait été rigolo que la pile au lithium explose pendant la crémation et qu'elle pète à la gueule de vos gosses et de tous ces connards qui n'en veulent qu'à votre fric. »

Maxime caressa le front du vieillard et lui arrangea une mèche de cheveux. Il recula d'un pas, puis il continua, toujours sur le même ton lapidaire :

« Ce matin, j'ai suturé les plaies d'une femme qui avait environ une trentaine d'années. Elle était belle, châtain très clair, avec des yeux d'une couleur si envoûtante ; une sorte de teinte miel ou caramel, je ne sais plus. Elle n'a pas eu de chance ; victime d'un accident de moto. Elle se trouvait assise sur la selle, derrière son petit copain, quand une voiture les a percutés et éjectés tous les deux. Lui, il s'en est sorti avec quelques fractures, mais elle, elle a terminé sa course contre un arbre qui bordait la chaussée. Fracture de la colonne vertébrale et diverses hémorragies internes ; fin de l'épisode. Elle aurait pu ressembler à ma mère si elle n'avait pas eu ce grain de beauté dans le cou. Quand l'ophtalmo et le thanato se sont pointés pour effectuer le prélèvement de cornée, ça m'a fichu un coup. Je me suis dit que ce petit bout de femme avait fait don de ses organes et que l'on venait prélever l'un d'eux. J'ai été épaté par cette générosité, mais à la fois j'enrageais de savoir que ces connards allaient lui abîmer les yeux. C'était comme si, je...

C'était comme s'ils allaient faire du mal à maman, alors j'ai vu rouge. Vous comprenez, monsieur Eugène ? J'ai planqué leurs corps dans les frigos, ceux que vous voyez là-bas », dit-il en pointant du doigt les cellules réfrigérantes de la morgue. « En attendant, votre soin est terminé. Je dois vous laisser, maintenant. Vous allez avoir une longue route jusqu'à la paix, et moi j'ai un rencard. Une belle insouciante qui se prend encore pour maman, mais c'est une putain de copie qui se fait appeler *Pink Killer*. Rien d'autre. Je vais tout de même lui rendre une petite visite, car encore une fois, mon père a besoin de se voir dans les yeux de ma mère. »

* * *

— Je suis désolé, lieutenant, mais nous n'avons personne dans notre unité de chambre mortuaire qui exerce sous ce nom-là, lui assura le chef de service.

Nadia fit quelques pas au côté du docteur Amadou Diallo, le long du couloir qui desservait les bureaux administratifs, et insista :

— Combien de personnes travaillent ici ?

— Il y a cinq agents en chambre mortuaire et puis nos deux employés administratifs. Ce sont eux qui règlent la paperasse avec les officiers de police, généralement pour les opérations mortuaires, comme la fermeture du cercueil et la pose de scellés. Pour revenir à votre Maxime Charleville, oui, il a travaillé ici, il y a quelques années, mais il a été renvoyé.

— Je vais être dans l'obligation de vous demander une copie du contrat de chacun de vos employés et je désire les rencontrer également, si possible.

Le médecin la dévisagea un instant, une sorte de sourire figé au coin des lèvres.

— Mais… maintenant ? Vous avez une réquisition ordonnée par un juge ?

— Écoutez, je procède à une vérification. Rien de plus. On ne va pas commencer à s'emballer et à secouer l'arbre de la magistrature. Si vous y tenez, on peut le faire, mais vous savez, ces gens sont susceptibles. Faudrait pas que l'idée leur vienne de vouloir tout faire contrôler dans l'établissement, genre si toutes les procédures funéraires ont été respectées à la lettre, ou si…

— Ça va, ça va. Même si on n'a rien à nous reprocher, je vais vous aider, grogna le chef de service. On est à la Salpêtrière, ici, lieutenant. Vous croyez vraiment qu'on joue avec ça ?

— Commencez par m'expliquer pourquoi Maxime Charleville a été licencié, ça m'aidera peut-être.

Diallo hésita, puis confia tout bas à Nadia :

— Eh bien, disons qu'il faisait des choses pas… Comment dire ? Pas très *conventionnelles* avec les défunts.

— Allez-y.

— Au début, c'était plutôt bienveillant. Il leur parlait tout en leur faisant la toilette mortuaire, leur faisait écouter de la musique, ce genre de petits détails. Et puis, très vite, il s'est mis à les caresser. Ça devenait très gênant. C'est un stagiaire qui nous avait rapporté les faits, il l'avait surpris à plusieurs reprises.

— Il les caressait ? Soyez plus explicite, docteur.

— Eh bien, surtout les femmes. Lorsqu'il pratiquait la toilette, souvent avant de les habiller, il se positionnait sur leur corps ou il posait ses mains sur leur poitrine. Il leur caressait le visage et les embrassait parfois sur les lèvres. Il est passé en conseil et nous avons pris des mesures disciplinaires. Nous avons décidé de procéder à un licenciement et M. Charleville a quitté l'établissement.

— Quand était-ce ? demanda Nadia, impatiente, tout en consultant le SMS qu'elle venait de réceptionner sur son smartphone.

— Ça doit remonter à trois ans, si mes souvenirs sont bons. Si vous voulez, je peux vérifier sur le fichier central, mon bureau se trouve au fond du couloir. J'en profiterai pour vous fournir les informations sur les employés du service.

Nadia acquiesça d'un signe de tête. Elle s'empressa de lire le message que venait de lui envoyer Cassandre.

« Rappliquez au service ! Notre homme a mordu à l'hameçon. Pink Killer a rendez-vous avec Éternel Argus. »

39

Paris, France
Mai 2022

Maxime Charleville, alias Maxime Vidal, alias Argus.

Vêtu seulement de son caleçon, il était posté devant le grand miroir de son entrée et contemplait son reflet, s'observant des pieds à la tête. Être Argus le rendait fier, et il se sentait fort, mais son corps le répugnait plus que tout. Depuis cinq bonnes minutes, il détaillait le relief de la blessure qui striait sa poitrine. La jeune Kim Huang lui avait laissé un souvenir qu'il allait garder gravé sur sa peau jusqu'à la fin de ses jours, une cicatrice qui lui rappellerait chaque fois à quel point il lui faudrait être prudent tout au long de sa quête.

Il passa lentement le bout de ses doigts sur l'épaisse boursouflure, se laissant aller à l'évocation du moment où il s'était fait violence, cet instant où il avait bien fallu soigner cette vilaine blessure qui s'infectait dangereusement. Pris de fièvre et de nausées, il avait à maintes reprises nettoyé le pourtour de cet abcès qui gonflait de jour en jour, mais l'infection semblait s'étendre inexorablement. Des saignements et des écoulements purulents se manifestaient quotidiennement et une odeur nauséabonde finit par s'en dégager. Alors, déterminé à en découdre avec cette putréfaction qui se propageait, avant de succomber à un choc septique, Argus avait décidé de se charcuter seul, à l'ancienne. Il avait tout d'abord avalé la moitié d'une bouteille de tequila, pris quelques comprimés d'un antidouleur qui aurait pu coucher un cheval, et s'était assis face au petit miroir sur pied qu'il avait posé sur la table de sa cuisine. Il avait ensuite stérilisé la lame d'un désosseur en la chauffant à blanc et en l'arrosant d'alcool, placé un torchon entre ses dents, puis il s'était entaillé la peau en pénétrant les chairs nécrosées. Du pus s'était écoulé, ainsi qu'une importante quantité de sang. Puis il avait pressé la plaie, espérant évacuer le maximum de l'exsudat pathologique. Après avoir essuyé la pyorrhée jaunâtre, il avait alors versé sur la blessure l'équivalent d'un demi-verre de tequila, puis avait de nouveau chauffé à blanc le couteau et cautérisé la plaie.

De nombreuses fois, Argus avait observé dans le miroir son visage cramoisi déformé par l'effort et la douleur, son crâne chauve, et ses tempes vermiculées de veines bleuâtres. À plusieurs reprises, il avait failli sombrer, perdre connaissance, et il s'était finalement laissé retomber sur sa chaise, le souffle court, juste avant de fermer les yeux.

Argus délaissa ce désagréable et douloureux souvenir pour enfiler un jean et un T-shirt, passer son blouson de cuir noir, et chausser sa paire de Converse. Dans son salon, le téléviseur fonctionnait en mode silencieux. Les images d'Odessa défilaient, grises et froides, à feu et à sang sous les frappes russes. La ville portuaire du sud de l'Ukraine restait encore et toujours la cible principale, et les Ukrainiens craignaient que la cité slave soit l'un des objectifs de la Russie, notamment depuis qu'un général russe avait affirmé que l'offensive du Kremlin visait à établir un couloir de la Russie vers la région séparatiste moldave de Transdniestrie, qui passerait par Odessa.

Argus contempla quelques secondes les images en maugréant une insulte à l'égard de Vladimir Poutine, haussa les épaules, puis éteignit le poste de télévision. Son regard se posa alors sur les divers portraits qui se trouvaient encadrés sous verre, disséminés un peu partout sur les murs du salon. Les clichés, en noir et blanc pour la plupart, représentaient sa mère ou son père. Sur chacun des portraits, à même le verre, il avait barbouillé les yeux au marqueur noir. Non loin des cadres, une très grande photographie imprimée sur toile dépeignait ses parents ; son père posant fièrement dans son costume sombre, ainsi que sa mère, dans sa majestueuse robe de mariée. Leurs yeux, également, avaient été grattés sur la toile, laissant apparaître à leurs places deux espaces blancs.

« Papa, maman, ça fait si longtemps qu'on ne se voit plus, hein ? » lança-t-il avant de se laisser aller à un rire inquiétant.

Il s'approcha de la grande photographie de ses parents, caressa celle-ci du bout des doigts en suivant les courbes de la robe de sa mère, et murmura tout près de leur visage :

« T'as fait le con, papa. On aurait pu faire tellement de choses ensemble, être complices, être comme des potes, toi et moi. De toute façon, si tu ne t'étais pas foutu en l'air, je t'aurais crevé, ça, c'est sûr. Tu m'entends ? Il n'y a que moi qui aimais maman, et elle, elle m'adorait. T'as tout cassé, t'as saccagé notre famille ! Je voulais la voir vieillir, maman, moi. Je voulais capter dans son regard la fierté qu'elle aurait eue à constater ma réussite. Tu ne l'aimais pas, tu la haïssais, même. Toi, tu ne portais de l'attention qu'à tes salopes et tes putains de bouteilles de tord-boyaux. Et il a fallu que tu l'embarques dans ta galère, que tu lui fasses faire le grand plongeon… »

Il demeura ainsi un long moment, la joue collée contre l'image de sa mère, et les cinq doigts de sa main gauche recroquevillés, positionnés sur le visage de son père, prêts à griffer la toile.

« Ma petite maman, j'ai un nouveau rencard avec une femme. C'est encore trop tôt pour me prononcer, mais je crois que, cette fois, c'est la bonne. Elle te ressemble beaucoup. Elles essaient toutes de t'arriver à la cheville, mais leurs efforts restent pathétiques. N'est pas une grande personne qui veut. Cela me fait penser que je me suis occupé de M. Grandieu, ce matin, au taf. Lui, c'était une belle personne, pas une pâle copie. C'est un homme comme lui qu'il t'aurait fallu, petite maman. Pas un incapable alcoolique, pas une larve misogyne. Mais c'était mon dernier, je ne travaillerai plus avec les morts de l'hôpital Mondor, à Créteil. Le chef de service a trouvé que j'avais un comportement pas commun avec les défunts. Il m'a dit qu'ils n'avaient plus besoin de moi, là-bas. Quel con, celui-là ! Ils m'ont fait le même coup à la Pitié Salpêtrière. »

Argus recula, observa encore un instant les jeunes mariés sur la toile, et pivota brusquement sur ses talons. Il mit sous tension une vieille chaîne hi-fi poussiéreuse, posa délicatement un vinyle 45 tours sur la platine disque et positionna le bras au-dessus. Après quelques craquements, les premières mesures de *California Dreamin'* retentirent.

« Je vous laisse, à présent que vous avez votre chanson. Moi, je file à mon rendez-vous. Je continuerai de faire en sorte que tu revives ce que tu as fait, papa. Tu entendras encore et encore *California Dreamin'* et chaque fois, je te rapporterai cet œil qui t'a échappé lorsque la vie t'a quitté. Eh oui, on ne peut pas toujours avoir ce que l'on veut. Considère cela comme ton châtiment au purgatoire. »

Après avoir roulé une quinzaine de kilomètres à bord de son break, Argus s'était garé à deux rues du lieu de rendez-vous. Il parcourut quelques mètres à pied, dépassa deux ou trois boutiques, et pénétra dans le hall d'un immeuble Haussmannien. Son contact Tinder lui avait indiqué l'accès au digicode de l'entrée et lui avait précisé l'étage. Le cinquième, première à gauche.

Argus ne savait pas grand-chose au sujet de cette femme. Il savait seulement qu'elle se faisait appeler *Pink Killer* sur l'application et qu'elle ressemblait étrangement à sa mère.

Ses yeux lui avaient parlé.

Sur les photos qu'elle avait publiées sur son profil, il avait lu beaucoup de souffrance tout au fond de ses pupilles et il lui avait même semblé percevoir la mort incrustée sur le pourtour de son iris. Argus avait toujours cru au pouvoir des yeux. Il avait toujours pensé qu'ils étaient le récepteur des émotions, mais aussi le transmetteur de nos sentiments, de nos peurs les plus sourdes. Il restait persuadé qu'ils enregistraient les derniers instants de notre existence, les dernières images avant notre passage de vie à trépas.

Tout comme il restait persuadé que l'œil de verre de son père avait enregistré les derniers instants de sa mère.

Il passa par le grand hall de l'entrée et s'engagea dans la cage d'escalier. Il arriva au premier étage, huma l'air comme un fauve en chasse et demeura immobile un long moment, attentif au moindre bruit.

Il grimpa la volée d'escaliers suivante, une drôle de sensation chevillée à l'esprit. Sa main droite plongea dans la poche intérieure de son blouson de cuir et le contact froid du blépharostat le rassura. Une fois sur le palier du troisième étage, il se persuada qu'il ne procéderait pas du tout de la même façon qu'à l'accoutumée. Il était prêt à ramener cette femme chez lui, à la garder rien que pour lui. En revanche, il ne l'enterrerait probablement pas, car l'idée de conserver le corps lui était venue et s'était imposée comme une évidence. Il avait songé à l'embaumer, afin qu'il puisse la garder le plus longtemps possible, ce qui lui permettrait d'avoir de nombreuses conversations avec elle. Il se procurerait tous les produits nécessaires sur le dark web, cela ne serait pas compliqué. Il pourrait placer sa dépouille dans le vide sanitaire, près du mausolée de son père, tout près de son œil de verre. La réflexion provoqua tout un flot d'images qui le saisit alors, et il sentit pointer une solide érection.

Deux étages au-dessus, Lina se tenait prête dans l'appartement réquisitionné par la police. Elle avait passé la robe à fleurs rouges, avait détaché ses cheveux, et enfilé une paire d'escarpins à talons hauts.

Nadia lui donnait les dernières consignes, la règle à suivre pour que tout se déroule sans incident.

— Bon, surtout ne soyez pas agressive avec lui. Répondez-lui toujours calmement. Vous ne craignez rien, Lina. Moi, je serai cachée sur le balcon, la porte-fenêtre coulissante à peine ouverte. Je serai en contact permanent avec les gars de l'équipe qui se planquent dans l'appartement du dessus. Il y a une liaison vidéo établie grâce à la microcaméra qui se trouve dans le…

— Et si l'idée lui prend de m'égorger, hein ? Vous n'aurez même pas le temps de bouger un orteil. Je le sens pas, votre truc. Et j'vous rappelle que ce n'est pas moi qui devais le jouer ce rôle.

Le téléphone de Nadia vibra.

Nerveuse, elle porta l'appareil à son oreille.

— Ouais…

À l'autre bout du fil, la voix de Cassandre résonna comme le sifflement d'un serpent.

— Cette fois, c'est bien lui. Il arrive. Il est dans la cage d'escalier, alors tenez-vous prêtes.

Nadia raccrocha.

— Il ne vous égorgera pas, ce n'est pas son mode opératoire. Son but premier, c'est de récolter son trophée, reprit l'enquêtrice à voix basse. Il va d'abord vous endormir, quoi qu'il arrive. C'est comme ça qu'il procède. Soit il va vous piquer, soit il va vous forcer à boire quelque chose. Quel que soit le moyen qu'il utilisera, laissez-vous faire. Allez, préparez-vous.

— Vous êtes complètement barge, vous l'savez ?

— Vous avez vécu suffisamment longtemps avec un prédateur redoutable, donc je suis certaine que vous allez gérer cette situation, répondit Nadia en rejoignant le balcon.

Elle referma la baie vitrée en laissant une fine ouverture et s'accroupit à l'extrémité droite de la plateforme de béton.

La sonnette retentit alors, glaciale, comme le tocsin qui alertait autrefois la population d'une catastrophe naturelle imminente.

Lina s'avança lentement vers l'entrée en traînant les pieds, comme tout condamné à mort se dirigeant droit sur l'échafaud.

— Qui est là ?

L'épaisse porte de chêne laissa filtrer un filet de voix saccadé par l'essoufflement.

— C'est moi, Éternel Argus…

Lina lui ouvrit avec un sourire forcé.

L'homme qui se tenait devant elle était assez grand, bien portant, un mètre quatre-vingts environ, une centaine de kilos très certainement, la cinquantaine. Il était chauve, avec une barbe brune, très fournie. Il était habillé d'un jean bleu et d'un blouson de cuir.

— Je suis Argus. On peut se tutoyer ? demanda-t-il aussitôt.

— Oui, bien sûr. Vas-y, entre.

— Tu as une robe magnifique, j'adore. Et ton pseudo est kiffant. C'est quoi ton vrai prénom ?

— Merci beaucoup, répondit Lina en l'invitant à s'avancer. Par contre, on va s'en tenir au pseudo, si ça ne te dérange pas.

— OK. Je respecte ton choix.

Lina perçut immédiatement que quelque chose ne tournait pas rond. Elle n'arrivait pas à définir quoi, mais elle sentait qu'un malaise s'installait et s'intensifiait.

Argus s'affala sur le canapé et ôta son blouson. Il fixa Lina un long moment, la détaillant sous toutes les coutures.

— Par contre, j'aimerais beaucoup que tu retires tes talons.

— Ah ouais ? Tu n'aimes pas ?

— Si, beaucoup, mais je préfère sans. Retire-les, insista-t-il en effleurant son thorax.

Lina se déchaussa et vint s'asseoir près d'Argus.

— Tu veux boire quelque chose ?

— Oui, mais ça attendra, répondit-il en posant la paume de sa main sur la joue de Lina. Tu es si belle et tu as l'air si douce.

Il caressa son visage, ses cheveux, puis il s'approcha plus près, et l'embrassa délicatement dans le cou. Lina laissa Argus coller son corps au sien, forcée de respirer l'odeur un peu aigre de sa peau, percevant le rythme de son souffle qui s'accélérait.

À cet instant, elle sentit une vive piqûre sur sa cuisse. Elle se souvint alors de ce que lui avait confié le lieutenant Naccache et en déduisit aussitôt qu'Argus venait de lui injecter un sédatif.

— Tu es tellement belle que je ne peux pas te laisser là, tu comprends ? Tu vas venir chez moi, je t'y invite. N'aie pas peur, surtout. Je viens de t'injecter un cocktail sympa, mais il a été dosé de façon que tu puisses encore tenir debout. On prendra ma voiture, elle n'est pas loin.

Lina perçut une vague de chaleur qui remontait du bas de ses reins jusqu'au sommet de son crâne. Son cœur commença à taper très fort dans sa poitrine et sa vue se troubla.

— Pourquoi partir ? On est bien ici, non ? Et puis, on ne se connaît pas. Je…

— Chuuut ! Pas de panique, tu vas te sentir légère, et tout ira bien. Tu es presque aussi belle que maman, c'est incroyable. Tes yeux sont fascinants, je pourrais laisser mon regard s'y perdre pour l'éternité.

Lina avait très chaud. Son rythme cardiaque avait encore augmenté et elle se sentait très mal. Une sorte d'angoisse la saisit alors et lui noua la gorge.

— Je ne suis pas bien. Arrête, je vais vomir. Laisse-moi, tu devrais partir. Je crois que je vais perdre connaissance.

— Non ! Non, tu ne peux pas faire ça ! Tu m'entends ? Pas maintenant. Réveille-toi, connasse ! Oh ?

Argus gifla Lina à trois reprises et positionna ses mains autour de son cou. Il la fit basculer sur le canapé pour l'allonger, grimpa à califourchon sur elle, puis commença à écraser sa trachée. Des veines bleues saillaient sous ses tempes pendant qu'il forçait, les mâchoires serrées, de la salive émergeant à la commissure de ses lèvres. D'une voix pleine de rage, il pesta alors :

— Pourquoi tu me trahis ? Pourquoi ?

Alors qu'il comprimait davantage le cou de Lina qui se débattait, il entendit tout à coup un déclic dans son dos.

— Lâchez-la et retournez-vous lentement, les mains en l'air ! Je suis officier de police, et si vous restez calme, tout se passera bien.

Argus abandonna sa prise et se retourna en souriant. Il leva lentement les mains au-dessus de sa tête et s'adressa à l'enquêtrice qui braquait son arme sur lui.

— J'aurais tellement voulu avoir le temps de vous expliquer tout ça, vous savez. Je ne suis pas un mauvais garçon, moi, papa l'était, lui. Je n'ai jamais fait de mal à personne, pourtant, on m'en a fait à moi. Beaucoup. Maman me manque, c'est tout ce que je peux vous dire. J'aurais tant souhaité la garder, si vous saviez, finit-il par marmonner avec des trémolos dans la voix.

— Malheureusement, on ne peut pas toujours avoir ce qu'on veut. Tu connais la chanson des Stones ? La vie est tordue, rétorqua Nadia en s'emparant de la paire de menottes qui pendait à sa taille.

À l'instant même où la porte de l'appartement s'ouvrait avec fracas, et qu'une demi-douzaine de policiers pénétrait dans le salon, Argus prit appui sur le canapé et se jeta sur Nadia d'un seul bond. Il l'enserra de ses bras, l'entraîna dans sa course sur le balcon et, sous la violence du recul, ainsi que sous le poids de l'individu, les deux corps percutèrent le garde-fou du qui se descella du côté gauche, juste avant de céder entièrement.

40

Paris, France
Juillet 2022

La cuisine semblait appartenir à un autre siècle. D'ailleurs, s'agissait-il vraiment d'une cuisine, ou plutôt d'une immense table en chêne sur laquelle était posée une tête fraîchement coupée et fendue en deux, accompagnée de divers légumes ? La table était installée devant une cheminée démesurée, ornée d'un linteau également en chêne, ainsi que d'une hotte en crépi blanc sur laquelle était fixé un fusil de chasse en guise de décoration. Les deux femmes, qui se tenaient devant la tête, devisaient très sérieusement sur la façon de la cuisiner.

— Alors, on coupe la tête en deux en fendant le crâne, c'est plus facile pour la faire cuire, et puis on enlève les dents, on ne les cuisine pas, d'accord ?

— C'est sa mâchoire, ça ?

— Oui.

— Et alors là, à l'intérieur, qu'est-ce qu'il y a ?

— Eh bien, ça se voit, non ? Il y a la cervelle, et puis là, plus bas, c'est la langue…

— Et c'est bon, la cervelle ?

— Mais bien sûr, tout est bon. Allons !

— Et les oreilles ? Les oreilles aussi ?

— Même les oreilles. Tout se mange. Les oreilles confites, ça, c'est délicieux.

— D'accord. Donc si on résume, pour faire un bon pâté de tête, on a besoin de quoi ?

— De tout ce qui est devant nous, mais on va commencer par la blanchir, cette tête.[1]

Cassandre éteignit YouTube. Depuis quelques semaines, il s'était pris de passion pour la gastronomie. Une catharsis assumée, en quelque sorte. Certainement pour évacuer les troubles dus au traumatisme subi par l'affaire de l'oculiste, mais ces derniers jours, il n'avait pas vraiment eu l'esprit à travailler les recettes de Maïté et sa *Cuisine des mousquetaires*.

Il posa son Mac et se leva du canapé, aussitôt suivi par Sherlock qui laissa échapper un bruyant jappement.

« Qu'est-ce que tu veux, encore ? Je t'ai filé ta pâtée il y a à peine une heure. T'es pas un chien, toi, t'es un ventre sur pattes. »

La queue basse, penaud, Sherlock émit une sorte de grognement. Il tourna sur lui-même et s'éloigna en prenant la direction de la cuisine.

Cassandre ne dormait plus la nuit, toujours perturbé par les événements qui s'étaient déroulés lors de l'interpellation de l'oculiste. Cela faisait à présent deux mois que les images de l'incident revenaient le hanter sans cesse, le tirant de son sommeil, le laissant en sueur et complètement désorienté au beau milieu de son

---

1. (Pâté de tête de porc façon Maïté)/(Archive INA)/La cuisine des mousquetaires | FR3 | 18/01/1997

lit. La thérapie qu'il avait accepté de suivre, sous la recommandation de la médecine du travail, ne lui apportait, pour le moment, qu'un fragile soutien. Il avait encore du mal à exprimer ce qu'il éprouvait et avait beaucoup de difficultés à lâcher prise, à se défaire de cette culpabilité qu'il avait endossée juste après l'interpellation, cette opération de police qui s'était terminée dans un bain de sang. Le sentiment qui rongeait Adam Cassandre était le jumeau maléfique de celui qu'il ressentait déjà depuis la mort de Marie. L'histoire se répétait, si bien qu'il en avait même tiré la conclusion d'être envoûté, d'être maudit pour être un éternel coupable. Si seulement il avait passé ce coup de fil, ce soir-là, si seulement il lui avait téléphoné pour la réconforter…

Un simple appel et Marie serait encore là.

Et s'il était descendu plus tôt dans l'appartement du dessous voilà deux mois, entouré de l'équipe, cela aurait-il changé les choses ? Cela aurait-il pu permettre d'éviter ce malheureux drame ? Il connaissait la réponse, mais celle-ci restait ancrée au plus profond de ses entrailles noueuses, dans le tréfonds de sa douleur.

Cassandre se dirigea vers la cuisine, ouvrit son réfrigérateur et s'empara d'une canette de bière. Il observa son chien qui léchait minutieusement le pourtour de sa gamelle, l'air abattu.

« Tu es un parfait comédien, Sherlock. Bravo. Toi, au moins, tu sais ce que tu veux. Bon, t'as gagné, t'as droit à du rab de croquettes. Mais il va falloir y aller mollo sur la bouffe. Papa ne va pas retourner travailler avant un long moment, on va devoir un peu se serrer la ceinture. C'est la fin de l'abondance. »

Le labrador se positionna alors sur son arrière-train et fit claquer sa queue sur le sol. Il aboya deux fois et vint se jeter sur son maître, les deux pattes en avant.

L'animal lui apportait le réconfort et l'affection qui lui manquaient. Sherlock lui permettait de passer à autre chose lorsqu'il plongeait dans les douloureuses profondeurs de son passé, d'estomper les souvenirs dont il voudrait se séparer définitivement. Depuis 2017, il revoyait en boucle le jour des funérailles, le moment où les parents de Marie lui avaient lancé ce regard à la fois plein de chagrin et de colère.

Les récents événements n'avaient fait qu'accroître ce mal-être. Dans la plupart de ses cauchemars, il revoyait nettement Maxime Charleville qui se précipitait sur Nadia Naccache. Il les revoyait basculer en arrière, perdre l'équilibre et, enfin, percuter le garde-corps du balcon.

Et puis le sang.

Tout ce sang, vingt mètres plus bas, sur le trottoir. Il se revoyait s'approcher de la balustrade en fonte pour jeter un œil en bas, et chaque fois, il sentait le vertige le saisir lorsqu'il entendait le hurlement du lieutenant Naccache. Il se réveillait en sueur à cet instant, presque tout le temps, l'échine glacée et le rythme cardiaque frôlant l'excès de vitesse.

Cassandre allait devoir expulser toute cette gangrène qu'il portait en lui depuis 2017. La boucle était bouclée. Il ne voulait plus vivre avec la certitude d'être responsable, il ne supportait plus de porter le costume du coupable. Cela allait prendre du temps, plusieurs mois, peut-être même des années, mais il avait envie de pouvoir un jour, de nouveau, se recueillir sur la tombe de Marie. D'avoir enfin, depuis cinq ans, le courage d'entrer au cimetière du Montparnasse et de lui parler, de lui dire combien il était désolé de ne pas avoir cru en elle, de ne pas l'avoir épaulée. Il savait qu'il se sentirait un peu moins aigri, un peu plus léger, soulagé d'un poids qu'il portait depuis si longtemps et qui lui faisait si mal. Il voulait redevenir celui qu'il était avant, avant Marie, et ne plus être celui qu'il était devenu.

Il devait chasser ce monstre.

Avec l'affaire Maxime Charleville, Cassandre avait pris conscience à quel point les erreurs du passé pouvaient mener à sa propre chute dans le futur. La solitude, l'humiliation, l'échec, les trop nombreuses frustrations, tout cela conduisait l'Homme aux frontières d'une folie sans nom. Il songea à ce qu'avait bien pu être l'enfance de Maxime Charleville, puis songea encore à Marie et à son erreur, à Lina Berisha et à tout ce qu'avait engendré sa rencontre avec Joey Lawrence. Les êtres humains, parfois, entraient de leur plein gré dans le chaudron du mal et se laissaient consumer à petit feu, lentement, à feu doux, jusqu'à la fin de leur existence.

Cassandre rejoignit son salon, ouvrit son Mac et lança Deezer. Il sélectionna sa playlist *seventies* et Gilbert O'Sullivan entonna *Alone Again (Naturally)*. Il s'allongea alors sur son canapé et ferma les paupières, se laissant doucement bercer par la voix et les paroles qui lui semblèrent quelque peu prémonitoires.

In a little while from now
If I'm not feeling any less sour
I promise myself to treat myself
And visit a nearby tower
And climbing to the top
Will throw myself off

* * *

Maison d'arrêt de Fleury-Mérogis
Fleury-Mérogis, France
Juillet 2022

L'avocat rangea un document dans sa serviette. Il eut un soupir de lassitude et s'adressa enfin à Lina.

— Vous allez pouvoir y aller. Utilisez votre temps judicieusement, j'ai eu un mal de chien à obtenir le permis de visite pour vous. Ça va faire sept semaines que vous ne l'avez pas vue et je ne sais pas quand vous pourrez la revoir. Tout ce que je sais, c'est que le procès aura lieu dans quelques mois.

— Quand, exactement ? grogna-t-elle en l'interrogeant d'un signe de tête.

— Je l'ignore, madame Berisha. La date exacte n'a pas encore été fixée.

— J'ai besoin de savoir, Maître.

— Écoutez, toutes ces procédures sont très longues. Lorsqu'il est question d'un homicide, le magistrat instructeur veut être sûr de son coup. Il ne laisse rien au hasard. Votre fille va être jugée pour meurtre. C'est très grave. La bonne nouvelle, même si les psychiatres l'ont reconnue pénalement responsable, c'est qu'elle ne sera pas jugée pour assassinat. Le juge d'instruction a conclu qu'il s'agissait d'une expérience sexuelle qui a mal tourné, mais que Myriana n'avait pas prémédité cet homicide. Voilà, c'est tout ce que je peux vous dire pour le moment. Maintenant, je vous laisse y aller, c'est par là. Ne perdez pas une seule seconde.

L'avocat lui indiqua le vestibule à emprunter pour rejoindre le parloir et quitta la salle d'attente.

Lina fit quelques pas, l'esprit embrumé, lasse de parcourir des couloirs de prisons, de traîner des pieds dans les parloirs. Que s'était-il passé dans la tête de sa fille ? Qu'est-ce qu'il lui avait pris ? Les rôles s'étaient à présent inversés. Myriana avait été jetée en cage, incarcérée, dans l'attente de son procès pour meurtre, et elle, elle se retrouvait seule, après avoir revu sa fille au bout de dix-sept longues années d'incarcération. Le magistrat, ainsi que les officiers de police avec lesquels elle avait passé l'accord pour l'affaire de l'oculiste, n'avaient pas vraiment respecté leurs engagements et ne comptaient plus minimiser les faits pour le meurtre d'Armelle Ray-Lemoine.

La porte s'ouvrit alors avec fracas.

On la laissa pénétrer dans une salle commune où se trouvaient des cabines individuelles agrémentées d'une table et de deux chaises. Elle prit place et Myriana se présenta quelques secondes plus tard, amaigrie, le teint pâle, et les cheveux hirsutes.

— Ma chérie, comment tu vas ? Tu n'es pas malade au moins ? Viens, assieds-toi.

Les lèvres pincées, et le regard plongé dans celui de sa mère, Myriana ne décrocha pas un seul mot. Elle s'installa sur l'une des chaises et posa ses mains à plat sur la table.

— Hé ! Réponds-moi ! Tu n'es pas malade ?

— Ne te fais pas de soucis de ce côté-là. J'ai juste perdu un peu de poids. Avec ce qu'on mange ici, c'est un peu normal.

Elle prit une longue inspiration, comme pour se donner plus de courage, et poursuivit :

— Écoute, maman. Je crois que ce serait mieux que tu ne viennes plus me voir. Tu dois faire ta vie. Tu as fait dix-sept ans de placard, alors il me semble que t'as le droit de penser à toi, maintenant, tu ne crois pas ?

— Qu'est-ce que tu racontes, bon sang ? T'es folle ? Avec Me Esposito, on va te sortir de là. On va…

— Maman, arrête. Je ne sortirai pas, tu comprends ? La cour d'assises des mineurs va m'envoyer en taule… Et s'ils me chargent vraiment avec le meurtre du type de l'hôtel, je prendrai vingt ans. Le juge m'a tout expliqué, c'est très clair. Eh oui, je sais, triste sort. On n'aura eu le temps de rien. Faire connaissance en quelques mois, c'est court.

Lina contint sa colère en retenant ses larmes, les mâchoires serrées.

— Qu'est-ce que t'as foutu avec ce type, Myriana ? Pourquoi t'as fait ça ? J'avais intégré l'idée pour Armelle, mais pas pour…

— Je ne l'explique pas, ça s'est produit, c'est tout, l'interrompit-elle. J'ai ressenti le besoin de le faire lorsqu'on s'est retrouvés au pieu, lui et moi.

Lina la dévisageait, les sourcils froncés, jugeant l'acte de sa fille incompréhensible.

— Écoute, Myriana. Tu sais que je t'aime. Tu es mon bébé et je ne te laisserai pas tomber. Alors, si quelque chose ne va pas, tu dois m'en parler. Si tu sens que certaines choses ne tournent pas rond, il faut voir des médecins et on trouvera les meilleurs pour…

— Ne te fatigue pas avec le couplet de la folie passagère, de la maladie mentale, ou je n'sais quoi. Les psychiatres ont estimé que j'étais responsable de mes actes, point barre.

— Raconte-moi, lança Lina, le timbre de sa voix légèrement tremblotant.

Myriana se laissa aller en arrière et posa ses épaules contre le dossier de la chaise.

— Tu veux savoir quoi ? Écoute, t'as fait des conneries dans ta jeunesse, et moi, j'en fais à mon tour.

— Je suis ta mère, je t'oblige à me répondre. À plusieurs reprises, je me suis mise en danger pour toi. Tu comprends, ça ?

— En danger ? Putain, je rêve ! Si je suis en cage aujourd'hui, c'est bien à cause des saloperies que t'as commises avec ce connard censé être mon père ! Alors, la ramène pas, s'il te plaît ! Tu veux savoir ce qui s'est passé ? Je vais être franche. Ouais, ce mec, je l'ai tué. Je ne saurais dire si j'en avais l'intention, mais je ne crois pas. En réalité, je ne vais pas te mentir. Après l'histoire d'Armelle, je me suis mise à faire le tapin. Si mes souvenirs sont bons, j'ai commencé début mai. C'est pas glorieux, hein ? Mais je souhaitais entrer dans une agence pour ne pas tomber bien bas. Je ne voulais pas devenir une pute maquée, mais faire de l'escorting, et gagner du fric. Et puis, j'ai fait la connaissance de ce type, un soir, sur un site de rencontres. On s'est vus à plusieurs reprises, il me payait bien, et il baisait bien. J'arrivais même à prendre du plaisir…

— Myriana, tu n'es pas obligée de me raconter tous ces…

— Si. Laisse-moi finir. La dernière fois qu'on s'est rencontrés, c'était également à l'hôtel. Il avait loué une grande chambre, luxueuse. Elle portait d'ailleurs le numéro 141. Je l'avais initié à la pratique de l'asphyxie érotique et il y avait pris goût. Ce jour-là, il a voulu qu'on le fasse. J'avais prévu un catgut.

— C'est quoi ce truc ?

— C'est une ligature médicale en boyau. On l'a installé autour de son cou et j'ai fait un garrot espagnol à l'aide d'un stylo. Le type était menotté au lit et bâillonné. Moi, j'étais à califourchon sur lui et, chaque fois, il me disait de donner un tour à la ligature. C'est ce que je faisais, mais à un moment, il m'a demandé de desserrer le catgut et c'est là qu'il s'est produit cette chose étrange.

— Quoi, qu'est-ce que tu as fait ?

— Je n'en avais pas envie, maman.

— Pas envie de quoi ?

— Je ne voulais pas desserrer le lien, je prenais trop mon pied, j'étais consciente du pouvoir que je détenais à cet instant. Alors j'ai serré encore un peu plus, et je continuais toujours de le chevaucher. En réalité, j'ignorais s'il gémissait de plaisir ou s'il était en train de s'étouffer et de me supplier d'arrêter. Au bout d'un moment, il a joui et il a cessé de gesticuler. Moi, j'étais en transe et, curieusement, les images d'Armelle me sont revenues à cet instant, les derniers moments de notre acte sexuel. Et j'avais tellement envie de revivre ça. Maintenant, je sais. Je sais que j'ai aimé faire ça.

Lina resta pétrifiée. Les aveux de sa fille lui semblaient être ceux d'un individu qui avait décroché du monde réel, un être en proie à des troubles psychopathiques. Son récit laissait apparaître les traits d'une personnalité encline au détachement émotionnel, au manque d'empathie, de culpabilité et de remords sans équivoque.

Myriana s'était perdue.

— Écoute, ma chérie, j'ai vécu ma vie à cent à l'heure. J'ai rencontré Joey alors que j'étais très jeune, et je me suis immédiatement vouée à lui, corps et âme. J'ai ensuite passé des années en prison. Et même si j'étais sous l'emprise de cet homme, même si j'étais à la fois fascinée et terrorisée par tout ce qu'il représentait, même droguée, je ne perdais jamais de vue mon objectif : toi. J'ai toujours tout sacrifié pour toi, Myriana. Je me suis mise en danger chaque fois...

— Faux ! hurla Myriana en se penchant en avant. T'aurais pu te barrer, le quitter, te tirer loin de cette ordure avant que ça dégénère !

— Je ne pouvais pas, j'étais dépendante de lui. J'avais pas un sou, j'étais toxico et enceinte de toi. Je remercie Dieu, d'ailleurs, qu'il n'y ait eu aucune conséquence sur le fœtus.

Myriana scruta le regard de sa mère, perplexe. Elle serra alors les mâchoires très fort et grinça entre ses dents, le ton rageur :

— Tu n'avais qu'à avorter.

La phrase résonna aux oreilles de Lina comme un violent acouphène. Elle en eut le souffle coupé, incapable de répliquer.

— Il fallait te barrer, avorter et balancer ce monstre aux flics !

— Myriana, ça n'aurait rien changé. Joey me manipulait, il me faisait croire qu'il subviendrait à tous nos besoins, qu'il serait un père pour toi. Il me disait que si l'envie me prenait de le balancer, il n'hésiterait pas à sacrifier ma mère. Qu'il lui trancherait la tête encore vivante et qu'il exposerait celle-ci dans la salle commune de la maison de retraite.

Myriana passa une main dans ses cheveux en hochant la tête. Des larmes troublèrent son regard clair et elle s'empressa de les chasser du revers de la main pour dissimuler son émotion.

Un surveillant fit alors signe à Lina pour l'informer que le temps était écoulé et que le parloir prenait fin.

La question qui lui vint à l'esprit, à l'instant où elle se leva, fut celle de savoir à quel moment sa fille avait bien pu prendre goût à la mort.

Le gène du tueur était un mythe, une légende, mais Lina laissa courir les images du passé, celles du sacrifice de la chair, de la naissance de Myriana, et de l'offrande gastronomique de son placenta, à elle-même, et à son enfant.

Lina se demanda tout à coup si ce rituel aurait pu sceller une sorte de pacte avec le mal, s'il aurait pu transmettre à Myriana un besoin inconscient de se rapprocher chaque fois de la mort. Myriana avait tué, mais elle n'avait pas commis l'acte du sacrifice de la chair.

Pour combien de temps encore ?

En larmes, Lina se leva, envoya un baiser à sa fille du bout des doigts, et recula d'un pas. Ses jambes semblaient ne plus vouloir la porter. Elle songea alors à Maxime Charleville, à ce moment où il s'était trouvé sur elle et serrait son cou, cet instant où elle avait senti la mort s'approcher sans bruit, ce moment qui s'était intercalé entre la terreur de lâcher prise et une sorte de plaisir enfoui. Elle aurait pu mourir, tout abandonner, se laisser prendre par la Faucheuse, mais elle avait tenu bon dans une ultime bravade et, une fois encore, elle avait combattu pour Myriana.

La voix tremblotante, Lina fit ses adieux à sa fille, puis emprunta le couloir sans se retourner, et disparut au bout de celui-ci.

ÉPILOGUE

Bouqueval, Val-d'Oise
Juillet 2022

Le clocher de l'église Saint-Jean-Baptiste se dressait fièrement dans le ciel estival. Un bleu éthéré s'étirait à l'infini, vierge de traces nuageuses, permettant au soleil de juillet d'inonder la campagne environnante.

Submergé par l'émotion, Salah s'approcha lentement de l'arbre. Une fois tout près, il s'agenouilla et contempla le tronc noueux qui lui paraissait plus épais que dans son souvenir. Il leva son bras et, la main tremblante, effleura du bout des doigts l'écorce qui lui renvoya un flash. Celui de sa belle et douce Umberta irradiant de lumière.

Au bord des larmes, Salah ressentait à la fois une joie immense et de la tristesse, mais il pouvait à présent constater que sa petite fille chérie avait eu raison. Nadia avait retrouvé le bon endroit. Le soleil et le cœur étaient encore là, avec les initiales et la date, profondément gravés dans le bois depuis vingt-trois ans. L'arbre était fichu en bordure d'un champ, gardien d'un symbole qui unissait autrefois une famille heureuse.

S.U.N. : les initiales de Salah, Umberta et Nadia dansaient devant ses yeux, lui rappelant cette si belle et dramatique journée du 17 juillet 1999.

Alors qu'il laissait rouler les larmes sur ses joues, une main se posa sur son épaule, une main si douce. Cette main qui lui rappelait tant celles d'Umberta. Le timbre de la voix était identique ; cette voix qu'il trouvait si rassurante depuis qu'il avait été interné. Malgré la maladie qui l'accablait, Salah restait conscient que les fantômes n'existaient pas.

— Tu vois, papa, je te l'avais dit que je le retrouverais, ton arbre. Je sais que tu ne pensais plus qu'à ça.

— Oui, il le fallait. Bravo, Nadia. Il le fallait, c'est sûr, répondit-il en séchant ses larmes du revers de sa main et en secouant énergiquement la tête.

Nadia se pencha et l'embrassa sur le sommet du crâne. Elle observa à son tour l'œuvre de son père, prenant conscience, en frissonnant, que de nombreuses années s'étaient écoulées.

Nadia avait pu obtenir auprès du docteur Langlais une autorisation de sortie exceptionnelle. Elle avait permis à son père de revenir sur les lieux qui le hantaient tant, à l'endroit même où il avait été heureux pour la dernière fois. Un véhicule avec chauffeur, ainsi qu'un accompagnant médical, avaient été mis à leur disposition par la clinique des Lilas.

La jeune enquêtrice portait encore sur son visage les stigmates de la fatigue et quelques hématomes. Depuis plus de deux mois, l'interpellation foireuse de l'oculiste revenait la hanter chaque nuit. Et chaque nuit, elle mesurait à quel point il ne fallait pas grand-chose pour mourir.

Nadia n'avait plus vraiment la force de réintégrer son service, songeant même à quitter définitivement la police.

La jeune enquêtrice était toujours équipée d'un corset médical, d'un épais bandage au niveau du thorax et d'une attelle au niveau de l'index de la main droite. Pendant les quelques secondes où elle avait pensé que sa vie s'arrêterait, quand le garde-corps du balcon avait cédé et que Maxime Charleville avait failli l'entraîner dans sa chute, elle avait curieusement repensé à toutes les choses anodines de l'existence. Elle s'était demandé si elle avait bien fermé le gaz lorsqu'elle avait quitté son domicile, si elle allait bien pouvoir partir à Tunis à l'automne prochain, ou encore si son supérieur hiérarchique était fier d'elle depuis qu'elle avait intégré le groupe de la criminelle, mais elle avait également songé à son père. Elle s'était inquiétée de savoir ce qu'il allait bien pouvoir devenir, si elle disparaissait. Le visage de sa mère lui était apparu furtivement ; une image plutôt agréable, elle qui en avait perdu les détails et les contours avec les années. Les clichés qu'elle possédait ne lui avaient jamais permis de vraiment distinguer les traits de celle-ci.

Mais elle n'était pas morte.

Lorsque le corps de Charleville avait basculé dans le vide, elle avait eu ce réflexe de survie de s'accrocher à ce qu'elle avait pu, et le garde-corps du balcon lui avait finalement sauvé la vie. Elle s'y était agrippée très fort, mais le choc avait été violent. Ses jambes et une partie de son thorax avaient percuté le rebord de béton de la structure. Sa main, qui avait désespérément retenu ses cinquante-huit kilos, s'était tordue et, de fait, avait provoqué un allongement du ligament.

Elle avait entendu le bruit effroyable de la masse qui s'était écrasée vingt mètres plus bas, ainsi que le hurlement des passants alentour. Elle, elle était restée suspendue pendant ces interminables secondes, elle était restée accrochée au-dessus du vide, au-dessus d'un Paris indifférent, entre la vie et la mort, tel un moribond dans son coma dépassé.

Elle se souvenait d'avoir brièvement crié, d'avoir fermé les yeux et serré les mâchoires. Elle avait attendu cet instant où le garde-corps était censé céder entièrement, mais cela ne s'était pas produit.

Salah s'était rapproché du tronc d'arbre pour pouvoir l'embrasser, les deux mains posées sur l'écorce. Nadia sentit une vive émotion en voyant son père également ému. Bouleversée, elle eut du mal à articuler.

— Tu… tu sais, papa, j'ai l'impression que c'était hier. Je… je te revois encore graver ce soleil avec ton petit Opinel. J'y pensais souvent lorsque j'étais gamine, ça me réconfortait. Parfois, à l'école, quand j'avais des coups de blues, je repensais à ce soleil, et ça me redonnait le sourire, ça me réchauffait le cœur. Et bien plus tard, lorsque je suis entrée dans le monde adulte, l'image de ce symbole m'a toujours procuré la force nécessaire pour avancer.

Les larmes aux yeux, son père se retourna et tendit les bras.

Nadia le serra contre elle un long moment.

— Mais c'est triste, aussi… C'est triste, ma fille, sanglota-t-il.

— Papa, il faut juste se souvenir des bonnes choses, de tout ce qui est agréable. Je sais que ce jour te rappelle également le départ de maman, mais dis-toi qu'elle est partie heureuse, que l'on avait passé la plus belle journée de notre vie.

— Oui, Nadia, mais c'est triste. Et puis, je suis coupable.

La jeune femme éloigna son visage de celui de son père et l'observa un instant sans prononcer un mot.

— Qu'est-ce que tu racontes ? Je ne veux pas t'entendre dire ça, c'est compris ? Tu n'es coupable de rien, ce type a grillé la priorité et il nous a percutés. Il était ivre et il s'est endormi au volant. Le voilà, le vrai coupable.

Salah se mit à pleurer comme un enfant, le visage posé sur la poitrine de sa fille.

Plus loin, sur le bord de la départementale qui longeait le champ, l'accompagnateur médical, qui était resté près du véhicule, indiqua à Nadia d'un signe qu'il allait falloir se mettre en route.

— Bon, papa, on va devoir y aller. Il faut retourner à la clinique.

— Non ! Non, je ne veux pas monter dans la voiture !

Nadia comprit aussitôt que son père se rejouait la scène du jour du drame.

— On ne risque rien, tu m'entends ? Absolument rien.

— Je suis coupable, répondit-il en plongeant son regard dans celui de sa fille. Et je veux pas qu'on monte dans la voiture, j'ai pas envie d'aller sur la route…

— Arrête avec ça, d'accord ?

Elle prit la main de Salah, comme elle l'aurait fait pour un enfant, et entreprit de traverser le champ pour rejoindre le véhicule médical, lorsque son téléphone sonna.

— Allô ?

— Bonjour, Nadia, c'est le docteur Langlais. Je voulais m'assurer que tout se passait bien avec votre père, à Bouqueval. Vous y êtes toujours ?

— Oui, on s'apprête à prendre la route du retour. Tout va bien, aucun souci.

— Je vous appelais également pour savoir s'il vous était possible de me donner le nouveau RIB de votre père. Il a bien changé de banque le mois dernier ?

— Oui. Il m'a demandé de le faire avant que son état s'aggrave. Il souhaite que je m'occupe de ses ressources, il ne veut plus de mandataire judiciaire. Et sa banque prenait beaucoup trop de frais. Mais pourquoi avez-vous besoin de son RIB ?

— Eh bien, vous savez, pour les prélèvements de sa prise en charge médicale, répondit timidement le docteur.

Nadia laissa s'écouler quelques secondes. Quelque peu désorientée, elle observa son père qui montait dans le fourgon.

— Attendez, je ne comprends pas. L'assurance et les diverses mutuelles ne sont pas censées couvrir ces genres de frais ?

Le docteur Langlais hésita tout d'abord à répondre puis, bien conscient que Nadia possédait les réflexes aiguisés d'une enquêtrice et qu'elle ne lâcherait pas l'affaire aussi facilement, avoua :

— Chère Nadia, tant que votre père avait encore toute sa tête, il gérait lui-même ce genre de choses, et il était d'ailleurs très tatillon là-dessus, depuis le début.

— Soyez plus clair. J'ai l'impression que vous cherchez à m'embrouiller.

— Non, pas du tout, je ne me le permettrais pas. C'est compliqué, mais il me semble à présent nécessaire que vous soyez informée.

— Informée de quoi ?

— Écoutez, votre père m'avait fait jurer de ne jamais vous mettre au courant, mais je vais le faire, malgré tout. Cela concerne le drame de votre famille, Nadia, l'accident de voiture qui a coûté la vie de votre mère. Salah m'a tout dévoilé voilà deux ans. Il ne pouvait plus garder ce secret pour lui seul, c'était devenu beaucoup trop lourd. L'homme qui était au volant de la fourgonnette blanche, et qui a grillé le stop, ce maudit 17 juillet 1999, eh bien, il ne l'a jamais grillé, ce stop.

— Quoi ? Qu'est-ce que vous m'chantez ? C'est quoi, cette histoire ? Le type était ivre mort et il conduisait sa…

— Non, Nadia. Ça, c'est la version de votre père. Salah vous a raconté l'histoire qu'il a bien voulu vous faire croire, mais la réalité est bien différente. Vous rouliez sur cette départementale, c'est Salah qui conduisait. Vous, vous étiez à l'arrière, attachée sur votre siège enfant. Quelques centaines de mètres avant l'intersection, votre mère a donné un baiser à votre père et, pris par l'euphorie de la journée que vous aviez passée, et le fait que vous vous trouviez sur une route déserte en pleine campagne, il s'est laissé prendre au jeu. Malheureusement, il n'a pas pu freiner à temps : le croisement était déjà là. Manque de chance, un artisan qui revenait d'un chantier passait à ce moment-là sur la départementale et, pressé de rentrer chez lui, il fonçait sur la route à tombeau ouvert. Salah a grillé le stop et la collision a été terrible. Votre mère est décédée sur le coup, Salah a été grièvement blessé, et vous, miraculeusement, vous n'aviez subi aucun dommage, pas la moindre égratignure.

Nadia était figée, le téléphone scotché à l'oreille. Elle regardait son père qui était à présent installé dans le fourgon et qui lui envoyait de grands signes, un magnifique sourire illuminant son visage.

— Existe-t-il des preuves de tout ce que vous avancez, docteur ?

— Bien sûr, Nadia, il y a les rapports de police de l'époque. Votre père avait reconnu ses torts et avait tout pris en charge, à ses frais. Même si le chauffeur de la camionnette – qui n'avait pas été blessé – avait dépassé la dose d'alcool autorisée, c'était Salah le responsable, car il avait commis une infraction au code de la route. Votre père est ensuite passé en jugement pour homicide involontaire et il a été condamné à une peine minime transformée en sursis, ainsi qu'à verser une indemnisation au chauffeur de la camionnette. Évidemment, les assurances ont lâché votre père, puisqu'il avait été jugé responsable de l'accident. Il avait préféré vous tenir à l'écart de tout ça, vous protéger. Il n'a jamais voulu que vous sachiez la vérité, il estimait que vous aviez déjà subi un lourd traumatisme en perdant votre mère. C'est pour cette raison qu'il a puisé dans ses économies, sa retraite, tout ce qu'il possédait. Tout cela pour réparer l'erreur fatale qui a fait basculer sa vie et la vôtre.

Nadia était abasourdie.

Elle raccrocha et s'accroupit un instant, le souffle court. La tête lui tournait et elle sentit un vertige la saisir. Elle jeta de nouveau un œil en direction de son père, puis lui envoya à son tour un signe de la main.

En larmes, elle songea une dernière fois à l'oculiste. Sa vie, son enfance, son parcours, ses crimes, et sa fin tragique. Elle se souvint surtout du suicide de ses parents, de leur abdication face à l'existence. La conséquence s'était avérée terrifiante pour le petit Maxime. Et pour elle ? Quelle aurait été sa vie si Salah lui avait confié ce secret plus tôt ? Aurait-elle détourné son regard de la ligne d'horizon qu'elle était supposée atteindre ? À l'instant où le docteur Langlais lui avait révélé le secret de son père, Nadia avait ressenti de l'incompréhension, puis un sentiment de solitude et de trahison, mais cela n'avait duré que quelques fragiles secondes. Elle était consciente que son père n'avait fait que la protéger, lui épargner une enfance douloureuse si elle l'avait su responsable de la mort de sa mère.

Elle se posta devant l'arbre, photographia la gravure, et s'éloigna enfin.

Maman l'a embrassé, après tout. Il l'a embrassée, ils se sont dit au revoir, songea-t-elle en ouvrant la porte du fourgon.

Elle prit place à côté de son père et lui boucla sa ceinture. Elle l'embrassa sur le front et Salah lui sourit. Dans l'habitacle, Desireless déclamait son emblématique Voyage.

Voyage, voyage
Ne t'arrête pas
Au-dessus des barbelés
Des cœurs bombardés
Regarde l'océan

— Peut-on y aller, madame Naccache ? demanda l'auxiliaire médical qui s'était installé côté passager.

— On peut y aller. Tout est réglé, à présent.

Un mois plus tard, Nadia réintégra la brigade criminelle.

Elle apprit que le procès de Myriana Berisha devait s'ouvrir dans le courant de l'année. Malgré les protestations de sa mère, la jeune femme avait désiré garder l'enfant qu'elle portait alors. Elle avait catégoriquement refusé l'avortement et avait menacé Lina de ne plus lui accorder de parloir si elle continuait de s'opposer à sa décision.

Nadia avait toujours du mal à digérer l'affaire de l'oculiste. Elle avait encore le sommeil agité, s'éveillant au beau milieu de la nuit, hagarde, chassant des ombres dans l'obscurité de sa chambre, mais le plus troublant pour l'enquêtrice avait été la découverte d'un curieux élément. Une semaine après sa réintégration au sein de la criminelle, Nadia avait été chargée de poursuivre son enquête sur l'oculiste. Le chef de groupe qui remplaçait Cassandre voulait en avoir le cœur net. Il était nécessaire pour lui de savoir si l'on pouvait raccorder certains homicides à Maxime Charleville, et il en tirait donc la conclusion que la plupart des affaires de meurtres non résolues devaient être vérifiées. Il ne souhaitait négliger aucune piste.

Nadia avait été affectée à cette tâche et avait commencé par consulter les scellés, ainsi que tous les divers éléments saisis au domicile de Maxime Charleville lors de la perquisition.

Et ce qu'elle avait découvert l'avait terrifiée.

Dans un sachet en plastique qui portait un scellé judiciaire, elle y avait trouvé un grand carnet en cuir noir ; une sorte d'agenda qui l'avait aussitôt intriguée.

L'ouverture du scellé avait été pratiquée dans le bureau du juge d'instruction Lantier, par ses propres soins, et en présence de sa greffière.

Ce que Nadia avait pu tenir entre ses mains était tout simplement édifiant. Son cerveau avait refusé d'accepter ce que ses yeux avaient pu lire. Se détachant d'un papier un peu jauni qui exhalait une odeur de renfermé, les lettres dansaient pour former des mots et des phrases dans ce grand livre maudit. Les dates inscrites remontaient aux années 1960, 1970, 1980, et des paragraphes entiers relataient des meurtres de toutes sortes.

Des meurtres rituels, sacrificiels.

Nadia avait pu explorer la thanatopraxie, le cannibalisme et la nécrophilie. Tout avait été répertorié dans ce livre noir et chaque fin de chapitre était signée d'un seul et unique nom qui glaçait le sang.

Blake.

La jeune enquêtrice était restée stupéfaite, mais sa mémoire avait éclairé un recoin de son esprit.

Lina ne lui avait-elle jamais parlé de ce livre que possédait Joey, cet héritage maudit dans lequel il se plongeait parfois ?

Nadia en était convaincue, mais une question fondamentale demeurait. Comment ce carnet avait-il pu se retrouver entre les mains de l'oculiste ?

Après avoir contacté Lina, Nadia avait espéré en savoir plus. Malheureusement, l'ex-compagne du meurtrier cannibale n'avait pu éclaircir ce mystère. Selon elle, un flic avait dû s'en emparer le jour de la perquisition qui avait suivi l'interpellation de Joey. Elle suggéra également que quelqu'un aurait bien pu cambrioler leur ancien domicile.

La piste s'était alors rétrécie jusqu'à disparaître et Nadia avait été forcée de refermer le grand livre noir, laissant une fois encore planer l'ombre de Blake.

FIN

NOTE AU LECTEUR

Ce récit s'inspire essentiellement de trois tueurs en série américains : Jeffrey Dahmer, John Wayne Gacy, et Charles Albright.

Cependant, il s'inspire avant tout de Dmitry Baksheev, trente-cinq ans, et de son épouse Natalia, quarante-deux ans.

Le 11 septembre 2017, les policiers ont trouvé un téléphone dans une rue de Krasnodar, en Russie. Afin d'identifier son propriétaire, les agents ont fouillé le smartphone et ont découvert à l'intérieur un selfie particulièrement atroce : celui du propriétaire du portable en train de dévorer une main humaine. Dmitry Baksheev et sa femme, Natalia Baksheeva, ont été interpellés. Placés en garde à vue, ils sont rapidement passés aux aveux et ont reconnu spontanément avoir tué et cannibalisé au moins trente personnes. Une perquisition a été effectuée à leur domicile, où plusieurs fragments humains ont été découverts dans un congélateur. Des bocaux de « viande humaine » ont également été saisis. Dmitry Baksheev a expliqué s'adonner au cannibalisme depuis dix-huit ans. Une photo datée du 28 décembre 1999, retrouvée à son appartement, laissait entrevoir la tête d'un homme posée sur une assiette ornée d'oranges.

Les enquêteurs cherchent désormais à identifier d'autres victimes que l'effroyable couple aurait pu contacter sur des sites de rencontres. Selon des sources judiciaires citées par plusieurs médias russes, le terrifiant duo élaborait des recettes et des tutoriels culinaires en vidéo [1].

Bien qu'inspiré de ces événements, le récit lui-même n'est que fiction. Toute ressemblance avec des personnes ou des situations actuelles, ou ayant existé, serait donc purement fortuite.

1. Source Internet : Zoé Lauwereys, *Le Parisien*, 25 septembre 2017.

ET MAINTENANT ?

Toute l'équipe des éditions de L'Oiseau Noir tient à vous remercier pour cette lecture et espère de tout cœur que vous l'avez appréciée. N'hésitez pas à publier un avis et une note à propos de ce roman dès maintenant, alors que vos souvenirs sont encore frais !

Prenez également quelques secondes de plus pour en parler sur vos réseaux sociaux ou sur des sites spécialisés comme **Babelio, Goodreads** ou **Bepolar.**

D'un côté, vous aiderez les éventuels lecteurs·ices à faire leur choix et d'un autre, vous permettrez à une petite structure indépendante comme la nôtre de bénéficier d'un peu plus de visibilité dans cet océan de livres où les grandes maisons d'édition et les auteurs célèbres tiennent le haut du pavé.

Merci d'avance et à très vite pour votre prochain thriller que vous trouverez sur notre site Internet :

www.loiseaunoireditions.com

REMERCIEMENTS

L'écriture d'un roman n'est pas un acte solitaire. Le livre que vous tenez entre les mains est le fruit d'un travail d'équipe, la connexion d'une multitude d'idées, d'échanges, d'essais, mais ce sont aussi des heures d'écriture, parfois plongé dans la pénombre, dans la plus absolue des noirceurs de notre humanité. L'écriture d'un roman, c'est également beaucoup de doutes, de l'hésitation, des remises en question, des sacrifices et des risques. Bien heureusement, des anges gardiens veillent, conseillent, soutiennent, accompagnent. C'est pourquoi je tiens à remercier les éditions *L'Oiseau noir* pour leur désir de publier cet ouvrage, ainsi que pour la confiance qu'ils m'ont accordée. Merci à mon éditeur pour avoir cru en ce récit si terrifiant, ainsi qu'à mon éditrice pour son travail méticuleux.

Merci à ma miss Fanny pour ses nombreuses lectures, ainsi que pour ses suggestions qui se sont révélées pertinentes et très efficaces.

Merci aux magistrats, officiers de police et autres enquêteurs qui, au travers de leurs informations, me permettent de me rapprocher toujours un peu plus de la réalité.

Enfin, un grand merci à tous les lecteurs et lectrices qui me suivent depuis 2010, aux libraires qui me soutiennent, aux chroniqueurs, blogueurs et journalistes.

PLAYLIST

- 01 : *A Horse with No Name* - America
- 02 : *Raindrops Keep Falling on My Head* - B.J. Thomas
- 03 : *California Dreamin'*- The Mamas and the Papas
- 04 : *If You Leave Me Now* - Chicago
- 05 : *Without You* - Harry Nilsson
- 06 : *My Sweet Lord* - George Harrison
- 07 : *Sympathy for the Devil* - The Rolling Stones
- 08 : *Wake Me Up Before You Go-Go* - Wham
- 09 : *Bande organisée - Jul, SCH, Kofs, Naps, Soso Maness, Elams, Solda et Houari.*
- 10 : *Riders on the Storm* - The Doors
- 11 : *Paint It, Black* - The Rolling Stones
- 12 : *Cargo* - Axel Bauer
- 13 : *San Francisco* - Scott McKenzie
- 14 : *Wicked Game* - Chris Isaak
- 15 : *(I just) Died In Your Arms* - Cutting Crew
- 16 : *I Want To Know What Love Is* - Foreigner
- 17 : *Hotel California* - Eagles
- 18 : *Dreams* - Fleetwood Mac
- 19 : *La Valse à mille temps* - Jacques Brel
- 20 : *The Passenger* - Iggy Pop
- 21 : *Shape of My Heart* - Sting
- 22 : *You Can't Always Get What You Want* - The Rolling Stones
- 23 : *Alone Again (Naturally)* - Gilbert O'Sullivan

- 24 : *Voyage Voyage* - Desireless

EN IMMERSION
(Écriture)

Les albums *The First Day, Violet Opposition* et *Hard Times, Hard Hearts* de Bvdub.

EN RELECTURE
(Corrections)

Schubert, Bach, Vivaldi, Mozart, Chopin.

VOUS AVEZ (ENCORE) RENDEZ-VOUS AVEC LE DIABLE…

Retrouvez la plume terrifiante de Fabio M. Mitchelli dans le thriller aujourd'hui devenu culte, qui a donné naissance à *Dans la cuisine du Diable.*

« Noir. Brutal. Sans concessions. *Terrifiant.* »

BERNARD MINIER

L'OISEAU
NOIR

465 route d'Epagny, 74320 Sevrier

www.loiseaunoireditions.com

Achevé d'imprimer en Pologne
Dépôt légal août, 2024